DE PRINCESA A
RAINHA DA MODA

"Se uma definição de felicidade é ser honesto sem ferir ninguém, Diane von Furstenberg deve ser uma mulher feliz. Por ser tão honesta ao falar de si mesma, contar as verdades sobre suas experiências de vida, ela jamais profere julgamentos. Por branger tanto a vida pessoal quanto a vida profissional de sua autora, este livro ajudará aqueles que buscam o seu próprio equilíbrio entre autonomia e afetividade."

GLORIA STEINEM

"A história de Diane von Furstenberg permite enxergar os bastidores do complexo processo de estruturação de uma grife internacional, da criação de uma marca duradoura e do encontro do verdadeiro amor. Compartilhando o caminho que tornou possível a ela se tornar a mulher que decidiu ser, Diane mostra a todos nós como levar uma vida focada e repleta de paixão."

SHERYL SANDBERG

Em *De Princesa a Rainha da Moda*, Diane von Furstenberg reflete, com sua franqueza característica, sobre a extraordinária jornada de sua vida, numa história que certamente inspirará otimismo e confiança em leitores de todas as idades.

Depois de explorar suas raízes na Bélgica como filha de um sobrevivente do Holocausto, ela narra suas glamourosas viagens pela Europa como jovem princesa do *jet-set*, e evoca a liberdade da Nova York dos anos 1970, da Quinta Avenida à discoteca Studio 54. Ela conta suas aventuras em Bali e em Paris, e como encontrou a paz em Connecticut, e fala de tudo que aprendeu sobre amor, beleza e o processo de envelhecimento durante essa caminhada. Ela também relembra as três fases de sua vida de empresária: vivendo o Sonho Americano como magnata da moda na década de 1970; seu ressurgimento, depois de vários obstáculos, na sua Volta Triunfal na década de 1990; e, finalmente, a fase que ela está vivendo agora, ao escrever este livro, a Nova Era, na qual ela trabalha para solidificar seus esforços profissionais e filantrópicos de modo a deixar um legado perene.

Ler este livro é como ter uma conversa íntima com um ícone atual que generosamente compartilha conosco sua sabedoria e seu jeito de levar a vida. No fim, ficamos com um retrato ousado e honesto de uma mulher que estava determinada a criar uma identidade única, e, após atingir esse objetivo, está ajudando outros a fazer o mesmo.

O amor é vida! Diane

Diane von Furstenberg

DE PRINCESA A RAINHA DA MODA

Tradução:
Celina Falck-Cook

Copyright © 2014, Diane von Furstenberg

Copyright do projeto © 2016, Editora Pensamento-Cultrix Ltda.

Texto de acordo com as novas regras ortográficas da língua portuguesa.

1ª edição 2016.

Todos os direitos reservados. Nenhuma parte deste livro pode ser reproduzida ou usada de qualquer forma ou por qualquer meio, eletrônico ou mecânico, inclusive fotocópias, gravações ou sistema de armazenamento em banco de dados, sem permissão por escrito, exceto nos casos de trechos curtos citados em resenhas críticas ou artigos de revistas.

A Editora Seoman não se responsabiliza por eventuais mudanças ocorridas nos endereços convencionais ou eletrônicos citados neste livro.

Coordenação editorial: Manoel Lauand

Editoração eletrônica: Estúdio Sambaqui

Dados Internacionais de Catalogação na Publicação (CIP)
(Câmara Brasileira do Livro, SP, Brasil)

Von Furstenberg, Diane
 De princesa a rainha da moda / Diane Von Furstenberg ; tradução Celina Falck-Cook. -- 1. ed. -- São Paulo : Seoman, 2016.

Título original: The woman I wanted to be.
ISBN 978-85-5503-041-3

 1. Câncer - Pacientes - Estados Unidos - Biografia 2. Designers de moda - Estados Unidos - Biografia 3. Mulheres - Identidade 4. Mulheres filantropistas - Estados Unidos - Biografia 5. Von Furstenberg, Diane 6. Von Furstenberg, Diane - Família I. Título.

16-08233   CDD-746.92092

Índices para catálogo sistemático:
1. Designer de moda : Biografia 746.92092

Seoman é um selo editorial da Pensamento-Cultrix.
Direitos de tradução para o Brasil adquiridos com exclusividade pela
EDITORA PENSAMENTO-CULTRIX LTDA.
R. Dr. Mário Vicente, 368 – 04270-000 – São Paulo, SP
Fone: (11) 2066-9000 – Fax: (11) 2066-9008
E-mail: atendimento@editoraseoman.com.br
http://www.editoraseoman.com.br
Foi feito o depósito legal.

Impressão e Acabamento: Vallilo Gráfica e Editora | graficavallilo.com.br | 11 3208-5284

Ao Alexandre, à Tatiana, à Talita, à Antonia, ao Tassilo e ao Leon.
Sempre os protegerei.
E ao Barry, por proteger todos nós.

Se queres ser amado, ame!
– *Sêneca*

Índice

Agradecimentos   8
Introdução   9

A MULHER QUE EU SOU
    1. RAÍZES   11
    2. AMOR   45
    3. BELEZA   107

O NEGÓCIO DA MODA
    4. O SONHO AMERICANO   155
    5. A VOLTA TRIUNFAL   193
    6. A NOVA ERA   229

Agradecimentos

Gostaria de agradecer a todos que me ajudaram a realizar este projeto.

A Linda Bird Francke, por sua paciência e dedicação em colecionar minhas memórias e estruturar este livro, e por sua amizade durante as últimas quatro décadas.

A Genevieve Ernst, por ler e corrigir o texto comigo várias vezes, e por aturar a mim e minhas intermináveis alterações.

Eu não teria conseguido sem vocês duas.

Agradeço a Alice Mayhew, por seu apoio e conhecimento fundamentais, e a Andrew Wylie, por ser o melhor agente do mundo. Também sou grata a Franca Dantes, por seus incríveis talentos de arquivamento, e a Peter Lindbergh, pela foto da capa, bem como a Tare Romeo, por sua assistência na criação da capa. Agradeço igualmente a Lisa Watson, por transcrever minhas divagações; a Jonathan Cox, por manter todos os capítulos em perfeita ordem; e a Liz McDaniel, por ajudar na sobrecapa do livro.

Introdução

QUANDO EU ERA PEQUENA e estava estudando para as minhas provas, fingia que estava ensinando alunos imaginários. Era esta a minha forma de aprender.

Viver é aprender, e, ao examinar as muitas camadas de experiência que acumulei ao longo dos anos, sinto-me preparada para compartilhar algumas das lições que aprendi ao longo da minha caminhada.

Viver também significa envelhecer. O lado bom do envelhecimento é que com ele se tem um passado, uma história. Gostando do nosso passado e assumindo-o, a gente sabe que viveu de forma integral e que aprendeu com a nossa vida.

Estas foram as lições que me permitiram me tornar a mulher que sou.

Quando eu era menina, não sabia o que eu queria fazer, mas sabia o tipo de mulher que eu queria ser. Eu queria ser eu mesma, independente e livre. Eu sabia que a liberdade só poderia ser obtida se eu assumisse total responsabilidade por mim mesma e por minhas ações, fosse fiel à verdade, e se eu me tornasse minha melhor amiga.

A vida nem sempre é uma viagem tranquila. As paisagens mudam, pessoas entram e saem, obstáculos surgem e perturbam o itinerário planejado, mas uma coisa que a gente sabe com certeza é que sempre vai ter a si mesma.

Organizei este livro em capítulos sobre o que me inspirou mais e continua a me dar força: família, amor, beleza e o negócio da moda. Mas preciso destacar a pessoa que foi mais importante em definir minha vida, em me tornar a pessoa que eu queria ser: minha mãe. É assim que começam estas memórias.

A MULHER QUE EU SOU

1

RAÍZES

Há um quadro grande na estante do meu quarto em Nova York. É uma página emoldurada, arrancada de uma revista alemã de 1952. Nela se vê a foto de uma mulher elegante com sua filhinha na estação de trem da cidade de Basileia, na Suíça, aguardando o Expresso do Oriente. A menininha está envolta no mantô largo da mãe, comendo um brioche. Essa foi a primeira vez, na idade de cinco anos, que minha foto apareceu numa revista. É uma foto linda. A irmã mais velha de minha mãe, Juliette, me deu essa foto quando me casei pela primeira vez, mas apenas recentemente percebi sua verdadeira importância.

Aparentemente, é apenas a foto de uma mulher glamourosa, que parece ser abastada, partindo para passar férias em alguma estação de esqui com sua filhinha de cabelos cacheados. A mulher não está olhando para a câmera, mas sorri ligeiramente, pois sabe que está sendo fotografada. Tem aparência alinhada. Nada indicaria que apenas alguns anos antes, ela estava em outra estação de trem, num local onde se falava alemão, voltando dos campos de concentração nazistas, onde ela tinha sido prisioneira durante treze meses, só pele e osso, perto da morte por inanição e exaustão.

Como ela deve ter se sentido quando o fotógrafo lhe perguntou seu nome para ser colocado na revista? Orgulhosa, imagino, de ser notada por seu estilo e elegância. Apenas sete anos haviam se passado. Ela não era mais um número. Tinha um nome; roupas quentes, bonitas, limpas; e, acima de tudo, tinha uma filha, uma menina sadia. "Deus salvou minha vida para eu poder lhe dar a vida", costumava escrever minha mãe nas cartas que enviava a mim, todo Ano Novo, no meu aniversário. "Quando lhe dei a vida, você me devolveu minha vida. Você é minha tocha, minha bandeira de liberdade."

Minha voz fica embargada toda vez que falo em público sobre minha mãe, e faço isso em todos os discursos que participo, consciente de que eu não estaria ali, dando aquela palestra, se Lily Nahmias não tivesse sido minha mãe. Às vezes acho estranho continuamente estar mencionando a história dela, mas, não sei por que, sempre me sinto compelida a mencioná-la. Ela explica a criança que eu fui, a mulher que me tornei.

"Quero lhes contar a história de uma mocinha que, aos vinte e dois anos, pesava vinte e seis quilos, praticamente apenas o peso de seus ossos" digo num seminário em Harvard sobre saúde feminina. "O motivo pelo qual ela pesava vinte e seis quilos era que ela tinha acabado de passar treze meses nos campos de extermínio de Auschwitz e Ravensbrück. Foi um verdadeiro milagre aquela mocinha não ter morrido, embora ela tenha chegado perto disso. Quando a libertaram e a devolveram a sua família na Bélgica, a mãe dela a alimentava como se ela fosse um passarinho, a cada quinze minutos um pouquinho de comida, e depois mais um pouquinho, fazendo-a sentir-se como se ela estivesse vagarosamente se inflando como um balão. Dentro de alguns meses, ela já havia alcançado um peso próximo do normal."

O público sempre começa a murmurar quando chego a esse ponto da história da minha mãe, talvez porque seja tão chocante e inesperado ou porque talvez eu seja história viva para uma plateia jovem que só ouviu falar vagamente sobre Auschwitz. Deve ser difícil imaginar que uma mulher sadia e cheia de energia que está dando uma palestra diante deles teve uma mãe que pesava vinte e seis quilos. Seja o que for, quero e preciso homenagear minha mãe, sua coragem e sua força. Foi isso que me tornou a mulher que ela queria que eu fosse.

"Deus salvou minha vida para eu poder lhe dar vida." Suas palavras ressoam na minha mente todos os dias da minha vida. Sinto que é meu dever compensar todo o sofrimento que ela suportou, sempre celebrar a liberdade e viver plenamente. Meu nascimento foi sua vitória. Ela não deveria ter sobrevivido; eu não deveria ter nascido. Nós provamos que eles estavam errados. Nós duas vencemos no dia em que nasci.

Repito aqui algumas das lições que minha mãe gravou na minha memória e que me foram muito úteis. "Ter medo não é uma opção." "Não veja apenas o lado negro das coisas, procure a luz e construa com base nela. Se uma porta se fechar, procure outra para abrir." "Nunca, jamais, culpe os outros pelo que lhe acontecer, por mais horrível que seja a sua situação. Confie em si mesma, e só em si mesma, como responsável por sua própria vida." Ela viveu essas lições. Apesar do que ela suportou, ela nunca quis que outros sentissem que ela era uma vítima.

EU NÃO COSTUMAVA FALAR TANTO ASSIM sobre minha mãe. Eu nem pensava nela, como as crianças costumam fazer com as mães. Foi apenas quando ela morreu, em 2000, que entendi completamente a influência enorme que ela havia exercido em minha vida e o quanto eu devia a ela. Como qualquer filha, eu não tinha prestado muita atenção nisso. "Tá bom, tá bom, você já me disse isso", eu costumava dizer, procurando me livrar dela, ou até fingindo não a escutar. Eu também me irritava com os conselhos não solicitados que ela insistia em dar a meus amigos. Aliás, aquilo me chateava. Agora, naturalmente, sinto que obtive a experiência e adquiri a sabedoria suficiente para dar meus próprios conselhos não solicitados, e obrigo não só meus filhos, mas também meus netos e todos com quem falo a escutarem todas as lições que a minha mãe me ensinou. Eu me tornei a minha mãe.

Eu não sabia, enquanto era uma menininha em Bruxelas, por que minha mãe tinha duas fileiras de números azuis tatuadas no seu braço esquerdo. Lembro-me de ter pensado que era algum tipo de enfeite e desejado também tê-lo para meus braços não parecerem tão comuns. Eu não entendia por que a governanta costumava me dizer para não incomodar minha mãe enquanto ela estava deitada no quarto. Eu instintivamente sabia que minha mãe precisava descansar, e andava na ponta dos pés pela casa para não a perturbar.

Às vezes eu ignorava as instruções da governanta e, pegando meus amados livros ilustrados de histórias infantis, entrava às escondidas no seu quarto escuro, na esperança de que ela sorrisse e os lesse para mim. Ela costumava ceder, na maioria das vezes. Ela adorava livros, e me ensinou a gostar deles. Ela lia meus livrinhos de histórias para mim tantas vezes que eu os decorava. Uma das coisas que eu mais gostava de fazer era fingir que os lia, folheando-os cuidadosamente na hora certa e tentando chamar a atenção, com aquele meu fingimento de que eu já sabia ler.

Minha mãe era muito severa. Nunca duvidei que ela me amasse, mas se eu dissesse algo que ela não aprovasse ou não fizesse o que ela esperava que eu fizesse, ela me lançava um olhar de reprovação ou me beliscava. Ela me mandava para um canto, de cara virada para a parede. Às vezes eu ia para o canto, por mim mesma, sabendo que havia cometido um erro. Ela passava muito tempo comigo, às vezes brincando, mas na maioria das vezes me ensinando tudo que pudesse imaginar. Ela lia contos de fadas para mim e caçoava de mim quando eu ficava com medo. Eu me lembro como ela ria ao brincar comigo, dizendo que eu era uma criança abandonada que ela tinha encontrado no lixo. Eu chorava até ela me tomar nos braços para me consolar. Ela queria que eu fosse forte e não sentisse medo de nada. Era muito exigente. Antes de eu aprender a ler, ela me fez decorar e recitar os contos de fadas do século XVII de La Fontaine. Assim que tive idade para aprender a escrever, ela insistia para que eu escrevesse histórias e cartas, soletrando as palavras com perfeição e sem cometer sequer um erro de gramática. Eu me lembro como eu ficava orgulhosa quando ela me elogiava.

Para me ensinar a nunca sucumbir à timidez, ela me obrigava a fazer um discurso em toda reunião de família, ensinando-me a me sentir confortável ao falar em público, diante de qualquer plateia. Como muitas crianças, eu tinha medo do escuro, mas ao contrário de muitas mães, ela me fechava num armário escuro e esperava do lado de fora para eu aprender por mim mesma que não há nada a temer. Essa foi apenas uma das vezes em que ela me disse: "Ter medo não é uma opção."

Minha mãe não acreditava em mimar os filhos demais, nem em superprotegê-los. Ela queria que eu fosse independente e responsável por mim mesma. Minhas primeiras lembranças são de viagens com meus pais, onde eu ficava sozinha no hotel, enquanto eles saíam para jantar. Eu não me importava, nem me sentia só. Ficava muito orgulhosa por eles confiarem em mim o suficiente para me deixarem ficar desacompanhada. Eu gostava de brincar sozinha, e me sentia uma adulta. Até hoje me sinto do mesmo jeito, e tenho a mesma sensação de liberdade, quando me hospedo sozinha num hotel.

Quando meus pais permitiam que eu fosse com eles ao restaurante, minha mãe costumava me incentivar a levantar e a sair da sala, e às vezes até a sair do prédio, e lhe contar o que eu havia visto, quem eu tinha encontrado. Isso instilava curiosidade em mim – assistir ao que as pessoas faziam, fazer amizade com desconhecidos. Quando eu tinha nove anos, ela me mandou no trem de Bruxelas para Paris, sozinha, visitar sua irmã, minha tia preferida, Mathilde. Senti muito orgulho por ser responsável por mim mesma. Acho que, lá bem no fundo, fiquei meio nervosa, mas nunca admitiria isso, e o orgulho superou o medo.

Ainda gosto de viajar sozinha, e às vezes prefiro fazer isso. Até em viagens de negócios não gosto de ir com um grupo porque isso limita minha liberdade e diminui a possibilidade de me divertir com o imprevisível. Adoro aventura, a sensação de empolgação e satisfação que sentia quando era garotinha. Estar sozinha na estrada, no aeroporto, com a minha mala, meu passaporte, meus cartões de crédito, meu telefone e uma câmera me faz sentir livre e feliz. Agradeço à minha mãe por sempre me incentivar a "ir".

Independência. Liberdade. Autossuficiência. Estes foram os valores que ela vivia insistindo para que eu tivesse, e ela fazia isso com tamanha naturalidade que eu nunca questionava nem resistia ao que ela me mandava fazer. Não havia saída senão ser responsável por mim mesma. Por mais que eu a amasse e a respeitasse, eu certamente tinha um pouco de medo dela, e nunca queria decepcioná-la. Entendo agora que ela estava processando todas as suas frustrações do passado e suas experiências ruins, e formando com elas um pacote de força e positividade. Foi esse o presente que ela preparou para mim. De vez em quando parecia um fardo muito pesado, mas eu nunca o questionei, mesmo que às vezes sentisse vontade de pertencer a outra família.

Felizmente ela passou a me deixar um pouco mais em paz quando completei seis anos e quando nasceu o meu irmão, Philippe. Eu o adorava. Para minha surpresa, sem nunca ter brincado com bonecas, eu me sentia maternal, e até hoje penso nele como meu primeiro filho. Como irmã mais velha, brincava com ele e às vezes o torturava um bocadinho, mas da mesma forma que minha mãe havia feito comigo, eu lhe ensinava tudo que eu sabia e era muito protetora. Quando nós brincávamos de médico, eu lhe pedia para fazer xixi numa garrafinha, depois ria dele porque ele interpretava esse pedido ao pé da letra e urinava de verdade. Nós também costumávamos brincar de agência de viagens com os folhetos das empresas aéreas dos meus pais, marcando horários de voos e reservando passagens de viagens imaginárias ao redor do mundo inteiro.

Philippe diz que percebeu que eu o amava no dia em que transcrevi todas as palavras de um disco dos Beatles enquanto eu estava no internato na Inglaterra, e as enviei a ele. Não havia computadores naquela época, nem Internet, nem iTunes; só uma irmã carinhosa munida de caneta e papel, ouvindo as canções e transcrevendo as letras. Nós éramos muito unidos, e ele ainda é meu irmãozinho caçula que eu sempre tento impressionar e com quem vivo implicando. Philippe é um empresário de sucesso em Bruxelas, tem duas filhas incríveis, Sarah e Kelly, e sua esposa, Greta, lançou e dirige a DVF na Bélgica. Philippe e eu conversamos ao telefone todos os fins de semana, e sempre que eu sinto falta dos meus pais, ligo para ele.

Não creio que minha mãe tenha sido tão severa com ele quanto foi comigo. Ele era menino, afinal de contas, e na nossa família tratamos os meninos de maneira bem mais branda, sem tantas exigências. Ela era mais ligada a mim, a filha que ela havia decidido que iria sobreviver a qualquer coisa que enfrentasse na vida. À medida que fui crescendo, entendi isso. Independência e liberdade eram fundamentais para ela, porque ela tinha perdido essas duas coisas. A autossuficiência havia lhe permitido sobreviver.

Em 1944, minha mãe tinha vinte anos e era noiva do meu pai quando os soldados da SS nazista a prenderam, no dia 17 de maio, por trabalhar para a Resistência belga. Ela estava morando numa "casa segura" e sua missão era circular por Bruxelas de bicicleta entregando documentos forjados a quem precisasse deles. Imediatamente depois da sua prisão, jogaram-na dentro dum caminhão apinhado, que a levou, com muitos outros suspeitos de sabotagem, para uma prisão em Malines, Flandres, uma cidade a vinte e cinco quilômetros de Bruxelas. Para evitar ser torturada para que desse informações sobre outros membros da resistência, ela disse que não sabia de nada e que estava escondida na casa segura porque era judia. A mulher que a interrogou aconselhou-a a não dizer que era judia. Ela não ligou para esse conselho e foi deportada no vigésimo quinto transporte, que saiu de Malines no dia 19 de maio de 1944. Minha mãe foi mandada para Auschwitz e recebeu o número de prisioneira 5199.

Minha mãe costumava me dizer que havia escrito um bilhete para os pais dela num pedaço de papel, que jogou na rua, do caminhão. Ela ficou torcendo para que alguém o encontrasse, mas não tinha como saber se alguém o havia encontrado e se o havia entregado. Foi só depois da morte da minha mãe que descobri que a mensagem tinha sido entregue. Eu havia emprestado nossa casa em Harbour Island, nas Bahamas, ao meu primo em primeiro grau, Salvator. Lá, Salvator me deixou um envelope grosso cheio de fotos de família, entre as quais estava um envelope selado, no qual estava escrito "Lily, 1944". Dentro dele estava um pedaço de papel rasgado onde se lia uma mensagem já meio apagada. Olhei fixamente a mensagem até finalmente entender as palavras:

Queridos Mamãe e Papai,

Estou lhes escrevendo para avisar-lhes que sua pequena Lily está partindo. Para onde, ela não sabe, mas Deus está em toda parte, não está? Então ela jamais estará só, nem será infeliz.

Quero que vocês dois tenham coragem, e não se esqueçam que vocês precisam se cuidar para estarem com boa saúde para quando eu me casar. Estou contando mais do que nunca em ter uma linda cerimônia.

Quero que vocês saibam que estou partindo com um sorriso, juro. Amo-os demais, e logo os beijarei mais do que nunca.

Sua filhinha,
Lily

Prendi a respiração. Estaria eu segurando o bilhete que a minha mãe tinha me dito que havia escrito para os pais dela naquele caminhão, usando um fósforo queimado como lápis? No verso do bilhete havia um pedido para que qualquer pessoa que encontrasse o bilhete o entregasse no endereço dos pais dela. Alguém tinha encontrado o bilhete e o havia entregado aos pais dela, e a minha tia Juliette, a mãe de Salvator, o havia guardado num envelope selado durante todos esses anos!

Fiquei chocada; eu não acreditava muito naquela história do bilhete. Todas essas histórias sobre a prisão dela e sua deportação pareciam-me surreais, mais condizentes com um roteiro de cinema; e, no entanto, eram verdade. Ela sempre me dizia que se preocupava mais com seus pais do que consigo mesma. Eu estava segurando a prova disso nas minhas mãos trêmulas.

Sai da casa meio atordoada e atravessei a praia, entrando nas claras águas azuis. "Isso explica quem eu sou", disse em voz alta para mim mesma. "Sou a filha de uma mulher que foi para o campo de concentração com um sorriso nos lábios."

O que ela me dizia sem parar desde a minha infância, e que às vezes me incomodava, assumiu significados totalmente diferentes. Ela costumava exemplificar um dos seus dizeres favoritos: "Você nunca sabe exatamente o que é bom para você; o que pode parecer a coisa pior do mundo que poderia ter lhe acontecido, pode, na verdade, ser a melhor." E aí ela me contava a história da sua viagem desumana no trem para Auschwitz.

Sem comida, sem água, sem ar. Sem banheiro. Quatro dias comprimida como sardinha em lata, num vagão de gado. Uma "senhora mais velha" de quarenta anos que falava um pouco de alemão consolou minha mãe e lhe deu a sensação de estar sendo protegida. Minha mãe procurou nunca sair do lado dela, especialmente quando chegaram a Auschwitz e foram descarregados numa rampa. Mulheres com filhos foram imediatamente separadas deles e enviadas para edifícios compridos e baixos, enquanto os outros foram obrigados a entrar numa fila enorme.

No início da fila, um soldado separava os prisioneiros em dois grupos. Observando tudo, do alto da rampa, havia um funcionário de jaleco branco.

Quando chegou a vez dela, a mulher mais velha foi mandada para o grupo que estava sendo formado à esquerda, e minha mãe rapidamente a seguiu. O soldado não a deteve, mas o funcionário de jaleco branco, que até ali não havia interferido, interferiu. Descendo a rampa a passos largos, ele caminhou diretamente até minha mãe, puxou-lhe o braço com força, separando-a da sua amiga, e jogou-a no grupo da direita. Minha mãe sempre disse que nunca tinha sentido tanto ódio por ninguém quanto o que sentiu por aquele homem.

Aquele homem era Josef Mengele, segundo ela descobriu mais tarde, o notório Anjo da Morte, que matou ou mutilou inúmeros prisioneiros durante experiências médicas, principalmente crianças e gêmeos. Por que ele se deu o trabalho de salvá-la? Será que ela o fazia se lembrar de alguém de quem ele gostava? Por mais cruéis que fossem suas intenções, ou não, ele lhe salvou a vida. O grupo para o qual a mulher mais velha tinha sido mandada foi direto para a câmara de gás. O grupo no qual minha mãe foi incluída não foi.

Sempre uso essa história quando quero consolar alguém, exatamente como minha mãe a contava com tanta frequência para mim: nunca se sabe como algo que parece a pior coisa que já lhe aconteceu pode ser, na verdade, a melhor.

Depois disso, minha mãe decidiu sobreviver, por pior que fossem os horrores pelos quais ela passasse. Mesmo quando o fedor insuportável da fumaça do crematório do campo parecia insuportável e seus companheiros de prisão diziam "Nós vamos todos morrer", minha mãe insistia: "Não vamos, não. Vamos sobreviver." Ter medo não era uma opção.

Quase um milhão de judeus foram assassinados em Auschwitz, muitos na câmara de gás. Outros foram executados ou mortos nas experiências do Dr. Mengele, ou morreram de inanição ou exaustão devido ao trabalho escravo que eram obrigados a fazer. Minha mãe teve sorte, isso se alguém pode ser considerada sortuda naquele ambiente inimaginavelmente cruel. Puseram-na para trabalhar no turno noturno de doze horas na fábrica de armas próxima, fazendo balas; contanto que trabalhasse, ela era útil, e eles a mantinham viva. Ela era minúscula, mal tinha um metro e cinquenta, e esguia por natureza. Nunca tinha comido muito, portanto conseguia se sustentar, mesmo que mal e mal, com as rações de pão e sopa rala que ela e outros prisioneiros recebiam. Prisioneiros mais corpulentos, radicalmente privados de qualquer alimentação que fosse pelo menos próxima da que costumavam comer, eram os primeiros a sucumbir à inanição.

Se eu pensar alguma vez que sou preguiçosa demais para fazer uma tarefa necessária, se hesito em sair por causa do frio ou reclamo de ter que esperar numa fila, lembro-me da minha mãe. Imagino-a sendo conduzida para fora de Auschwitz, marchando com sessenta mil outros, no inverno de 1945, apenas nove dias depois que os batalhões soviéticos chegaram ao campo. A SS executou às pressas milhares de detentos, e obrigou os outros a marcharem cinquenta quilômetros na neve até um depósito ferroviário onde eles foram amontoados como sardinhas em vagões de carga e mandados para Ravensbrück, no norte, e dali obrigados a marchar de novo para seus novos campos, no caso da minha mãe, Neustadt-Glewe, na Alemanha. Cerca de quinze mil prisioneiros morreram naquela Marcha da Morte, de exposição aos elementos, exaustão, de doença ou foram alvejados pela SS por caírem ou por ficarem para trás.

No que só se pode descrever como milagre, minha minúscula mãe sobreviveu a tudo isso. Ela estava entre os 1.244 sobreviventes dos campos, dos 25.631 judeus belgas que foram deportados. Sua vontade de viver e seu espírito de luta fizeram-na enfrentar o mal e suportá-lo, reafirmando seu futuro. Quando o campo de Neustadt-Glewe foi libertado, alguns meses depois, pelos russos, logo seguidos pelos americanos, minha mãe pesava pouco mais que o peso dos seus ossos.

Ela foi internada numa base americana, mas não esperavam que ela sobrevivesse. Contudo, ela voltou a surpreender a todos. Quando ficou estável o suficiente para voltar para sua casa, na Bélgica, ela precisou preencher um formulário, como todos os sobreviventes que iam retornar aos seus países. Eu encontrei esse formulário. Nele constavam seu nome e sua data de nascimento, e uma pergunta: "em que condição" ela estava retornando de seus treze meses de prisão. Sua resposta impressionante foi, numa caligrafia impecável: "en très bonne santé" ("com muito boa saúde").

* * *

MEU PAI, LEO HALFIN, era muito diferente da minha mãe. Enquanto ela era severa e às vezes distante, ele era uma pessoa descontraída e carinhosa. Para ele, eu era perfeita, e ele me amava incondicionalmente. Na infância, eu o amava muito mais do que à minha mãe exigente, embora eu talvez a respeitasse um pouco mais. Quando eu precisava me levantar para ir ao banheiro no meio da noite, chamava meu pai, e isso o fazia rir. "Por que você me chama, em vez de chamar sua mãe?", ele perguntava. E eu respondia: "Porque não quero incomodá-la."

Meu pai nunca ralhava comigo. Ele simplesmente me adorava, e eu também o adorava. Era tão carinhosa com ele quanto ele comigo. Eu adorava sentar-me no seu colo, cobrindo-o de beijos e bebendo todo o seu chá com limão, que ele tomava depois do jantar. Para o meu pai, eu era a coisa mais linda do mundo, e eu sentia que tinha o direito de ser o objeto de seu amor e devoção.

MEU PAI E EU PARECÍAMOS UM COM O OUTRO, e tínhamos o mesmo tipo de energia inesgotável. Ele adorava carros americanos, e, quando completei nove ou dez anos, ele costumava me levar para dar passeios no seu lindo Chevrolet Impala conversível, azul-celeste e azul-marinho, combinação bicolor muito popular no fim da década de 1950. Naquele tempo, antes dos cintos de segurança serem mais comuns, eu me ajoelhava no assento da frente em vez de ficar sentada, porque acreditava que assim as pessoas iriam achar que eu fosse uma adulta. Eu sempre quis ser mais velha do que a minha idade. Nunca quis ser uma menininha. Queria ser mulher feita, uma mulher sofisticada, uma mulher glamourosa. Queria ser importante.

Meu pai, sem saber, apressou este desejo. Quando ele vinha dizer boa noite para mim e me beijar na minha cama, ele costumava ser alertado por minha mãe. "Cuidado, não desperte os sentidos dela", dizia minha mãe. Meu pai costumava considerar engraçadíssimo o aviso da minha mãe. Como podia ele, um homem adulto, despertar os sentidos de uma menininha? Mas agora, ao lembrar-me disso, por mais engraçado que ele pensasse que isso era, ele despertava meus sentidos, sim. Meu pai me fazia sentir como se eu fosse uma mulher, então minha mãe tinha mesmo razão ao dizer aquilo.

Não eram sensações de cunho sexual. Era a consciência de que ele era um homem e que meu relacionamento com ele era, portanto, diferente do que eu teria com uma mulher. Que sorte tive por este primeiro homem na minha vida ter me amado sem críticas, sem proteções, sem julgamentos. Eu não precisava me esforçar para ter seu amor, não tinha que agradá-lo; sua aprovação não exigia nenhum esforço da minha parte. Isso causou um impacto importante na minha vida, e embora eu não soubesse na época, agora sei que tornou meus relacionamentos com homens bem mais fáceis. O que devo ao meu pai, pelo que lhe agradeço muito, é que eu sempre me senti muito confortável com os homens. Ele me deu autoconfiança.

Aquele primeiro amor e a primeira afeição marcam como eu presumo que os homens se sentem em relação a mim. Simplesmente penso que eles gostam de mim, sem esforço da minha parte, sem expectativas, nem tentativas de atrair sua atenção. O maior dom do meu pai para mim foi o de não ser uma mulher carente. Recebi tanto amor dele que não precisava de mais nenhum. Aliás, às vezes eu precisava rejeitar o amor dele, porque o fato de ele demonstrar afeto por mim diante dos outros me deixava constrangida.

Meu pai era um empresário de sucesso, distribuidor de válvulas eletrônicas e semicondutores da General Electric. Ele era próspero nos negócios, e, portanto, nós desfrutamos de muito conforto na vida.

Meus pais formavam um casal espetacular. Meu pai era muito bonito, tinha malares altos e um sorriso travesso. Minha mãe tinha um corpo elegante e lindas pernas. Vestia-se muito bem e era sedutora. Era ela quem mandava na nossa casa, de maneira que eu sempre a considerei o cérebro da família. Por mais que adorasse meu pai, era a ela que eu pedia conselhos.

Ela não era uma dona de casa tradicional, e era apenas aos domingos, os dias de folga da governanta, que eu a via, de vez em quando, na cozinha. Ela preparava um delicioso frango grelhado com batatas crocantes, e meu pai trazia doces para comermos de sobremesa. Meu docinho preferido chamava-se Merveilleux, e era feito de merengue, chocolate e creme *chantilly*. Nós, afinal de contas, estávamos na Bélgica, a terra do chocolate. Na verdade, a principal função da minha mãe em casa era instruir todos os outros membros da família, e fazia isso muito bem. Nosso apartamento era muito bem decorado, repleto de antiguidades colecionadas por ela. Lembro-me perfeitamente da ocasião em que ela procurou e finalmente encontrou o lustre estilo império que ela desejava tanto. Agora ele ilumina minha loja de Mayfair, em Londres.

Desde que minha mãe morreu, seis anos depois do meu pai, tenho procurado pistas nas vidas dos meus pais sobre a formação deles e sobre o motivo pelo qual eu sou quem eu sou. Essa busca me levou à Europa Oriental e à cidade de Kishinev [também conhecida em português por Chisinau], então capital da Bessarábia, e hoje capital da Moldávia, onde meu pai nasceu em 1912, e a Tessalônica, na Grécia, onde minha mãe nasceu em 1922.

Ambas as famílias dos meus pais trabalhavam na indústria têxtil. O pai do meu pai, um mercador russo abastado, entre cujos parentes incluíam-se muitos intelectuais e artistas (um deles, Lewis Milestone, dirigiu o filme de guerra que ganhou um Oscar da Academia de Cinema, *Sem Novidade no Front*), possuía várias lojas de tecidos em Kishinev. O pai da mamãe, Moshe Nahmias, judeu sefardita (judeu de origem espanhola) mudou-se com a família de Tessalônica para Bruxelas, quando minha mãe tinha sete anos, e passou a administrar a La Maison Dorée, a grande loja de departamentos cujo dono era seu cunhado, Simon Haim. A irmã da minha avó materna, minha tia-avó Line, era esposa de Simon Haim, que era riquíssimo, e insistiu para que a irmã viesse morar com ela em Bruxelas, trazendo a família dela. Portanto, embora eu nunca tivesse entendido isso antes, sou mesmo descendente, por parte do meu pai e da minha mãe, de uma família ligada à moda e ao comércio de varejo.

Não há nada que eu pudesse ter encontrado na infância da minha mãe que lhe desse a força inimaginável necessária para que ela sobrevivesse aos campos de extermínio. Pelo que eu podia notar, ela tinha uma vida agradável e tranquila em Bruxelas, e era muito mimada por ser a caçula de três meninas. O único desafio que ela e as duas irmãs tiveram que enfrentar, que frequentavam uma escola italiana na Grécia, foi ficarem mais fluentes em francês quando se mudaram para Bruxelas, de modo a poderem sair-se bem na escola. Meus avós maternos, que em casa falavam ladino, a língua dos judeus sefarditas, mudaram as datas de aniversário das filhas quando a família chegou a Bruxelas, para que elas pudessem passar por meninas dois anos mais jovens e tivessem mais tempo para se adaptar, aprender francês e ter bom aproveitamento escolar. Minha mãe frequentou o Lycée Dachsbeck, a mesma escola que frequentei anos depois, e até tivemos a mesma professora de jardim de infância e a mesma diretora, *Mademoiselle* Gilette. Descobri recentemente que a Madame Gilette havia fingido que não conhecia as leis raciais da invasão nazista e permitido que minha mãe se formasse no ensino médio. Foi provavelmente por isso que ela me escolheu para apagar as velinhas do bolo do 75º aniversário da escola, em 1952; eu era filha de uma ex-aluna que era sobrevivente dos campos de extermínio.

Meu pai chegou a Bruxelas dois anos depois que minha mãe, quando sua família se mudou para a Bélgica. Ele tinha dezessete anos em 1929 e estava planejando seguir os passos do irmão e se tornar engenheiro têxtil, quando aconteceu algo muito ruim em Kishinev. A empresa do meu avô faliu, e ele morreu de desgosto. Minha avó não conseguiu mais enviar dinheiro ao meu futuro pai. Ele parou de estudar, embora eu não tenha certeza de que ele tenha oficialmente se matriculado na faculdade na Bélgica, e foi trabalhar, aceitando qualquer emprego que pudesse encontrar. Ele não tinha planos de voltar para casa, e ficou apenas aproveitando sua liberdade de rapaz jovem e bonitão, muito embora sua vida de refugiado nem sempre fosse fácil.

Foi a guerra que fez com que meus pais se conhecessem. Quando a Alemanha invadiu e ocupou a Bélgica em 1940, muita gente fugiu para o sul, no que foi denominado O Êxodo (*L'Exode*). Meu pai e seu melhor amigo, Fima, foram para o sul da França de automóvel e ficaram temporariamente hospedados num hotelzinho de Toulouse. Eram jovens e muito bonitos, e embora fosse tempo de guerra e a situação fosse grave, eles riam muito e arranjaram várias namoradas pelo caminho. Minha mãe também chegou a Toulouse com sua tia Line e seu tio Simon. Eles viajaram confortavelmente em grande estilo, num Cadillac, com motorista.

Fima tinha dinheiro, mas meu pai era um duro. Detestava depender do seu amigo, e, portanto, todas as manhãs saía na sua bicicleta procurando empregos que encontrava no jornal, mas assim que chegava aos locais anunciados a vaga já havia sido preenchida. "Tente na estação ferroviária", sugeriu um empregador que sentiu pena dele. Ali meu pai conheceu um homem chamado Jean, que deu início à sequência de eventos que iria resultar no primeiro encontro entre minha mãe e meu pai.

– Conheço alguém que precisa voltar à Bélgica e tem que vender muitos dólares, porque não permitem que ninguém entre na Bélgica trazendo moeda estrangeira – disse-lhe Jean. – Conhece alguém que queira comprar dólares? Ele pagou trinta e quatro francos franceses pelos dólares, mas está disposto a vendê-los por trinta e três. – Meu pai certamente não conhecia ninguém que quisesse comprar dólares, portanto não deu muita atenção ao caso. Alguns dias depois, totalmente por acaso, conheceu outro homem chamado Maurice, que tinha um amigo que estava precisando comprar dólares e disposto a pagar 76 francos franceses por eles.

Meu pai não conseguiu acreditar no que estava ouvindo. Estaria entendendo direito? O Jean tinha alguém querendo vender a trinta três e Maurice tinha um comprador disposto a comprar a setenta e seis. A diferença seria um lucro e tanto. O problema era que o meu pai não fazia ideia de como voltar a encontrar o Jean. Ele não sabia seu sobrenome nem onde ele morava, portanto percorreu toda a Toulouse de bicicleta durante três dias e três noites, procurando por ele. No quarto dia, meu pai foi ao cinema e, percebendo que havia deixado o jornal no cinema ao sair, voltou para pegá-lo… e esbarrou no Jean!

Levaram dias para se livrarem das inúmeras complicações criadas no processo e finalizar a transação, porque era uma quantia muito elevada, e meu pai precisava provar que poderia entregar o dinheiro. Ele precisou pedir alguns dólares emprestados ao seu amigo Fima para completar uma pequena transação que servisse de amostra, para provar que ele era de confiança; e, depois de alguns dias, conseguiu fechar negócio. De um dia para o outro, ele passou de pobretão a ricaço. No seu diário, meu pai escreveu que se recordava de ter se sentido muito envergonhado por causa do seu terno gasto durante a transação, tanto que no mesmo dia em que fechou o negócio ele saiu e comprou três ternos, seis camisas e dois pares de sapatos. Sua boa sorte não terminou aí. O homem que estava comprando os dólares, por coincidência, era o tio da minha mãe, Simon. E foi assim que meus pais se conheceram.

Não foi amor à primeira vista. Leon Halfin tinha vinte e nove anos, sendo, portanto, dez anos mais velho do que minha mãe, e estava muito interessado em namorar muitas moças. Mas Lily era judia, e pelo que ele sabia, garotas judias não eram apenas para se namorar... mas para se casar.

Da Bélgica chegaram notícias razoavelmente boas, mesmo sob ocupação alemã, e em outubro de 1941 meus pais voltaram à Bélgica, cada um a seu tempo. Minha mãe não podia estudar na universidade por causa das leis raciais, deste modo frequentou a escola de moda, estudou chapelaria e aprendeu a confeccionar chapéus. Meu pai, que agora tinha muito dinheiro, não voltou a trabalhar na Tungsram, a empresa de aparelhos eletrônicos onde ele trabalhava, e tornou-se empresário de rádio em Bruxelas. Ele e minha mãe se encontravam em reuniões de parentes mais velhos e amigos da família, mas meu pai sempre tratava minha mãe como uma menininha, provocando-a e beliscando-lhe as bochechas. Não havia clima para romance, embora os dois claramente gostassem um do outro. Leon não sabia que minha mãe tinha uma paixonite secreta por ele.

Foi apenas no verão de 1942, quando a SS começou a prender judeus na Bélgica e a deportá-los, que começou o perigo para valer. Lucie, um grande amigo do meu pai e ex-colega da Tungsram, aconselhou-o a sair da Bélgica e a fugir para a Suíça. Ele comprou documentos forjados da resistência belga e começou a planejar sua fuga sob o nome tipicamente belga Leon Desmedt. Não fugiu sozinho. Lucie combinou com Gaston Buyne, um rapaz cristão de dezenove anos, para que ele o acompanhasse pela França até a fronteira suíça. Numa surpreendente reviravolta, uma moça chamada Renée, de dezenove anos, que meu pai havia acabado de conhecer, se juntou a eles. Ela era belga e católica, e havia se apaixonado pelo meu pai, resolvendo fugir com ele. A mãe dela tinha morrido recentemente e ela não gostava da madrasta. E esse trio improvável partiu no dia 6 de agosto de 1942.

A viagem de trem até Nancy, onde eles seriam transferidos para outro trem até Belfort, foi muito perigosa. Gaston, um belga com documentos legítimos, levou uma grande parte do dinheiro do meu pai, em notas escondidas nas suas ombreiras, moedas de ouro nos seus sapatos e meias, e mais notas em moeda suíça no seu estojo de toalete. Como Gaston parecia judeu, muito mais do que Leon, ele se revelou um perfeito despiste. Havia muitos postos de inspeção onde os soldados da SS alemã mandavam os passageiros do sexo masculino baixarem as calças para ver se eles tinham sido circuncidados. Gaston era em geral o escolhido para a inspeção. E aí o homem da SS só dizia "Perdão" nem se incomodando em inspecionar o meu pai, sentado ao lado dele.

Eles chegaram a Nancy à noite e se hospedaram num hotel. O trem para Belfort partia às 5h15 da manhã, e eles tiveram que enfrentar outro soldado jovem da SS a bordo, que quis que Gaston e Leon baixassem as calças. Dessa vez foi Renée que salvou Leon, sorrindo sedutoramente para o rapaz até ele passar a revistar outros passageiros.

Belfort era um lugar ainda mais perigoso. Havia inúmeros refugiados judeus hospedados no mesmo hotel, mas a identidade falsa do meu pai o salvou. A SS alemã passou revista no hotel naquela noite, e prendeu todos os judeus menos Leon Desmedt. (No diário do meu pai se lê que ele fez amor com Renée duas vezes nessa noite.) Mais tarde, eles ouviram dizer que todos os hóspedes que haviam sido presos naquela noite foram mortos.

Leon e Renée se separaram de Gaston na manhã seguinte ao se aproximarem da fronteira com a Suíça. Tomaram um ônibus para Hérimoncourt, e ali Leon contratou um guia local para levá-los através das montanhas e pastos para a Suíça, a apenas seis quilômetros de distância. Aquela última etapa da fuga custou 1.500 francos franceses sem garantia de sucesso. Alguns outros refugiados uniram-se a eles quando se encontraram com o guia, às cinco da madrugada, entre eles uma mulher com um bebê. Ela deu uma pílula para dormir ao bebê para que ele não chorasse, e eles partiram a pé através dos Alpes para atravessar a fronteira. "Corram, corram, corram naquela direção", disse o guia, apontando, e deixou-os prosseguir viagem sozinhos. Lembro-me que meu pai me contou que foram as vacas e seus sinos barulhentos que tornaram a fuga possível. Seguindo os sinos das vacas, Leon e Renée chegaram a uma cidade fronteiriça da Suíça, Damvant, no dia 8 de agosto de 1942.

"Por que está trazendo tanto dinheiro?", indagou o policial da alfândega ao meu pai. Ele lhes contou que era industrial na Bélgica, mas a polícia não acreditou na sua história. "Seus documentos são falsificados", disseram-lhe. Confiscaram-lhe o dinheiro, mas permitiram que ele entrasse na Suíça. "Pode solicitar seu dinheiro de volta quando partir", informou-lhe o policial.

Meu pai teve muita sorte. Embora continuasse a ser vigiado pelas autoridades suíças, e não conseguisse viajar livremente nem tivesse acesso a seu dinheiro sem cumprir inúmeras exigências burocráticas, passou alguns anos razoavelmente agradáveis naquele país. Separou-se de Renée, que fugiu com um policial logo depois que eles chegaram, e começou a sentir saudades de Lily, a vivaz "menininha" que havia deixado na Bélgica. A ocupação de Bruxelas tinha ficado muito grave e ele começou a preocupar-se com Lily. Lily e seus pais tiveram que abandonar seu apartamento e morar separados. Ela se escondeu numa casa que pertencia à resistência, para qual trabalhava. Minha tia Juliette mandou seu filho, meu primo Salvator, morar com sua babá cristã belga.

Lily, muito curiosa, foi ao apartamento da sua família um dia e descobriu que a SS havia saqueado o local e roubado todos os seus pertences. Ela também descobriu uma coisa que mudaria sua vida. Havia uma carta na caixa postal, inesperada, enviada da Suíça por Leon, o homem que ela tinha conhecido em Toulouse e nunca havia esquecido. Depois de lê-la e relê-la várias vezes, ela respondeu. Uma correspondência diária teve início entre os dois, cuidadosamente disfarçada porque todas as cartas precisavam passar por censores, como indicava a faixa azul larga nas cartas. Tenho a sorte de possuir essas cartas, as quais, com o passar do tempo, se tornaram mais íntimas e apaixonadas. Eles escreviam sobre seu amor e sobre o momento em que se reencontrariam depois da guerra, se casariam, viveriam juntos, teriam uma família e seriam felizes para sempre. As cartas só falavam de esperança e amor.

Então, subitamente, Lily parou de escrever. (Foi aí, lembro-me que meu pai me contou, que o espelho do quarto dele, no qual ele havia pregado uma foto da minha mãe com fita adesiva, caiu e se quebrou.)

Ele escreveu para ela várias vezes, pedindo em vão que ela respondesse. No dia 15 de julho, dois meses depois da prisão da minha mãe, ele recebeu uma carta de Juliette, a irmã mais velha da minha mãe, uma mensagem cifrada, para que pudesse passar pelos censores.

"Querido Leon", escreveu ela. "As notícias que tenho a lhe dar são péssimas. Lily foi hospitalizada."

QUANDO MINHA MÃE VOLTOU DA ALEMANHA, em junho de 1945, meu pai ainda estava na Suíça. Quando ele voltou para Bruxelas, quatro meses depois, ela tinha recuperado grande parte do peso que havia perdido, mas não era mais a mesma mocinha ingênua, travessa, pronta a se divertir, apaixonada, com quem ele se correspondia e com quem planejara se casar. Aquela moça não voltaria mais. Essa nova mulher tinha passado coisas horríveis, e iria trazer para sempre consigo essas feridas.

No seu diário, meu pai escreveu com grande franqueza sobre o seu reencontro. Ele admitiu mal ter reconhecido a moça da qual tinha ficado separado durante mais de dois anos. Ela estava diferente, era uma estranha para ele. Lily percebeu sua hesitação e lhe disse que ele não tinha obrigação de se casar com ela. O amor ainda existia, disse ele para tranquilizá-la, escondendo suas dúvidas. Eles se casaram no dia 29 de novembro de 1945.

O médico avisou a eles: "Custe o que custar, vocês precisam esperar alguns anos para engravidar. Lily não tem forças para dar à luz, e o bebê pode não ser sadio." Seis meses depois eles me conceberam acidentalmente. Lembrando-se do conselho do médico, tanto minha mãe quanto meu pai ficaram muito preocupados. Acharam que seria melhor interromper a gravidez, e para isso faziam longas viagens de motocicleta em ruas pavimentadas com paralelepípedos, mas não funcionou. Finalmente, certa manhã, meu pai trouxe para casa umas pílulas que induziriam um aborto. Minha mãe jogou as pílulas pela janela.

Nasci sadia e forte em Bruxelas, na véspera do Ano Novo, 31 de dezembro de 1946, um milagre. Por causa do preço que minha mãe pagou por esse milagre nunca senti que tinha o direito de questionar o que ela dizia, reclamar, nem tornar sua vida mais difícil. Sempre fui uma menina muito bem-comportada, agindo como uma adulta, e não sabia bem o porquê, mas sentia que era meu dever protegê-la. Nos seus diários, meu pai confessou que a princípio ficou decepcionado por eu não ser menino, porém dentro de alguns dias ele já havia me aceitado por completo e se apaixonado de novo pela minha mãe.

HÁ MUITO TEMPO DESCONFIO QUE, se eu não tivesse nascido, mamãe teria cometido suicídio. Pelo menos minha existência lhe deu algo em que se concentrar, um motivo para continuar vivendo. Apesar de toda a força e determinação da sua personalidade, ela era extremamente frágil. Escondia isso muito bem, e quando estava no meio de um grupo sempre era engraçada e divertida. Mas quando estava só, costumava ser dominada por uma tristeza incontrolável. Quando eu voltava para casa da escola à tarde, às vezes a encontrava sentada no seu quarto no escuro, chorando. Outras vezes, ao vir me buscar na escola, ela me levava a uma confeitaria ou íamos comprar antiguidades, rindo comigo e não mostrando nenhum sinal de suas lembranças dolorosas.

As pessoas que haviam estado em campos de concentração não queriam falar sobre o assunto, e quem não tinha ido não queria ouvir falar disso. Portanto, eu percebi que ela se sentia muitas vezes uma estranha, um peixe fora d'água. Quando ela falava comigo sobre isso, só mencionava as coisas boas, as amizades, os momentos alegres, o desejo de voltar para casa e o sonho de comer um prato de espaguete. Se eu lhe perguntasse como ela havia suportado aquilo tudo, ela brincava e dizia: "Imagine que está chovendo e você corre entre as gotas!" Ela sempre me dizia para confiar na bondade dos outros. Queria me proteger, mas percebi que era assim que ela havia protegido a si mesma... ignorando as coisas ruins, sempre negando a parte má das experiências e exigindo que as forças do bem vencessem e, custasse o que custasse, nunca agindo como vítima.

Ela fez o melhor que podia para esquecer a guerra. Mandou remover as duas séries de números tatuados nela. E num gesto maravilhoso de desafio, e para superar a lembrança do frio terrível que ela tinha suportado, comprou um casaco muito caro e quente de pele de marta com o dinheiro da indenização que recebeu do governo alemão.

QUANDO EU ERA MENINA, passava muito tempo sozinha, lendo e imaginando que teria uma vida luxuosa. Minha infância passou tranquila, embora a vida em Bruxelas costumasse ser monótona e sem graça. Eu adorava minha escola enorme, adorava meus livros, e era muito boa aluna. Adorava meu irmão e minhas amigas, Mireille Dutry e Myriam Wittamer, cujos pais eram donos da melhor confeitaria de Bruxelas. Nos fins de semana, nossa família passava os domingos no campo na mansão da minha tia-bisavó e do meu tio-bisavô. Eles tinham uma casa linda perto de uma imensa floresta, a Forêt de Soignes. Eu adorava passear no bosque, colhendo castanhas no inverno e frutinhas silvestres no verão. Meu pai jogava cartas com os homens e minha mãe trocava mexericos com as mulheres. Nós comíamos muitos pratos saborosos. Nos dias compridos e cinzentos, eu me perdia na leitura de Stendhal, Maupassant, Zola e, quando sentia vontade de ler algo mais leve, *As Aventuras de Tintim,* revista em quadrinhos sobre um audacioso rapaz que era repórter, criada pelo cartunista belga Hergé. Eu vivia as viagens e explorações do Tintim como se fossem as minhas próprias. Será que um dia eu descobriria todos esses lugares exóticos do mundo? Parecia que nunca iria acontecer nada emocionante comigo.

Quando eu estava de férias da escola e meus pais não podiam viajar, eu costumava visitar minha tia Mathilde em Paris. Ela tinha uma butique de luxo na rua Faubourg Saint-Honoré, que atendia uma clientela fiel e internacional. Ela vendia suéteres de caxemira estampados, vestidos de jérsei e ternos. Eu passava dias inteiros na loja. Trabalhava dobrando as roupas e colocando-as de volta nas prateleiras, em ordem. Esse foi meu primeiro contato com a moda, com o trabalho nas lojas de varejo e com as virtudes secretas dos tecidos de jérsei.

Em Paris, também visitava minhas primas, Eliane e Nadia Neiman, as duas filhas do primo rico do meu pai, Abraham, que tinha inventado o alarme contra roubo de automóveis. As meninas falavam russo perfeitamente, davam recitais de piano, e eram muito sofisticadas. Eu me sentia terrivelmente provinciana e desajeitada quando ia tomar chá ou almoçar com elas na sua majestosa casa de campo, em Neuilly. Durante o verão, meu irmão e eu íamos acampar perto de Montreux nos Alpes Suíços ou no Mar do Norte, na estância litorânea de Le Coq-sur-Mer na Bélgica. Também viajávamos com meus pais e meus tios e tias para o Sul da França ou para as montanhas suíças.

Meus pais formavam um casal muito vistoso, e eles se amavam muito, mas meu pai não era tão sensível às necessidades da minha mãe quanto deveria ser. Ele não queria reconhecer as marcas do sofrimento que ficaram nela, e, portanto, as ignorava. Ele dava duro, era generoso, mas era meio indiferente, e às vezes dizia coisas que a magoavam. Acho que ele nunca teve um relacionamento sério com ninguém antes de se casar com minha mãe. Viajava com frequência a negócios, e tenho certeza que ele não passava aquelas noites sempre sozinho, mas isso não era problema para os meus pais. Era sua insensibilidade para com ela que a tornava vulnerável. Dessa forma, o cenário estava armado para o que veio a seguir. E o que veio a seguir foi um homem chamado Hans Muller.

A CARTA, ENDEREÇADA A MINHA MÃE, estava na mesa de nosso corredor de entrada naquele dia em que voltei da escola. Por motivos que ainda não consigo entender, abri o envelope azul com aquela caligrafia muito clara. Era de alguém chamado Hans Muller, que, segundo percebi enquanto a lia, era amigo da minha mãe. Eu não sabia quem era esse Hans, e não me lembro do que dizia a carta, mas lembro-me que meu coração começou a bater muito rápido. Senti que algo grave tinha acontecido, algo que ia mudar totalmente nossas vidas, e que esse algo era Hans. Sabendo que o que eu havia feito era errado, recoloquei cuidadosamente a carta no envelope azul e a deixei na mesa, mas não era mais possível esconder o meu crime. Minha mãe voltou para casa, viu o envelope, e eu confessei que tinha aberto a carta. Nunca vi minha mãe tão transtornada e furiosa. Embora eu tivesse doze anos naquela época, ela reagiu de forma muito violenta, dando-me uma bofetada no rosto com toda a força. Fiquei desesperada, senti muita dor e muita vergonha. O que havia me feito abrir aquela carta?

Meu rosto tinha apenas um leve hematoma no dia seguinte quando entrei na sala de aula, mas por dentro eu estava arrasada. Eu tinha decepcionado minha mãe. Eu havia traído sua confiança. Nunca mais falamos no assunto, e não sei o que ela disse ao meu pai naquela noite quando ele voltou para casa. E, aliás, será que ele estava em casa mesmo naquela época ou estava viajando? Não me lembro. Eu me senti muito mal, e até hoje nunca mais voltei a abrir nenhuma carta nem a ler um documento ou mensagem de e-mail que não fosse endereçada a mim.

No ano seguinte, contra as objeções do meu pai, mas para minha grande emoção, minha mãe me mandou para o Pensionnat Cuche, um internato particular, às margens do Lago Sauvabelin, em Lausanne, na Suíça. Não deixei de notar que Lausanne ficava muito perto de Genebra, onde morava o Sr. Muller.

Durante os dois anos maravilhosos que passei naquela escola, levando minha vida sozinha, fazendo muitas amizades, e, pela primeira vez, apreciando minha independência dos meus pais, consegui montar o quebra-cabeças do relacionamento da minha mãe com Hans Muller. Meu pai viajava muito a negócios, e costumava levar minha mãe com ele. Quando a viagem precisava ser feita num avião, eles viajavam separados, para garantir que meu irmão e eu não ficássemos sozinhos no mundo se acontecesse algum acidente.

Hans Muller tinha se sentado ao lado da minha mãe numa dessas viagens, um voo muito longo de Bruxelas a Nova York. Ele era um rapaz de ascendência suíça e alemã muito bonito, que trabalhava com o comércio de frutas. Separado de sua esposa, morava com seu filhinho caçula, Martin, que era da mesma idade que meu irmão, Philippe. O Sr. Muller era educado e delicado, um total oposto do meu pai, cujos modos eram às vezes bruscos e que às vezes humilhava minha mãe em público. Hans era bem mais jovem do que minha mãe e ficou encantado com ela. Ele me diria, com o correr dos anos, que nunca havia conhecido uma mulher tão atraente, interessante e inteligente. Eles ficaram amigos, e isso acabou se transformando num caso romântico secreto, e depois numa relação duradoura.

Não fiquei feliz quando meu pai insistiu para que eu voltasse a Bruxelas depois de passar dois anos no internato da Suíça. Eu tinha voltado a ser uma prisioneira na minha casa, e dessa vez o clima no meu lar não era mais agradável como antes. Minha mãe e meu pai brigavam o tempo todo, e havia muita tensão no ar. Fiquei aliviada quando eles decidiram separar-se oficialmente. Acho que ambos esperavam que eu ficasse muito angustiada porque a família estava se desfazendo. Mas não fiquei, apenas lamentei pelo meu irmãozinho. Ele tinha apenas nove anos, e meus pais iriam continuar a brigar pela guarda dele durante anos depois de sua separação e seu divórcio.

Quanto a mim, em 1962 eu tinha quinze anos, me sentia adulta e segura, ansiosa por qualquer mudança que ocorresse. Nunca fiz minha mãe se sentir culpada por se separar do meu pai – em vez disso, a incentivei e a apoiei completamente. O que ela queria, tenho certeza, era liberdade e independência, depois de dezesseis anos de casamento, e eu sentia que ela merecia isso. Será que Hans tinha sido uma desculpa ou o motivo? Nunca soube com certeza. "Vá em frente", disse eu. Por sua vez, ela nunca me faria sentir culpada por nada também. Quando, anos depois, eu lhe disse que ia me separar do meu marido, Egon, sua reação foi me dizer: "Tudo bem" e nada mais.

Meu pai ficou arrasado quando minha mãe se separou dele. Sua vida inteira tinha girado em torno do trabalho e da família. Eu não fiquei muito triste por ele. Embora eu fosse a cara dele e o amasse muito, era com a minha mãe que eu me identificava. Ela queria seguir em frente, ter novas experiências na vida, viajar, aprender, crescer, expandir seus horizontes, conhecer gente nova, viver sua vida. Eu entendia.

E, portanto, meus pais se separaram e minha infância terminou. Uma porta se fechou, muitas outras se abriram. Prossegui meus estudos num outro internato, dessa vez na Inglaterra, durante dois anos, e depois entrei na Universidade de Madri, na Espanha. Minha mãe morou com Hans durante os vinte anos seguintes, mas depois também se separou dele. E eu, com minha mãe como modelo de comportamento, comecei a me tornar a mulher que eu decidi ser.

Se alguém tinha o direito de ser amarga, era minha mãe, mas nunca, jamais, eu a ouvi expressando sua amargura. Ela procurava o lado positivo de tudo e de todos.

Costumam me perguntar qual foi a pior coisa que já me aconteceu, quais foram meus maiores desafios. Acho difícil responder a essa pergunta porque tenho esse hábito que herdei da minha mãe, de transformar o que é ruim numa coisa boa, sei lá como, de modo que, no final, não me lembro do lado ruim. Quando tenho um obstáculo diante de mim, principalmente causado por outra pessoa, eu digo: "Muito bem. Não gostei disso, mas não posso mudar a situação, então vamos encontrar uma forma de contorná-la." Daí encontro um caminho diferente para chegar a uma solução, o que me deixa tão satisfeita que me esqueço de qual tinha sido o problema original. De todas as lições que minha mãe vivia martelando na minha cabeça, essa foi talvez a mais importante. Como seria possível aperfeiçoar-se sem enfrentar os desafios que surgiam, sem deixar a solução nas mãos de outras pessoas ou em algo mais, e sem aprender nada com isso? Costumo apresentar essa lição frequentemente nas minhas palestras para as moças. "Não culpe seus pais, não culpe seu namorado, não ponha a culpa no tempo. Aceite a realidade, acolha o desafio e enfrente-o. Assuma responsabilidade por sua própria vida. Transforme coisas negativas em positivas e se orgulhe de ser mulher."

Isso não acontece da noite para o dia, claro, e eu nunca parei de aprender com a minha mãe. Ela reforçou várias vezes as lições que me ensinou na minha infância.

Quando entrei na casa dos trinta, de repente desenvolvi um medo de voar, mas quando lhe contei isso, ela me olhou, sorrindo, e disse: "Diga-me, o que significa ter medo?" Quando eu, certa vez, fiquei em dúvida se deveria começar uma nova empresa, ela me falou: "Deixe de ser ridícula. Você sabe fazer isso." Quando recebi um diagnóstico de câncer aos quarenta e sete anos, ela previsivelmente me disse para não me preocupar, que eu não tinha nada a temer. Quis acreditar nela, mas tinha as minhas dúvidas. Como ela nunca mostrava nenhum sinal, nem mesmo em particular, de que estava com medo, eu também não tinha medo. Quando terminei meu tratamento, ela desabou, e aí percebi que ela, na verdade, havia sentido medo por mim, mas como nunca tinha demonstrado que estava sentindo medo, ela havia me dado a força e confiança de que eu precisava para me recuperar.

Depois que Egon e eu nos casamos, em 1969, ela passava vários meses, todos os anos, morando conosco em Nova York e desenvolvendo vínculos íntimos e afetuosos com meus filhos, Alexandre e Tatiana. Seu relacionamento com eles era muito diferente do relacionamento que ela tivera comigo. Ela nunca havia demonstrado muita afeição por mim, e sempre tinha existido uma certa distância entre nós. Em consequência disso, eu agia de maneira reservada perto dela, e nunca lhe comunicava meus pensamentos mais íntimos, exceto em cartas. Era muito mais fácil para mim me abrir em cartas, e acho que também era para ela. Em suas cartas para mim no internato da Suíça, e depois na Inglaterra, ela costumava dizer que eu era "o seu orgulho", mas na verdade nunca me disse isso pessoalmente, a não ser bem mais tarde, quando estava para falecer.

Ela era muito mais aberta com minha filha, como avó, e minha filha era mais aberta com ela do que comigo. Elas tinham uma cumplicidade incrível, e passavam horas juntas na cama da minha mãe, contando histórias uma à outra. Tatiana se tornou uma excelente contadora de histórias e produtora de filmes.

Minha mãe era excelente administradora financeira. Havia ficado com metade dos bens do meu pai quando se separou dele, e os investiu tão bem que anos depois conseguiu se sentir segura o suficiente para comprar para si uma linda casa na praia em Harbour Island, nas Bahamas. Se ela tivesse nascido numa época diferente, sob circunstâncias diferentes, teria sido dona de algum banco de investimentos bastante requisitado.

Meu filho, Alexandre, obteve grandes vantagens dos seus dons financeiros. Ela lhe ensinou o que eram ações e títulos, que tipos de empresas eram bons investimentos, e sobre lucros e dividendos. Toda tarde, quando ele voltava da escola, os dois estudavam as páginas do mercado de ações na edição da tarde do *New York Post* para que ele pudesse ver quais as ações que estavam subindo e quais as que estavam descendo. Quando ele tinha uns seis ou sete anos, meu novo namorado, Barry Diller, quis lhe dar um lote de ações no seu aniversário e lhe disse que ele podia escolher qual a empresa na qual ele queria investir. "Escolha a mais cara", aconselhou minha mãe. Alexandre escolheu a IBM.

Não resta dúvida de que a educação financeira que ela lhe deu transformou-o no homem de finanças que ele é hoje em dia. Ele administra as finanças da família, é conselheiro de empresas de grande prestígio e provou ser um soberbo consultor para todos nós.

Minha mãe era minha rocha. Por mais que eu pensasse que tinha superado o medo de voar, lembro-me de um voo muito assustador e cheio de turbulência, até Harbour Island, com ela e Alexandre, quando ela havia acabado de ter alta do hospital. Quando o avião perdeu altura subitamente e rangidos bem altos se fizeram ouvir na cabina, fechei os olhos e pensei: "Ai, meu Deus, estou com medo. A quem vou recorrer para ter forças? Seguro a mão do meu filho corpulento e forte, ou da minha mãe frágil e moribunda?" E não tive dúvida em buscar forças na minha mãe. Pus minha mão sobre a dela.

MAIS OU MENOS NA MESMA ÉPOCA em que fizemos aquela viagem de avião, lembro-me de me sentir angustiada quando minha filha, Tatiana, estava para dar à luz. Uma coisa é o filho da gente ter um filho, mas, por algum motivo, quando a filha da gente vai ter um, a gente sente na nossa própria carne. É uma agonia física. Fiquei morrendo de medo pela minha filhinha, pensando em tudo que poderia dar errado. Liguei para a minha mãe, chorando, enquanto ia para o hospital no meu carro. Ela estava muito frágil, mas reuniu forças para me dar apoio, embora, no fim, felizmente, eu não tenha precisado da força que ela me deu. Antonia nasceu sem nenhuma complicação, e Tatiana também passou bem. Em mais uma prova de sua força, minha mãe agarrou-se ao fio de vida que tinha para poder visitar o bebê de Tatiana. Embora seu corpo tivesse definhado quase totalmente, sua mente e sua força de vontade eram fortes. Muitas vezes na vida ela esteve doente e à beira da morte, mas sua incrível força e sua determinação a mantiveram viva.

Nós já tínhamos saudado sua primeira bisneta, Talita, filha de Alexandre e de sua esposa na época, Alexandra Miller, e da mesma forma se gravou com intensidade na minha memória o dia fantástico no qual Alexandre trouxe Talita, de um ano, no carrinho dela, para visitar minha mãe e eu no hotel Carlyle em Nova York. Era Dia das Mães, e Alexandre galantemente trouxe para cada uma de nós um buquê de flores. Nossos olhos estavam pregados na adorável garotinha, que ficou de pé, agarrada numa cadeira, e, de repente, arriscando-se, andou sozinha, dando seus primeiros passos! Todos nós aplaudimos e a elogiamos, mas aí algo inacreditável aconteceu. Eu estava vendo a minha mãe, tão velhinha, enrugada e doente na sua cadeira, olhando para aquela garotinha no chão, e a garotinha olhando para ela, quando de repente vi uma luz branca passar bem rápido, quase um relâmpago, saindo da minha mãe e indo até Talita. Acredito que naquele dia a energia e o espírito da minha mãe se transferiram para a minha neta. Eu vi isso acontecer... aquele relâmpago branco partindo da minha mãe e entrando na Talita. Eu vi isso claramente.

MINHA MÃE NÃO MORREU PACIFICAMENTE. Acho que estava revivendo os horrores dos campos de concentração e lutando contra a morte, como havia feito em Auschwitz. Essa não foi a primeira vez que ela reviveu aqueles horrores. Por mais que ela tivesse tentado enterrar o passado e concentrar-se no futuro, ela havia tido um colapso vinte anos antes, durante uma visita à Alemanha com Hans e alguns clientes dele. Meu coração tinha quase parado quando Hans ligou para mim em Nova York para dizer que ele havia despertado naquela manhã no hotel e minha mãe não estava mais no quarto. Ele finalmente a encontrou escondida no saguão do hotel, sob o balcão do recepcionista, falando muito alto e dizendo coisas sem sentido. "Por quê? O que houve?", perguntei-lhe, em pânico também. Ele achou que talvez tivesse sido o jantar da noite anterior com seus clientes num restaurante. Estava muito quente, e as pessoas das outras mesas em torno dela estavam falando muito alto, em alemão. Desconfiei que ela e Hans também haviam brigado, mas, independente do motivo, ela tinha se desintegrado completamente.

Hans achava que talvez ela voltasse a si se eu falasse com ela, e tentei falar com calma ao telefone, mas ela só conseguia balbuciar coisas sem sentido algum. Hans a levou de volta para a Suíça e a internou na divisão de psiquiatria do hospital, e todos fomos para lá visitá-la, meu irmão, eu e até meu pai. Mas ela continuou muito confusa, rindo um minuto, chorando no outro, dizendo coisas incoerentes e desencontradas. Ela não queria comer nem beber nada, nem queria tirar o casaco de peles que tinha insistido em usar no leito do hospital. Pensamos que íamos perdê-la. Mas ela era uma sobrevivente em todos os sentidos, e três semanas depois já estava bem o suficiente para sair do hospital e ir para uma clínica, onde ela passou sua convalescença. Uma vez mais, ela provou que era um milagre, voltando à vida de um lugar muito distante.

Durante o período terminal, em 2000, mesmo carinhosamente assistida pela sua enfermeira, Lorna, ela perdeu as forças para enfrentar a morte e exorcizar os demônios que sempre a haviam perseguido.

Meu irmão Philippe e eu a sepultamos em Bruxelas ao lado de meu pai. Ela sabia que havia um lugar reservado para ela ali, e estava satisfeita com isso. Eles haviam sido os grandes amores de suas respectivas vidas, muito embora estivessem separados, e nada mais justo que terminassem repousando lado a lado. Nós mandamos gravar na lápide do meu pai: "Obrigado por seu amor", e na lápide da minha mãe: "Obrigado por sua força".

Os Muller não compareceram à cerimônia fúnebre. Hans tinha se casado depois que se separou de minha mãe e, no nosso nervosismo, após a morte dela, não conseguimos nos comunicar com seu filho, Martin, a tempo para convidá-los para o sepultamento. Eu me senti muito mal com isso, porque Martin sempre tinha sido muito chegado a ela; eu o amava e Lily era como uma mãe para ele.

"Hoje estamos conduzindo minha mãe, Lily, ao local de seu repouso eterno", escrevi a seus amigos e a minhas amigas que não puderam comparecer. "Nossos corações estão pesados, mas também devem estar leves porque ela se libertou de todo sofrimento e partiu na sua aventura eterna cercada por tanto amor."

"Há quase cinquenta e cinco anos Lily foi libertada dos campos de extermínio. Com vinte e dois anos de idade e menos de 28 quilos. Havia uma chama naquele monte de pele e ossos, uma chama que era a vida. Os médicos a proibiram de ter filhos, ela teve dois. Ela lhes ensinou tudo, como ver as coisas, a questionar, a aprender, a entender e, acima de tudo, a nunca ter medo."

"Ela emocionava a todos que encontrava, ouvia seus problemas, lhes transmitia soluções e os inspirava a encontrar a alegria de viver outra vez. Ela parecia muito frágil e fraca, mas na verdade era forte e corajosa, sempre curiosa para descobrir novos horizontes. Viveu plenamente e continuará a viver através de seus filhos, seus netos, seus bisnetos e seus amigos que tanto a amavam."

Assinei a carta de todos nós, "Diane, Philippe, Alexandre, Tatiana, Sarah, Kelly, Talita e Antonia". (Meus netos Tassilo e Leon ainda não haviam nascido.)

Encontrei um bilhete encantador, entre muitos outros que minha mãe havia escrito para si mesma, mandei imprimi-lo com um lírio-do-brejo em relevo, porque era sua flor predileta, e a incluí junto com a carta que eu havia escrito.

"Deus me deu vida e sorte na minha existência", escreveu ela. "Durante minha vida, continuei sempre tendo sorte. Eu a sentia seguindo-me como uma sombra. Ela me segue o tempo inteiro, e eu a levo para toda parte aonde vou, dizendo, 'Obrigada'."

2

AMOR

"Amor é vida é amor é vida…" Escrevi estas palavras dentro de um coração quando me pediram para criar uma camiseta para uma instituição beneficente anos atrás, no início da década de 1990. Não me lembro qual era a instituição, mas lembro-me de ter tirado uma foto da camiseta usando como modelo Roffredo Gaetani, meu ex-namorado italiano aristocrático, musculoso e atraente; depois cortei a cabeça dele, removendo-a da foto, e transformei essa foto num postal. Ainda tenho alguns desses cartões postais, e aquele mesmo desenho passa pela minha tela do computador, já apareceu em capas de iPhone da DVF, bolsas de compras de lona, vestidos envelope com estampado de pichação, e até mesmo em maiôs babyGap. Essas palavras, saídas do fundo do meu coração, se tornaram meu mantra pessoal e o lema característico da minha empresa.

Amor é vida é amor. Não há como imaginar a vida sem amor, e a essa altura da minha vida, não creio que haja nada mais importante: amor pela família, amor pela natureza, amor pelas viagens, amor pelo aprendizado, amor pela vida em todos os aspectos, toda ela. O amor é ser grato, amor é prestar atenção, amor é ser aberto e compassivo. Amor é usar todos os privilégios que a gente possui para ajudar quem precisa. Amor é dar voz àqueles que não a possuem. Amor é uma forma de sentir-se vivo e respeitar a vida.

Apaixonei-me muitas vezes, mas agora sei que estar apaixonada nem sempre significa que a gente sabe como amar. Estar apaixonada pode ser uma necessidade, uma fantasia ou uma obsessão, ao passo que o verdadeiro amor é um estado muito mais tranquilo e feliz. Concordo com George Sand, a romancista francesa do século XIX: "Há apenas uma felicidade na vida, amar e ser amada" escreveu ela. Eu senti essa felicidade muitas vezes, mas o que descobri com a idade é que o verdadeiro amor é incondicional, e que isso é um verdadeiro êxtase.

O amor consiste em relacionamentos, mas o relacionamento mais importante é aquele que você tem consigo mesmo. Quem mais está com você o tempo inteiro? Quem mais sente a dor quando você se machuca? A vergonha quando você passa por uma humilhação? Quem pode sorrir das suas pequenas satisfações e rir das nossas vitórias senão você mesmo? Quem entende os seus momentos de medo e solidão melhor do que você? Quem pode consolar você melhor do que você mesmo? Você é que possui as chaves do seu ser. Você tem o passaporte da sua própria felicidade.

Não podemos ter um bom relacionamento com ninguém se não tivermos um bom relacionamento com nós mesmos. Depois que tivermos isso, qualquer outro relacionamento é uma vantagem, não uma obrigação. "Reservem algum tempo este verão para realmente se conhecerem", disse eu a uma turma de meninas que estava se formando no ensino médio, e iam começar a viver as suas próprias vidas. "Tornem-se as suas melhores amigas; vai valer muito a pena. Dá muito trabalho e pode causar sofrimento, porque exige honestidade e disciplina. Significa que vocês têm de aceitar quem vocês são, ver todos os seus defeitos e fraquezas. Depois de terem feito isso, vocês podem se corrigir, melhorar e aos poucos descobrir as coisas de que vocês gostam em si mesmas, e começar a construir a sua vida. Não há amor a menos que haja verdade, e não há nada mais verdadeiro do que descobrir e aceitar as pessoas que vocês realmente são. Sendo críticas, vocês vão descobrir coisas de que não gostam e coisas de que gostam, e vocês são esse pacote inteiro, sem tirar nem pôr. É esse pacote inteiro que vocês precisam aceitar e é o pacote inteiro que precisam controlar. Isso tudo são vocês! Tudo que vocês pensam, fazem, tudo aquilo de que gostam, as pessoas que vocês são e todas essas coisas se entrelaçam e formam a trama de uma vida, a sua vida."

Terminei meu discurso com uma citação antiga:
Cuidado com teus pensamentos, pois eles se tornam palavras;
Cuidado com tuas palavras, pois elas se tornam ações;
Cuidado com tuas ações, pois elas se tornam hábitos;
Cuidado com teus hábitos, pois eles se tornam um caráter;
Cuidado com teu caráter, pois ele se torna teu destino.

Eu tive a sorte de iniciar um relacionamento comigo mesma bem cedo na minha vida. Não sei o motivo. Talvez porque não tivesse irmãos até a idade de seis anos e ficasse muito sozinha, ou talvez porque me ensinaram, desde o início, a ser responsável por mim mesma e por minhas ações.

Lembro-me de ter descoberto aquele "eu" pequenino no reflexo do espelho da penteadeira da mamãe, e de ter ficado intrigada com ele. Não que adorasse minha imagem, mas enquanto fazia caretas engraçadas e feias para meu reflexo eu apreciava o controle que tinha sobre ele; eu podia obrigá-lo a fazer tudo que eu quisesse. Eu me deixei absorver por aquele "eu" pequenino e senti vontade de aprender mais sobre aquela pessoinha. Depois, quando aprendi a escrever, escrevia histórias sobre aquela personagem e as fantasias que eu imaginava para ela. As histórias inventadas ficaram mais raras à medida que eu passei a escrever diários, narrando minhas experiências, minhas frustrações, minha sensação de vazio cósmico ou meu desejo de vencer. Meu diário se tornou meu amigo, meu refúgio.

Meus diários de adolescente se perderam, e embora eu deseje ainda tê-los comigo, raramente penso nos que ainda conservo. Sua importância estava no momento do registro, no fato de ter um amigo a quem contar confidências. A essa altura da minha vida, raramente faço anotações nos meus diários. Substituí esse hábito por um diário visual. Levo comigo uma câmera a toda parte e tiro fotos do que desejo guardar na memória: pessoas, natureza, objetos, arquitetura. Costumo usar essas fotos para me inspirar.

Também aprendi como é importante para mim passar algum tempo sozinha para me recarregar e reforçar aquela conexão interior. É fácil perder-se quando a gente está o tempo todo em companhia de outras pessoas. Preciso de silêncio e solidão para criar uma defesa contra a barragem diária de informações e desafios. Às vezes, quando estou no meio de uma multidão, até nas festas que dou, desapareço alguns minutos, só para ficar sozinha. Eu costumava sentir-me triste e deslocada nestes momentos, solitária e desligada. Mas não me sinto mais assim. Uso esses momentos para reconectar-me comigo mesma e para acumular forças.

IGUALMENTE TRANQUILIZANTES E FUNDAMENTAIS são o meu amor e a minha necessidade de contato com a natureza. Nada me nutre mais do que ver o dia surgir depois da noite, a força das ondas, a majestade das árvores. Caminhar na floresta, perder-se na natureza me recorda como somos pequenos no universo; e isso, não sei por que, me tranquiliza. Lembro-me de que um dia estava passeando no campo com meu filho, na época muito pequeno, Alexandre. Eu estava perdida em pensamentos, e quando ele me perguntou quais eram esses pensamentos, respondi: "Estou imaginando o que acontecerá conosco." O pequeno Alexandre, muito sabiamente, respondeu: "Eu sei o que vai acontecer, mamãe. A primavera vai chegar, as árvores vão se encher de folhas outra vez, depois vem o verão, depois o outono, e as folhas vão mudar de cor e cair. E depois disso virão o inverno e a neve." Sorri e peguei sua mão. "Claro que é isso que vai acontecer", respondi. Nunca me esqueci deste momento.

AMOR É VIDA É AMOR, e, como a maioria das mães modernas, meu amor mais forte sempre foi por meus filhos. Eu nunca vou me esquecer da emoção incrível que foi ver pela primeira vez o meu filho Alexandre. Eu me senti como se já o conhecesse. Eu tinha tido muitas conversas bem longas com ele antes de ele nascer, e sempre me sentia como se ele fosse meu parceiro, além de meu filho.

Alexandre também foi a resposta para meu sonho de infância, ter um filhinho americano quando eu crescesse. Por ser europeia, eu pensava que os meninos americanos eram mais bacanas, mais informais e mais moleques. Os meninos europeus pareciam muito sérios e às vezes até reprimidos, e eu adorava o fato de que os meninos americanos, que assistiam futebol e praticavam esportes o tempo todo, eram diferentes. Terminei conseguindo exatamente o que eu queria: um autêntico menininho americano, embora ele tenha o título de "príncipe" como o Egon. Porém, enquanto eu via o Alexandre criar seus próprios filhos americanos, percebi que eu o decepcionei pelo menos numa coisa: não prestei atenção suficiente a sua vida atlética, e raramente compareci aos jogos dele durante sua infância e adolescência. Nunca dei a ele o apoio nos esportes que ele secretamente deve ter desejado que sua mãe lhe desse.

Em muitos aspectos eu não sabia o que fazer quando ele era bebê, porque, como toda mãe de primeira viagem, eu era inexperiente. Eu me sentia meio intimidada, de modo que confiava demais na nossa babá italiana, até que a vi manuseando o Alexandre no banho de maneira impaciente e a demiti. Dali por diante, deixei de me sentir intimidada e passei a usar meu senso comum.

A bela e travessa Princesa Tatiana Desirée von und zu Fürstenberg veio treze meses depois do irmão. Ela era especial. Eu disse desde o início que ela foi o fio de óleo que a gente derrama na mistura de gemas de ovo com mostarda para fazer a maionese aparecer. Ela foi a magia que nos transformou, os três, numa família de verdade. Quando Tatiana nasceu, não fomos o Egon e eu que tivemos uma filha, fomos o Egon, o Alexandre e eu que nos tornamos uma família completa. E embora o casamento não tenha durado, nós continuamos sendo uma família para sempre.

Sinto grande empatia pelas mães que trabalham, e o cabo de guerra que elas sentem, como eu senti, entre estar com meus filhos e sair para o trabalho. Nunca me ocorreu deixar de lado minha empresa em crescimento porque eu insistia em pagar todas as minhas contas e não aceitei dinheiro do Egon quando nos separamos; mas sempre foi difícil sair de casa. Uma vez do lado de fora, porém, eu me sentia livre, energizada, e concentrava-me em ganhar o suficiente para proporcionar a todos nós uma vida confortável. E isso aconteceu bem depressa, por causa daquele vestidinho envelope [wrap dress, em inglês].

Com o primeiro lucro que obtive, comprei Cloudwalk, uma propriedade incrivelmente bela em Connecticut, como presente de aniversário para mim mesma no meu vigésimo sétimo aniversário, para que pudéssemos passar algum tempo descansando juntos num ambiente onde também pudéssemos nos sentir livres. E era o que fazíamos. Eu passava muito tempo lá com meus filhos e seus colegas de escola, cozinhando para eles, e vivia levando um ou outro deles para a emergência do hospital para ver se um corte precisava de pontos ou um braço estava mais do que apenas machucado. Durante a semana eu ia para Nova York, posar de magnata outra vez, saindo pela porta a passos largos, de sapatos de salto alto e meias arrastão. Eu piscava no espelho, sorria para a minha sombra e saía por aí para ganhar a vida e me tornar a mulher que eu decidi ser.

Desde o princípio, tratei Alexandre e Tatiana mais como gente grande do que como crianças. Eu nunca os menosprezava e sempre os incentivava a expressarem suas opiniões e a assumirem responsabilidade por si mesmos. Tornar-me independente foi o que minha mãe fez por mim, e eu, com certeza, iria fazer isso por meus filhos. Exatamente como eu havia começado a manter um diário na infância, insisti para que eles também começassem a registrar suas vidas e pensamentos. Eles começaram até mesmo antes de terem idade suficiente para ler e escrever, desenhando os acontecimentos de suas vidas em papel. Terminávamos os dias trocando novidades sobre o que eles haviam feito na escola e o que eu tinha feito no trabalho, durante a "hora do debate", quando eles iam para a cama. Eu os envolvia em todas as facetas da minha vida, inclusive nos meus negócios. "Tenho meu trabalho e a escola é o trabalho de vocês" eu lhes dizia. "Todos nós saímos para trabalhar, temos nossas vidas e nossas responsabilidades. Vocês precisam apresentar resultados na vida de vocês e eu na minha." E essa abordagem acabou se revelando excelente. Tatiana tirava ótimas notas na escola, Alex se saía muito bem e eu conseguia grandes resultados em meu trabalho.

Eu os levava comigo em viagens tão frequentemente quanto possível, e, apesar das objeções deles, ambos se tornaram bons viajantes. Eles costumavam reclamar ou se incomodar com as condições de viagem que parecessem perigosas ou monótonas para eles no momento, mas aqueles momentos de suas aventuras incomuns terminavam se transformando em maravilhosas recordações e grandes histórias para se contar. Lembro-me de uma viagem a uma ilha muito isolada e pré-histórica, a ilha de Nias, em frente a Sumatra, no arquipélago indonésio. O minúsculo barquinho no qual viajamos era obviamente frágil. A travessia de volta no meio da noite foi tempestuosa, quente e repleta de insetos. Ficamos calados enquanto eu rezava para que conseguíssemos chegar sãos e salvos ao continente. A viagem foi exótica, mas talvez exótica demais, arriscada e perigosa, porém conseguimos terminá-la. Aquela experiência acabou sendo narrada nas redações que eles escreveram, nos seus requerimentos para a faculdade, em resposta à pergunta: "Qual foi uma das coisas mais perigosas e arriscadas que você já fez na vida?"

Tanto em circunstâncias assim extremas, quanto em outras, mais calmas, sempre apreciei viajar com meus filhos. Viajar com os filhos é incomparável, porque permite que descubramos coisas juntos. A gente experimenta tudo e todas as novidades em pé de igualdade. Sempre achei esse período de intimidade excelente, e o recomendo aos pais em geral. Não é preciso dizer "olha isso" ou "olha aquilo" porque a gente descobre tudo ao mesmo tempo que eles: as paisagens que vemos, as pessoas que encontramos, as filas para ingressos, a parada para o almoço, o inesperado.

Teria eu me tornado a mulher que eu decidi ser sem ter filhos? Eu certamente não teria sido a mesma pessoa. Na verdade, é muito difícil, até mesmo impossível, para mim, imaginar como a minha vida teria sido sem eles. Nós crescemos juntos. Eu tinha vinte e quatro anos quando tive meus filhos, mal tinha me tornado adulta. Eu não tinha idade suficiente para desejar filhos, mas de repente eles chegaram, e, com eles, minha responsabilidade. Eu os amava com uma intensidade que jamais havia sentido antes. Eles serão para sempre uma parte de mim.

Recebi imensa ajuda de suas duas incríveis avós, ambas muito presentes nas vidas dos meus filhos. Minha mãe vinha morar conosco em Nova York por vários meses durante o ano escolar, e desenvolveu com eles uma relação de grande afeto. A mãe de Egon, Clara Agnelli Nuvoletti, era igualmente atenciosa. As crianças passavam quase todas as férias com ela, seja na ilha de Capri, na casa dela nos arredores de Veneza ou no chalé das montanhas de Cortina d'Ampezzo. Minha mãe havia se tornado uma ótima amiga de Clara, e costumava ir com eles, para meus filhos terem consigo suas duas fantásticas avós.

Como isso era maravilhoso, principalmente para Tatiana. Alexandre começou a viajar para ter suas próprias aventuras, como esquiar nas geleiras e velejar, mas Tatiana preferia ficar com as avós. Aprendeu francês com minha mãe, e italiano e culinária com Clara. O segundo marido dela, Giovanni Nuvoletti, era presidente da academia de culinária da Itália, e Clara escreveu diversos livros de culinária. Tatiana tornou-se excelente cozinheira e costuma cozinhar para nós hoje em dia. Ela também tinha longos debates filosóficos com suas duas avós sobre amor e o significado da vida. Clara fazia Tatiana rir com mexericos de sua vida privilegiada, e minha mãe a recordava dos desafios da adversidade.

Ao contrário de mim, as avós tinham muito tempo, o que era maravilhoso para as crianças e para mim. Elas tiveram uma influência intensa e muito importante: eram professoras, modelos de comportamento, participantes ativas e, acima de tudo, parentes carinhosas. Ambas tinham recordações para compartilhar, um excelente senso de humor e as duas eram ótimas contadoras de histórias.

NUMA CASA COM TRÊS MULHERES – minha mãe, Tatiana e eu –, Alexandre foi sempre considerado o homem da casa. Ele era aquele que tinha sido treinado para assumir a liderança. Agora que ele é homem feito, tornou-se tudo que nós sempre desejamos que ele fosse. Ele cuida do nosso patrimônio e se tornou muito valioso para o crescimento da DVF. Tatiana também se tornou uma importante protetora da família: uma especialista em diagnosticar doenças e uma grande conselheira. Agora eles dois é que tomam conta de Barry e de mim. Todos nós participamos da diretoria da DVF e dividimos a direção da Fundação da Família Diller-von Furstenberg. Conversamos ao telefone todos os dias, às vezes mais de uma vez. "Eu te amo" e "Eu também te amo" é como encerramos nossas conversas.

Se eu tenho um arrependimento na vida é o de não ter prestado mais atenção à Tatiana quando, na verdade, ela é que precisava mais dessa atenção. Ao contrário de Alexandre, que sempre foi muito rebelde e me obrigava a fazer súplicas chorosas quando se tornou um motorista muito veloz na adolescência,

Tatiana era uma menina muito bem-comportada, e causava tão poucos problemas que eu nem ligava muito para ela. Isso foi um erro. Eu só percebi bem mais tarde que, como ela raramente fazia algo que atraísse a atenção para si, sentia que eu gostava menos dela do que do seu irmão. Isso me causava dor no coração, porque eu os amava com igual intensidade, mas podia ver que ela se sentia assim. Alexandre recebia mais atenção minha porque Tatiana não parecia precisar de atenção. Eu estava completamente enganada.

Desde o momento em que Tatiana conseguiu andar, as perninhas dela pareciam rígidas demais. Ela era capaz de andar bem, naturalmente, mas nunca foi capaz de correr. Esse problema dela começou a ficar evidente quando ela passou a frequentar a escola e tinha dificuldade em praticar esportes. Levei-a a vários ortopedistas, que lhe examinaram os ossos para ver se ela tinha escoliose, mas disseram que não havia nada errado com ela, que seus músculos eram simplesmente mais rígidos do que os de outras crianças e isso provavelmente passaria com a idade. Mas ela nunca deixou de ser assim. Em vez disso, passou anos escondendo seu sofrimento de todos nós, até que um dia, quando tinha vinte e poucos anos, tentou atravessar correndo a Park Avenue e caiu de cara no asfalto. Que tristeza senti ao vê-la com os dois olhos roxos e um lábio imensamente inchado porque ela não pôde levantar os braços a tempo de impedir a queda. Tatiana tinha acabado de completar seu mestrado em psicologia na época e se lembrou de uma referência a transtornos neuromusculares. Um neurologista da Columbia Presbyterian finalmente diagnosticou o problema dela: miotonia, um transtorno muscular genético que atrasa o relaxamento dos músculos depois de qualquer exercício, especialmente quando o tempo está frio.

– Como é que sua mãe não percebeu isso antes? – indagou o médico, espantado, uma pergunta que me partiu o coração. Nós tínhamos consultado ortopedistas, os quais só haviam se preocupado em examinar os ossos dela.

Senti-me mal demais por ela e zangada comigo mesma. Quando tínhamos tentado tratar aquele problema dela, Tatiana estava na Escola Spence de Nova York, onde ela e as outras meninas do ensino fundamental tinham que subir e descer nove lances de escadas várias vezes por dia. Que agonia devia ter sido para ela, mas eu não sabia de nada, porque ela nunca tinha se queixado. Seu sofrimento só aumentou quando eu levei meus filhos para Cloudwalk, a nossa casa de Connecticut, quando ela estava na quinta série, e a escola de lá colocava ênfase no atletismo. Tatiana esforçava-se muito, pensando que a deficiência dela era coisa da sua cabeça pois um certo médico havia lhe dito que ela simplesmente não tinha problema algum; porém, mesmo assim, ela nunca reclamava. Como minha mãe, Tatiana recusou-se a se considerar uma vítima.

Nunca me perdoarei por não ter percebido nem entendido o alcance de sua deficiência, como aquilo a fazia sentir-se diferente dos outros alunos e era uma fonte de grande sofrimento físico e emocional. Nós, desde então, tivemos muitas conversas extensas sobre o assunto, e eu descobri que, assim como eu não tinha querido incomodar minha mãe, ela também não queria me deixar preocupada enquanto crescia. Ela via a pressão e o estresse aos quais eu precisava submeter-me durante o trabalho na minha empresa (ela e Alexandre sempre haviam chamado a minha empresa de o meu "terceiro filho") e ela não queria acrescentar ainda mais pressão à minha vida.

Em 2014, Tatiana descobriu que não tem miotonia, mas sim doença de Brody, uma doença que também é genética e afeta os músculos, inclusive o músculo cardíaco, o que explica melhor a sua dificuldade de acompanhar os outros. Isso outra vez provou como é difícil para ela enfrentar os desafios da vida. Gostaria que ela tivesse me contado. Mas talvez ela tenha feito isso e eu simplesmente não escutei. Guardei um bilhetinho que ela me escreveu quando era muito pequena. Está no mural, em meu escritório de Cloudwalk. Eu adorei aquele bilhete porque o achei muito engraçadinho. Dizia: "Mãezinha, você não sabe mesmo nada sobre mim." Sinto-me muito mal hoje em dia ao ler esse bilhete que eu tinha achado uma gracinha, quando, na verdade, nem ela nem eu entendemos que era um pedido de ajuda.

Tatiana pode não ser capaz de se mover tão rápido quanto as outras pessoas, mas sua inteligência, sua imaginação, seu coração e seu talento são tão imensos que ela vai continuar a realizar todos os seus sonhos.

Tatiana sempre obteve as melhores notas escolares: formou-se com louvor na sua escola de Connecticut e se saiu tão bem nos estudos que pulou a sétima série. Ela sempre fazia os deveres de casa do irmão, além dos dela, e lhe recordou isso durante anos, constantemente repetindo para o Alexandre: "Eu fazia seu dever de casa para você. Preenchia seus formulários de matrícula, escrevi a sua tese também", mas também admite que agora ela está recebendo a recompensa, graças aos talentos financeiros de Alexandre.

Tatiana nunca gostou muito das escolas que frequentou, portanto simplesmente vivia pulando de uma para outra, da escola de Connecticut para um ano de internato na Suíça, depois outro ano na Inglaterra, e depois para a Universidade Brown, aos dezesseis anos. Ela se formou em pouco mais de três anos. Fiquei extremamente orgulhosa dela. Fui a sua formatura com minha mãe e Mila, minha governanta da França que sempre havia gostado muito da Tatiana e que ficou emocionadíssima quando ela me presenteou com um buquê de flores em agradecimento por tudo que eu havia feito por ela. Mas melhor ainda do que as flores, adorei ver seu sorriso largo e sua incrível beleza naquele dia triunfante. Alexandre estudou na Brown também e formou-se um ano depois de Tatiana (embora ele seja um ano mais velho), portanto meus dois filhos têm mais instrução do que eu.

Sinto-me cada vez mais ligada aos meus dois filhos à medida que os anos vão passando. Em geral, posso sentir quando há algo errado e quando eles precisam de mim. Para mim, só existe "nós" nunca "eu". E isso nunca mudará. Olho para eles agora e os amo, os respeito e os admiro. Alex é um pai excepcional que adora a vida, além de ser um executivo e administrador brilhante. Tatiana é uma mãe maravilhosa, e também professora e terapeuta, roteirista e diretora de sucesso. Seu primeiro filme, *Os Segredos de Tanner Hall*, cujo roteiro ela coescreveu e depois dirigiu e produziu junto com sua colega Francesca Gregorini, foi vencedor do Audience Award do Festival de Filmes GENART 2011, e lançou Rooney Mara, que foi desse primeiro papel de protagonista a candidata ao prêmio Oscar de Melhor Atriz pelo filme *Os Homens que Não Amavam as Mulheres*.

GOSTO DE BRINCAR, dizendo que meus filhos são minhas melhores amostras, mas essas amostras definitivamente não estão à venda. Olhando para eles já adultos, e quase começando a envelhecer, é possível para mim dizer que fui um tipo de mãe bem-sucedida e fracassada. Não podia fazer isso no início da vida deles, e certamente não durante sua adolescência, quando só rezava constantemente para que eles pudessem passar por ela vivos. Mas agora posso apreciar a safra que obtive das sementes que plantei há tantos anos, e ficar um pouco sossegada... porém, não totalmente.

A MELHOR COISA QUANDO A GENTE SE TORNA AVÓ é assistir aos nossos filhos se tornando pais. Pela primeira vez você entende que eles realmente prestaram atenção às coisas que você lhes dizia durante a infância inteira. Vejo isso na forma pela qual eles procuram tornar seus filhos independentes, a forma pela qual eles lhes dão liberdade, os incentivam a tomar suas próprias decisões, os amam e os apoiam.

Exatamente como minha mãe me incomodava com seus intermináveis conselhos, tenho certeza de que incomodei meus filhos lhes passando aqueles conselhos dela e dando-lhes muitos conselhos meus, mas obtive a recompensa com meus netos. A filha mais velha de Alexandre, a Talita, a primogênita e agora adolescente, parece-se muito com o pai, portanto tenho a tendência de ser ao mesmo tempo exigente e permissiva. Ela é linda e muito inteligente, excelente em debates, pintora talentosa e precoce. Adoramos conversar sobre tudo: os negócios da DVF, as experiências de minha mãe durante a guerra, política, tudo, enfim. Quando ela tinha nove anos eu a levei comigo a Florença, onde eu estava preparando um desfile de moda no jardim privativo de uma bela mansão. "Você quer vir comigo e ser minha assistente?", perguntei-lhe. "Vou ficar trabalhando, portanto você também vai ter que trabalhar." "Claro, claro", ela respondeu, e participou da magia que é preparar um desfile de moda: assistir à montagem dos cenários, escolher as modelos, provar os trajes, eleger os *looks* definitivos. Tivemos uma semana deliciosa e inesquecível, roubando alguns momentos durante o dia para ir a museus, e à noite para assistir a comédias românticas tendo a Europa como cenário, como *Cinderela em Paris* e *Sabrina*, da coleção de Audrey Hepburn que eu havia trazido comigo.

Quando o irmão caçula de Talita, o Tassilo, completou dez anos, Barry e eu o levamos às Olimpíadas de 2012 em Londres. Fiquei meio preocupada com o que eu iria fazer sozinha com um menininho, mas terminamos nos divertindo a valer, assistindo partidas de basquete e vôlei, e rindo o tempo inteiro. Tassilo tem o nome do pai de Egon, o Príncipe Tassilo Egon Maximilian, e nasceu um verdadeiro principezinho, um principezinho americano. Eu não sei muito bem o que eu quero dizer com isso, mas é assim que nós todos o vemos. Ele é descolado, um gatinho, tem muito bom coração, é excelente atleta e ótimo estudante. "Gosto de levar a vida com tranquilidade", é como ele se descreve.

Antonia, a filha da Tatiana, é uma estrela. Eu a considero a militante da família, a pessoa política, uma estudante nota dez, compassiva, boa pintora, artista nata e incrível musicista. Ela só precisa escutar uma canção uma vez que imediatamente já a tira no piano. Ela impressionou todos num dos shows de talentos de

Natal da DVF quando, com onze anos, executou uma música da Adele, não como uma criança, mas como uma artista de verdade. Ela também é maravilhosamente forte e sensata. Recebi um e-mail indignado dela depois de enviar uma mensagem de "Feliz Dia Internacional das Mulheres". "Não deveria ser o dia das mulheres e das meninas?", respondeu ela. "Nós não somos mulheres também?"

Antonia que, como eu e a mãe dela, frequentou um internato na Inglaterra, é uma excelente companhia. Passei dias maravilhosos com ela em Nova York, Londres, Paris e Xangai, onde tiramos um dia para visitar as cidadezinhas vizinhas a esta cidade, conhecidas por seus jardins belíssimos.

Barry e eu passamos todo Natal e Ano Novo com nossos netos, às vezes no nosso barco, outras vezes numa aventura em terra. Como faço aniversário na véspera do Ano Novo, sempre ganho uma surpresa deles: uma colagem, uma música que eles compuseram, ou um bolo de aniversário na cama como me lembro que aconteceu num maravilhoso feriado de Ano Novo na Patagônia, no Chile. E cartas. Sempre trocamos cartas de Ano Novo repletas de amor e votos positivos.

Todos os avós pensam que seus netos são incríveis, e eu sou uma avó muito coruja, sem dúvida nenhuma. Enquanto escrevia este livro, fui abençoada com a chegada de um quarto neto, o Leon (que tem o nome do meu pai). É o terceiro filho de Alexandre, e seu primeiro com AK, como chamamos sua bela companheira de vida e noiva Alison Kay. Estou ansiosa para ter uma relação especial com o pequeno Leon como tive com os outros netos.

AMEI MUITO E ME APAIXONEI INÚMERAS VEZES. Talvez eu tenha me apaixonado com tanta frequência porque simplesmente adorava me apaixonar. Para mim, apaixonar-me não era uma necessidade; era uma aventura. Meu pai me encheu tanto de amor que eu não achava que precisasse de muito amor em retribuição, nem queria isso. Essa independência emocional fazia alguns homens se sentirem inseguros e frustrados, e outros aliviados. Não é que eu não tenha sido como qualquer outra garota, dependente, ciumenta às vezes, esperando "aquele" telefonema ou cometendo burrices. Claro que eu fiz isso, muitas e muitas vezes.

A primeira vez na qual eu me lembro de ter me apaixonado foi por um menino em Bruxelas que não estava nem um pouco interessado em mim. O nome dele era Charlie Bouchonville. Eu o via no bonde NR4 ao voltar para casa da escola. Ele tinha olhos verdes e uma pinta muito bonita no canto do olho esquerdo, usava um blusão de camurça e era muito elegante. Eu ainda era uma menininha, de peito liso como uma tábua, e tudo mais. Acho que ele nem percebeu que eu existia, mas eu sonhei com ele durante muito tempo, e quando fui para o internato fiquei contando prosa, dizendo que ele era meu namorado, o que nunca aconteceu.

O primeiro rapaz que beijei era italiano. Seu nome era Vanni, abreviatura de Giovanni, e nós nos beijamos no salão de chá do Hotel Rouge em Milano Marittima onde minha mãe, meu irmão e eu estávamos passando férias no litoral italiano do mar Adriático. Eu tinha quatorze anos. Vanni era um rapaz extremamente sensual, que devia ter mais de dezoito anos porque dirigia, orgulhoso, um Alfa Romeo amarelo. Nós nos encontrávamos depois do almoço no salão de chá do hotel para nos beijarmos. Minha mãe mandava o Philippe segurar vela e ele ficava só sentado, nos vigiando. Philippe e eu dividíamos um quarto, e certa noite o Vanni subiu até nosso quarto depois que meu irmão adormeceu. Eu me senti muito crescida ali, falando com o Vanni no quarto aos cochichos, mas no fim acabei decepcionando o Vanni. Ele queria mais do que eu estava disposta a fazer, de forma que nosso flerte adorável ficou só nos beijos. Nós nos correspondemos durante algum tempo depois disso, o que foi perfeito para que eu praticasse meu italiano. Aprendi italiano escrevendo cartas de amor.

Meu primeiro namorado firme foi o Sohrab. Ele havia nascido no Irã e estava estudando arquitetura em Oxford. Tinha um sorriso lindo, dirigia um Volkswagen azul-turquesa e me tratava muito bem. Eu tinha acabado de chegar a Stroud Court, um internato para meninas nos arredores de Oxford. As aulas ainda não haviam começado, mas eu tinha vindo antes do início do ano letivo, assim como Danae, uma menina grega de Atenas, que se tornou minha melhor amiga naquele ano. Danae e eu fomos ver uma exposição de esculturas de Henry Moore no Museu Ashmolean, e depois fomos tomar chá do outro lado da rua, no Hotel Randolph. Ali conhecemos esses dois rapazes persas muito gatos, Sohrab e Shidan, e imediatamente nos tornamos todos grandes amigos.

Nossa escola nos permitia sair nas tardes de quarta-feira, o dia inteiro aos sábados e nas tardes de domingo. Na quarta-feira seguinte, Sohrab me levou ao cinema para assistir ao filme *007 Contra o Satânico Dr. No*, o primeiro filme de James Bond. Eu mal consegui entender os diálogos, porque meu inglês não era muito bom, mas me diverti muito naquela tarde. Sohrab era bondoso e atencioso. Meus pais estavam passando por um divórcio desagradável, e as cartas que eu recebia de casa me faziam sentir impotente e triste. Sohrab me consolou e me levou para comer comida indiana. Eu nunca tinha estado num restaurante com um rapaz antes, e isso me pareceu muito especial.

Depois nós fomos para o quarto dele na Banbury Road. Ele só tinha uma escrivaninha grande ao lado da janela e uma cama grande. Era muito frio e úmido ali, e a cada hora nós colocávamos uma moeda de seis *pence* no aquecedor para mantê-lo funcionando. A cama dele era confortável, e ele também. Nós nos beijamos muito. Eu era virgem e ainda usava calcinhas de algodão de menina pequena, o que me fez sentir constrangida. Eu queria fingir que era mais velha e sofisticada, mas não queria ter relações sexuais ainda. Nós rompemos o relacionamento durante algum tempo, e depois começamos a nos encontrar de novo. A essa altura eu já estava usando lingerie de seda. Já tinha dezesseis anos. Ele se tornou meu primeiro amante, carinhoso e atencioso. Ele me fazia feliz. Muitos, muitos anos depois, descobri que eu também havia sido sua primeira amante. Ele tinha vinte e um anos.

No verão seguinte, eu fui passar férias em Riccione, na Itália, com meu pai e meu irmão. Sohrab e Shidan vieram de carro da Inglaterra me visitar, no caminho para o Irã, onde iam vender o pequeno carrinho Volkswagen azul-turquesa para levantarem fundos antes de voltarem a Oxford. Eles não ficaram muito tempo, menos que uma tarde. Até hoje, meu irmão, que ainda era criança, lembra-se disso e não entende o que houve depois. Um dia eu estava claramente apaixonada por Sohrab, com a foto dele no meu quarto de hotel. No dia seguinte, conheci Lucio na praia. E ele se tornou meu namorado seguinte.

Lucio era um rapaz de vinte e dois anos, muito bonito, que se parecia com o ator italiano Marcello Mastroianni. Nós nos apaixonamos um pelo outro. Ele era ardente e experiente. Segurava meu braço com firmeza e me levava para a floresta de pinheiros atrás da praia. Fazia amor comigo durante muito tempo, me fazendo sentir como uma mulher de verdade. Durante o dia eu era uma menina normal de dezessete anos, que estava passando umas férias legais com seu pai e seu irmão, mas à noite eu tinha uma vida secreta, uma mulher adulta que estava tendo um caso de amor muito sensual. Lucio estava apaixonadíssimo por mim, e eu por ele.

Nós mantemos uma correspondência apaixonada durante muito tempo, e de vez em quando conseguíamos nos encontrar pessoalmente. Uma vez, em Milão, onde eu havia acompanhado meu pai numa viagem de negócios, nós nos trancamos num quarto de hotel perto da estação ferroviária durante o dia inteiro. Uma outra vez, fui a Crevalcore, perto de Bolonha, onde ele morava. Aproveitando-me do fato de que minha mãe estava viajando com Hans, saí cedo do internato e me desviei do meu caminho, indo para a Itália em vez de rumar para minha casa em Genebra. Conheci a família dele, que tinha uma pequena fábrica de bolsas. Eles organizaram um jantar para mim num restaurante local e eu dormi num hotelzinho perto da casa dele. Depois, ele veio me visitar duas vezes enquanto eu estava estudando na Espanha. Nossos encontros cheios de paixão continuam sendo uma lembrança de um tempo repleto de arroubos sentimentais.

Dois anos atrás, recebi uma carta triste da esposa de Lucio. Ele havia morrido, e depois disso ela encontrou minhas cartas e algumas fotos. Ela me perguntou se eu gostaria de tê-las de volta. "Mas claro", respondi, e, para meu encanto, recebi uma caixa enorme com centenas de cartas de amor que eu havia lhe enviado, assim como fotos, cardápios e passagens de trem. Ele tinha guardado tudo.

Na Inglaterra, depois das férias, fiquei encantada por uma menina francesa da minha escola. O nome dela era Deanna. Ela era muito tímida e masculina, e me deixou intrigada. Ficamos muito amigas. Saíamos juntas para a Universidade de Madri, onde havia muitos protestos anti-Franco e tantas greves que nós quase nunca íamos para a universidade, porque ela estava quase sempre fechada. Nós dividíamos um quartinho sombrio, numa pensão para moças na Calle de la Libertad, no centro de Madri. Para entrar na nossa pensão à noite, tínhamos que bater palmas e o Serrano, que tinha as chaves do quarteirão, abria a porta do nosso edifício e nos deixava entrar. Fizemos amizade na Faculdade de Filosofia e Letras onde estudamos Cultura Espanhola. Assistíamos apresentações de dança flamenca à noite e íamos a touradas aos domingos. Madri era uma cidade reprimida naquela época, ainda ferida pela guerra civil. O clima era de depressão, e eu vivia entediada.

Minha vida tomou um rumo diferente durante as férias de Natal naquele ano. Minha mãe, Hans, o Martin, filho do Hans, o meu irmão e eu fomos comemorar as festas de fim de ano em Gstaad, nos Alpes Suíços. Ficamos hospedados no Hôtel du Parc, sem nos divertir muito, quando de repente, uma tarde, na aldeia, esbarrei na minha melhor amiga do Pensionnat Cuche, meu internato de Lausanne. Isabel era da Venezuela, um pouco mais velha do que eu, bonita e sofisticada. Foi Isabel que me ensinou a dar beijo de língua, praticando em espelhos. Ela morava com a mãe e a irmã em Paris; seu pai, Juan Liscano, era um escritor famoso e intelectual de Caracas.

O encontro com Isabel mudou o curso de minha vida porque naquela noite ela me levou a uma festa e eu entrei oficialmente no mundo do *jet set*. A festa foi no chalé da família Shorto, uma senhora de ascendência brasileira e inglesa, e seus cinco belíssimos filhos. A música era alta, todos dançavam samba, fumavam, bebiam, riam, e falavam muitas línguas ao mesmo tempo. Todos pareciam se conhecer. Eu nunca havia estado num lugar assim antes. Eles me adotaram na mesma hora. Eu passei a fazer parte do grupo e fiquei com Isabel depois que minha família voltou para Viena.

Em Gstaad, conheci um "homem mais velho" de trinta e poucos anos, que gostou de mim e não saiu do meu lado por uma semana. Seu nome era Vlady Blatnik. Ele morava na Venezuela, onde tinha uma fábrica de sapatos bem-sucedida. Vlady me levava a jantares, e nós íamos esquiar juntos todos os dias. Na véspera do Ano Novo, meu aniversário, ele me comprou uma blusa estampada de seda da Pucci, com calças pretas e botas pretas para combinar. Esse foi meu primeiro traje de grife. Naquela noite, fiz dezenove anos, e muito embora não me sentisse tão bela ou glamourosa quanto as outras mulheres no salão, sentia que minha vida tinha finalmente começado!

Voltar para Madri para terminar o ano letivo foi frustrante, mas durante a primavera, Deanna e eu planejamos uma viagem pela Andaluzia. Descobrimos a beleza de Alhambra em Granada, e a magia de Sevilha. Aquela viagem encerrou minha estadia na Espanha. Decidi continuar meu curso em Genebra, onde mamãe morava com Hans. Deanna se mudou para a Andaluzia e ficamos amigas durante mais algum tempo, depois perdemos contato uma com a outra.

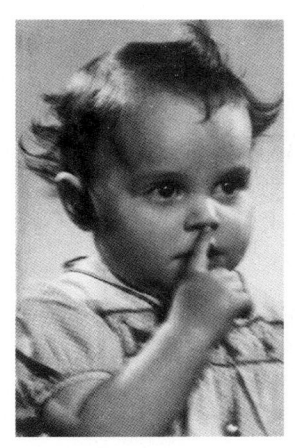

Ainda uma criança, mas já era curiosa.

Quando bebê, com meus pais.

Minha mãe e eu esperando o Expresso do Oriente. Foi a primeira vez que tive uma foto minha publicada em uma revista.

Todas as fotos sem créditos deste caderno foram cortesia da autora.

Meus pais, prontos para ir a uma festa, em 1958.

Meus pais, no dia do seu casamento, em 29 de novembro de 1945.

Com meu irmão Philippe, ainda bebê, em 1953.

Meu pai, quando jovem, com sua bicicleta.

Meu pai, Leon.

Aos três anos, fingindo ler o jornal.

Minha mãe,
Lily.

Um dos dois bilhetes jogados por minha mãe a caminho do campo de prisioneiros em Malines.

Hans Muller, o companheiro de minha mãe durante grande parte de sua vida.

> Dieu m'a donné la Vie.
> et la chance avec la Vie.
> Durant ma vie, j'ai gardé ma chance
> Tout le long, je l'ai sentie
> Comme une ombre elle m'a suivi
> et partant avec les autres
> Je l'emmène à tout venant en.
> Disant "Merci ma chance".
>   Merci la Vie
>   Merci – Merci
>
> Lily Nahmias Halfin

O cartão de lembrança da cerimônia fúnebre de minha mãe com uma mensagem que ela escreveu para si mesma.

Aos nove anos, no balneário belga
de Knokke le Zoute.

Pré-adolescente, em férias,
no Mar do Norte.

Eu como "Lady Cortina", meu primeiro e único concurso de beleza, em 1967.

Aos quinze anos, voando sozinha.

Com Lucio, meu namorado italiano, em 1966.

Numa festa cujo tema eram piratas, na casa de Brigitte Bardot, em St. Tropez.

Liguei para a Deanna há alguns anos para convidá-la para a inauguração de minha nova butique de Honolulu, onde ela mora atualmente. Nós continuamos nossa amizade do ponto onde havíamos parado, como amigas de infância fazem. "Você consegue acreditar que agora temos mais de sessenta anos?", disse-lhe eu. E rimos do absurdo que isso é. Eu me sentia da mesma idade que tinha quando a vi pela última vez.

Sempre tentei continuar em contato com pessoas que foram importantes na minha vida, e com as pessoas que amei. Depois que amo alguém, amo para sempre, e não há nada mais confortável e significativo do que velhos amigos e amantes. Tenho muita sorte de ter tido e continuar tendo tanto amor na minha vida. Sem isso, eu jamais seria quem sou.

Encontro grande felicidade nos meus relacionamentos com velhos amigos, espelhos vivos que refletem histórias de riso e tristeza, triunfos e fracassos, nascimentos e mortes, dos dois lados.

Meu amigo mais chegado e mais antigo é Olivier Gelbsmann, que me conhece desde que eu tinha dezoito anos. Ele vem seguindo todos os passos da minha vida, de modo que quando estamos juntos não precisamos falar para saber o que o outro está pensando. Olivier trabalhou comigo bem no início, depois trabalhou com Egon, e mais tarde se tornou decorador de interiores. Agora trabalhamos juntos nos produtos decorativos e para o lar da DVF. Olivier estava presente quando meus filhos nasceram, e em cada momento importante da minha vida. Ele consolou todos os meus namorados quando eu rompi com eles. Olivier era amigo da minha mãe, da minha filha e agora das minhas netas. Meu amigo, o artista grego Konstantin Kakanias, com quem eu colaborei num livro em quadrinhos inspirador, *Be the Wonder Woman You Can Be* [Seja a Mulher Maravilha que Você Pode Ser], bem como em outros projetos, também foi amigo de quatro gerações de mulheres da minha família.

Guardo com carinho as lembranças que compartilho com amigos como Olivier e Konstantin. As paisagens mudam, as pessoas vêm e vão, mas todas as paisagens, todas as experiências, todas as pessoas se entretecem e formam o tecido da sua vida. O amor não se compõe apenas das pessoas com quem tivemos casos de amor. Amor são momentos de intimidade, de atenção para com os outros, de conexão. Quando aprendemos que o amor está em toda parte, a gente o encontra em toda parte.

Exatamente como coleciono livros e artigos têxteis, também coleciono lembranças e amigos. Adoro recordar. Não é que eu seja alguém que curte uma nostalgia, mas adoro intimidade. É o oposto do papo furado. É a coisa mais próxima da verdade. "Beleza é verdade, verdade é beleza" como aprendi em Oxford, quando estudei o poeta inglês John Keats.

Durante toda a minha vida procurei não mentir. A mentira é tóxica. As mentiras são o início dos desentendimentos, das complicações e da infelicidade. Praticar a verdade nem sempre é fácil, mas como em todas as práticas, ela se torna um hábito. A verdade é catártica, uma forma de manter as árvores do jardim da vida podadas. Quanto mais verdadeira a gente é, melhor, porque a verdade simplifica o amor e a vida.

* * *

Há muitos graus de amor, claro. Eu sei agora que todas as inúmeras vezes em que me apaixonei, apenas dois homens foram realmente grandes amores meus. Eu me casei com os dois, com um no início da minha vida, com o outro, bem mais tarde.

Egon. Eu nem mesmo sei por onde começar a descrever o que devo ao meu primeiro marido, o Príncipe Egon von und zu Fürstenberg. Sempre lhe serei grata porque ele me deu tanto. Ele me deu meus filhos; ele me deu o seu nome; ele me deu sua confiança e seu incentivo, pois acreditava em mim; compartilhou tudo comigo, todo o seu conhecimento e todos os seus contatos, ao dar-me o seu amor.

Conheci Egon numa festa de aniversário em Lausanne. Lembro-me do seu sorriso largo, seu rosto infantil, e dos dentes separados. Ele tinha acabado de se matricular na Universidade de Genebra, onde eu estava estudando. Ele também havia acabado de retornar de alguns meses numa missão católica no Burundi, onde tinha dado aulas às crianças e cuidado de leprosos. Fiquei impressionada. Lembro-me do traje que estava usando na noite em que o conheci, porque ele me elogiou: calças tipo *palazzo* cor-de-rosa e uma túnica bordada que eu havia pedido emprestada à minha mãe. Nós dois tínhamos dezenove anos.

Egon era um pretendente perfeito, um príncipe austro-germânico por parte de pai, e herdeiro de uma enorme fortuna por parte da mãe, Clara Agnelli, a filha mais velha da família que era proprietária da fábrica de automóveis Fiat. Egon parecia interessado por mim, talvez porque eu já tinha feito amizade com muita gente em Genebra e ele havia acabado de chegar. Nós saíamos muito juntos, e certo domingo ele me levou de carro até Megève, que ficava perto, nas montanhas, para passar o dia na neve. O carro enguiçou e Egon foi buscar ajuda. Eu me lembro de ter aberto o porta-luvas para olhar o passaporte dele. Eu nunca havia conhecido um príncipe antes, e queria saber se o título dele constava do passaporte (não constava). Quando Egon voltou para o carro, trazendo um mecânico, o motor imediatamente voltou a funcionar. Não havia nada de errado com o carro. Até hoje, lembro-me da cara de constrangimento do Egon. Foi aquele desamparo dele que me seduziu.

Egon morava num apartamentozinho de luxo alugado perto de Lac Léman, e eu morava em casa, com mamãe e Hans; porém, nós estávamos sempre juntos. Minha mãe, que nunca havia tomado conhecimento de nenhum namorado meu antes, imediatamente adotou o Egon. Eles se tornariam muito amigos. Egon tinha muita energia e um excelente senso de aventura. Vivia planejando viagens e lugares para descobrir. Ele sugeriu que nós e um grupo de amigos nossos participássemos de uma excursão ao Extremo Oriente. Eu consegui convencer minha mãe a permitir que eu fosse com eles, mas quando ela me levou ao aeroporto, descobriu que Egon e eu éramos os únicos passageiros. Os outros haviam desistido. Entrei em pânico, pensando que ela não me deixaria ir sozinha com ele, mas ela deixou.

Nós nos divertimos muito. Índia, Nova Délhi, Agra, e o magnífico Taj Mahal, Tailândia e seu mercado flutuante, Birmânia e seus cem pagodes, Camboja e as ruínas de Angkor Wat, a confecção de roupas noturna em Hong Kong. Saíamos para passear o dia inteiro, todos os dias, como perfeitos turistas, e à noite éramos convidados para jantar com gente local por causa dos contatos que o Egon tinha através da Fiat. Ele era o jovem mais charmoso do mundo. Seu carisma e entusiasmo eram contagiantes, e viajar com ele era sempre uma interminável sequência de surpresas e serendipidade.

Em Bangkok, jantamos com Jim Thompson, um famoso americano que havia decidido morar na Tailândia depois da guerra e tinha organizado todos os tecelões de seda independentes, formando a enorme empresa que possuía, a Thai Silk Company. O Sr. Thompson estava de camisa e calças de seda, e calçava sapatos de veludo bordados. Morava numa magnífica casa tailandesa antiga, repleta de antiguidades. Da casa podíamos ver os tecelões trabalhando à noite, à luz das lanternas, em todo o mercado flutuante. Eu me lembro de ele ter nos dito que estava partindo para umas férias no dia seguinte nas selvas da Malásia. Porém, ele nunca mais foi visto depois disso. Dizem que ele era um agente duplo ou triplo, e acabou sendo morto.

Em outra noite, na Tailândia, fiquei morrendo de raiva do Egon, porque o encontrei no quarto hotel sendo massageado por uma bela tailandesa, e desci até o bar. Um americano de ar sombrio pagou uma cerveja tailandesa muito forte para mim e anunciou que trabalhava para uma empresa contratada pelo departamento de defesa americano, afirmando: "Ah, a Guerra do Vietnã vai acabar logo, logo, mas não faz mal, porque agora vai haver um novo mercado para armamentos no Oriente Médio." (Dois meses depois, começou a Guerra dos Seis Dias de 1967 entre Israel, Jordânia e Síria.) Fiquei chocada. Nunca havia percebido que as guerras eram, na verdade, ocasiões para fechar negócios entre certo tipo de pessoas. Elas fazem pesquisas, utilizam marketing, vendas, tudo que uma empresa normal faz, só que para a indústria bélica e da guerra. Foi chocante descobrir que assim que as empresas contratadas pelo departamento de defesa ouviam dizer que iria haver algum conflito em algum lugar, elas enviavam vendedores e assim abriam um novo mercado.

Egon e eu íamos a toda parte e descobríamos tudo juntos. Lembro-me da primeira vez que ele me levou a Villa Bella, o chalé de sua mãe em Cortina D'Ampezzo nos Alpes italianos. Eu nunca tinha estado numa casa tão elegante, confortável e incomum antes. Toda de madeira, parecia uma casa de pão de mel gigante, cheia de antiguidades, uma mistura inesperada de tecidos coloridos e grandes quantidades de prata e vidros de Murano. Havia muitas empregadas vestidas como tirolesas e mordomos de libré dos pés à cabeça, mas o clima não era de rigidez. Os jovens iam esquiar o dia inteiro e se reuniam com os outros para jantar. As refeições eram generosas e deliciosas, claro, e a conversa era bem-humorada e superficial.

Clara, a mãe de Egon, estava lá com o Conde Giovanni Nuvoletti, que se tornaria seu segundo marido alguns anos depois. Giovanni era escritor, um erudito. Era muito eloquente, e fazia sala, enquanto Clara era descontraída e espirituosa. Éramos um grupo de amigos da universidade que tínhamos vindo a Villa Bella para as festas de fim de ano, e eu dividia o quarto com uma linda ruiva chamada Sandy. Comemorei meu vigésimo aniversário ali, ainda me sentindo meio deslocada. Quando comemorei o meu vigésimo primeiro aniversário, naquele mesmo chalé, no ano seguinte, eu já estava me sentindo mais à vontade e acostumada à família, ao ambiente, ao estilo de vida em geral.

Egon me levou ao Sul da França para conhecer seu glamouroso tio Gianni Agnelli, no seu iate, e para assistir ao Grande Prêmio de Mônaco, a famosa competição automobilística. Ele me levou ao festival de filmes no Lido de Veneza, e ao Baile Volpi, no Canale Grande. Conheci todas as pessoas importantes, em todos os lugares: aristocratas, cortesãos, empresários, atores, pintores e todos os integrantes da nata da sociedade. Não sabia como iria me lembrar de todos esses nomes, lugares, todas essas informações, imaginava eu, extasiada diante daquela experiência estonteante. Tudo parecia o que Hemingway tão eloquentemente descreveu como "uma festa ambulante".

Mas nossas experiências não eram apenas ligadas ao glamour e à riqueza. Egon era um viajante autêntico, inquisitivo, cheio de energia e curiosidade, ansioso para conhecer todos os tipos de pessoas em todos os países onde estivéssemos, ávido por consumir aventura, às vezes literalmente. Lembro-me de um homem com quem ele fez amizade nos velhos souks de Djerba, Tunísia, que nos convidou para ir almoçar em sua casa. Nós o seguimos através dos becos estreitos e tortuosos, ora dobrando à esquerda, ora à direita, depois à esquerda de novo, sem ter a menor ideia do lugar aonde estávamos indo. Finalmente chegamos ao que parecia um prédio de apartamentos abandonado, subimos as escadas, e entramos na casa do homem, cheia de crianças, algumas das quais estavam obviamente doentes. Serviram-nos o almoço, e eu não consegui tocá-lo, senti nojo, mas Egon o consumiu de boa vontade, como se aquela fosse a casa mais elegante de Paris. Eu sempre vou me lembrar desse dia, a lição que ele me ensinou. Egon era muito sociável, tinha um jeito extrovertido que fazia todo mundo se sentir à vontade sendo quem era. Ele era um príncipe de verdade.

Eu havia viajado muito com minha família quando criança, mas Egon viajava de um jeito totalmente novo para mim. Ele infundiu em mim a mesma curiosidade e senso de aventura que trago comigo até hoje. Estou sempre pronta a fazer as malas.

Não levo muita coisa comigo. Viajo sem muita bagagem, abrindo espaço para o desconhecido. Foi com Tintim que aprendi geografia e descobri o mundo: as Américas, o Egito, o Peru, a China, o Congo. Quando chego a algum lugar, onde nunca estive antes, sempre me lembro do Tintim.

Mas os dons mais importantes que recebi do Egon foram nossos filhos, até porque eu estava hesitante por tê-los, especialmente o Alexandre. Ele foi o resultado inesperado do fim de semana que passei com o Egon em Roma, em maio de 1969. Eu estava morando na Itália naquela época, trabalhando como estagiária para um industrial da moda, Angelo Ferretti. Egon estava tirando férias de verão, depois de completar seu curso de treinamento no Banco Chase Manhattan em Nova York, e estava a caminho da Índia e do Extremo Oriente com um amigo da escola, Marc Landeau, antes de começar a trabalhar noutro emprego no banco de investimentos Lazard Frères em Nova York. Fiquei muito animada ao vê-lo, e ele, evidentemente, também ficou feliz por me ver. Ele havia organizado um grande jantar com amigos no El Toulà, um restaurante da moda na Via Condotti, e eu o acompanhei, com um macacão elegante próprio para a noite, bem decotado, que nós tínhamos comprado numa liquidação naquela tarde na Via Gregoriana.

Lembro-me de que havia paparazzi nas ruas, mas o que aconteceu no restaurante foi mais ofuscante do que todos os *flashes* deles juntos. Egon me deu um anel lindo que ele havia desenhado, uma safira azul-clara engastada em ouro. Para minha total surpresa, aquele jantar era uma festa de noivado. Fiquei tremendamente feliz, muito embora ainda não estivesse acreditando naquilo. Mesmo assim, naquela noite, na intimidade do nosso quarto, lembro-me de ter sussurrado no ouvido do Egon: "Eu lhe darei um filho." Estava mesmo falando sério? Ou só tentando seduzi-lo? De qualquer forma, depois daquele fim de semana, Egon foi para a Índia e eu voltei para a fábrica do Ferretti.

Alguns fins de semana depois, fui a Mônaco, com amigos, assistir ao Grande Prêmio outra vez. Ferretti estava em Mônaco também e me ofereceu uma carona para voltar a Milão depois do final de semana. Ele dirigia a sua Maserati muito rápido, de modo que pensei que fossem as curvas e sinuosidades em alta velocidade pela estrada que estavam me deixando enjoada. Senti-me ainda mais enjoada no dia seguinte, e achei que uma sauna me faria sentir melhor. Mas não fez. Em vez disso, desmaiei no meio da Piazza San Babila, e lembro-me de ter ouvido alguém dizer: "Ela morreu, ela morreu" e eu só consegui mover um dedo para mostrar a eles que "Não, não estou morta". Eu estava era grávida, claro. Eu não consegui acreditar no que estava ouvindo quando o médico me deu a notícia.

Só me faltava essa, estar grávida, mal tendo completado 22 anos, desejando acima de tudo ser independente. Ainda por cima, o Egon era um dos melhores "partidos" da Europa. Quem iria acreditar que eu não havia feito isso de propósito? Voltei para minha casa em Genebra para consultar outro médico, que me disse que poderia me ajudar a tirar o bebê. Eu me senti dividida.

Fui pedir conselho à minha mãe. Ela tinha levado o anel que o Egon havia me dado de presente mais a sério do que eu tinha, e ficou horrorizada quando eu lhe disse que estava pensando em tomar uma decisão daquelas sozinha. "Você está noiva", disse ela. "O mínimo que pode fazer é falar com seu noivo sobre o assunto." Relutante, mandei um telegrama para o Egon, que estava em Hong Kong, oferecendo-lhe essa escolha. Guardei o telegrama dele, contendo sua maravilhosa resposta, dentro do meu álbum de recortes. A resposta dele foi clara e definitiva. "Só temos uma opção. Organize o casamento para o dia 15 de julho em Paris. Estou felicíssimo. Pensando em você. Amor e beijos, Eduard Egon."

De repente, minha vida começou a me fazer sentir vertigem, embora fosse uma tontura de felicidade. Não tinha tempo a perder. Todos os preparativos para o casamento: convites a serem impressos, vestido a ser feito, cerimônia e festa a serem organizadas, enxoval a ser comprado. Como sempre, minha mãe me ajudou muito. Visitamos Clara, a mãe de Egon, em Veneza e planejamos tudo juntas.

Clara me deu muito apoio, mas o pai de Egon, patriarca da família Furstenberg, evidentemente não apoiava o casamento. O sangue judeu, vindo da minha família, nunca tinha se misturado com o sangue deles, e obviamente houve oposição. Eu também entreouvi um comentário negativo na casa dos Agnelli, que interpretei como se eles achassem que eu era uma menina burguesa, esperta e ambiciosa da Bélgica, que tinha conseguido chegar onde queria. Senti-me humilhada e magoada, e me lembro de ter caminhado com muita determinação no jardim de Clara, acariciando minha barriga de grávida. Foi aí que tive minha primeira conversa com Alexandre. "Vamos mostrar a eles", disse eu em voz alta, a meu filho ainda não nascido. "Vamos mostrar a eles quem nós somos!"

O casamento ocorreu no dia 16 de julho de 1969 no campo, o mesmo dia em que os primeiros astronautas americanos foram enviados à lua, num subúrbio de Paris, em Montfort l'Amaury. Minha gravidez de três meses não era evidente no vestido de casamento Christian Dior, que o estilista da casa, Mark Bohan, havia criado para mim. O prefeito nos casou na sede da prefeitura, e houve uma enorme recepção depois, no Auberge de la Moutière, uma hospedaria e restaurante cheio de charme, administrado pelo Maxim's.

Os convidados eram jovens, bonitos e glamourosos; a comida era refinada; e o entretenimento, entusiástico. Meu pai tinha contratado os cinquenta músicos e cantores da boate russa da moda, a Raspoutine. Para meu constrangimento, ele pegou o microfone, cantou em russo com os músicos da Raspoutine e quebrou copos. Todos adoraram, e a festa de casamento foi um tremendo sucesso. O único que não participou foi o pai de Egon, Tassilo, que havia sido tão pressionado pelo patriarca da família, que desaprovava a união, que veio à cerimônia mas boicotou a recepção, embora isso mal tivesse afetado nossa alegria. Egon e eu saímos da festa deixando os convidados a bailar e cantar, e voltamos ao centro de Paris. Mudamos de roupa e fomos passear nas ruas e entrar e sair das lojas da Faubourg St-Honoré.

A mãe dele nos deu de presente uma casa de praia na bela costa Esmeralda na Sardenha, onde, durante o mês de agosto inteiro, recebemos dezesseis amigos, que dormiram em três quartinhos apertados. Éramos todos muito jovens e nos divertimos a valer.

Nosso belo filho, Alexandre Egon, nasceu seis meses depois, no dia 25 de janeiro de 1970, em Nova York. Nossa filha igualmente bela, Tatiana Desirée, veio apenas treze meses depois. Assim como Egon tinha insistido para nos casarmos e termos o Alexandre, insistiu que tivéssemos Tatiana. Eu havia ficado grávida de novo apenas três meses depois do parto difícil do Alexandre, uma cesariana de emergência após dezesseis horas de trabalho de parto. Eu precisei ser convencida para aceitar a ideia de começar tudo de novo. A adorável Tatiana nasceu no dia 16 de fevereiro de 1971, dessa vez de cesariana planejada. Não há palavras para descrever como fiquei grata pelo entusiasmo e apoio do Egon. Ele desempenhou um papel maior no nascimento de meus filhos do que eu, embora eu tenha desempenhado um papel mais importante mais tarde.

* * *

A VIDA EM NOVA YORK ERA SUPERDIVERTIDA no início dos anos 1970. Os imóveis eram baratos e, portanto, muita gente criativa, de muitas etnias diferentes, podia morar na cidade. A arte pop nas galerias e a nudez na Broadway nos faziam sentir que tudo era novo, permitido, e a liberdade que sentíamos tinha acabado de ser inventada. O príncipe e a princesa von Furstenberg (nós tínhamos deixado de usar o "und zu") eram o casal "it" da cidade, o mais badalado. Nossa juventude, nossa aparência e nosso dinheiro garantiam nossa presença em todas as listas de convidados e todas as colunas sociais. Todas as noites saíamos para ir a pelo menos um coquetel, a um jantar, às vezes a um baile, e sempre parávamos em algum bar *gay* no fim da noite. Morávamos na Park Avenue, mas ainda nos sentíamos muito europeus, e continuávamos a viajar bastante para lá.

Dávamos muitas festas para europeus que visitavam a cidade. Eu me lembro da grande festa que demos para Yves Saint Laurent e do jantar de última hora que organizamos para Bernardo Bertolucci, cujo filme *O Último Tango em Paris* havia acabado de chegar aos cinemas. O filme era bem chocante e obsceno, e seu diretor talentoso e bonitão estava fazendo um tremendo sucesso em Nova York. Todos vinham a nossas festas: Andy Warhol e sua comitiva, atores, estilistas, jornalistas, e, claro, muitos europeus. A vida era bastante agitada, para dizer o mínimo, e no fim ficou agitada demais para mim.

O casamento em si estava sofrendo algum desgaste. Egon era meu marido e foi meu primeiro amor, mas nosso casamento ficou complicado. Ele adorava se divertir e era muito promíscuo, querendo experimentar de tudo que fosse possível. Eu tentei me comportar como ele e aceitar um casamento aberto; certamente não queria julgá-lo. Procurava ficar fria, escondendo meu sofrimento, não querendo me transformar em vítima. Mas tinha dois filhos pequenos para criar, e estava começando uma empresa que também exigia um bocado de tempo. Finalmente, aquilo tudo se tornou muito difícil de administrar.

O ESTRANHO É QUE O QUE SALVOU NOSSO RELACIONAMENTO e preservou nosso amor foi o fim do nosso casamento em 1973. A última gota foi uma reportagem de capa sobre nós na revista *New York*: "O Casal Que Tem de Tudo: Será que Ter de Tudo Basta?" O título tinha sido impresso sobre uma deslumbrante foto nossa, posando na nossa sala de estar suntuosa, com o teto revestido de tecido, como uma tenda.

A ideia do artigo veio do editor da revista, Clay Felker. Clay estava viajando para casa, depois de ter estado na Europa, quando viu uma foto pequena nossa, Egon e eu, num baile beneficente no Texas, na seção de notícias da *Newsweek*. O baile havia sido planejado por Cecil Beaton e dignitários de todo o mundo tinham sido convidados. Egon e eu parecíamos particularmente glamourosos. A jovem princesa estava com um vestido lindo, praticamente sem corpete, de Roberto Capucci, e o jovem príncipe estava belo a ponto de tirar o fôlego naquele seu fraque perfeitamente modelado.

Clay, um dos fundadores da revista semanal *New York*, decidiu fazer um artigo de capa com fotos sobre esse casal jovem e intrigante. Uma escritora feminista convicta, Linda Bird Francke, e um fotógrafo altamente qualificado, Jill Krementz, foram indicados para a reportagem. Havia fotos minhas com Egon no metrô, eu no cabeleireiro, dos bebês no quarto deles, de nós dois caminhando nas ruas e numa galeria de arte, e com os pais de Egon. As fotos ficaram muito boas, porém as citações eram excepcionalmente descaradas e provocantes. Egon, malicioso, insinuou que estava vivendo uma relação aberta bissexual, e eu comparei o sexo num casamento à mão esquerda tocando a direita.[1] Respondemos de maneira bem *blasé* e cínica, mas éramos muito jovens, precisávamos agir conforme o que a moda ditava a todo custo, e também éramos muito ingênuos no tocante às declarações que devíamos fazer ou não à imprensa.

O resultado foi chocante e destruiu nosso casamento. Lendo a revista, e vendo nossas vidas expostas sob uma lente de aumento daquelas, percebi que aquele casal não tinha nada a ver comigo. Eu não queria ser uma princesa europeia da Park Avenue fingindo aceitar uma vida decadente. Aquela mulher definitivamente não era a mulher que eu queria ser. Eu tinha que sair do casamen-

---

[1] Tocar-se passa a ser tão excitante quanto tocar a mão direita com a esquerda, ou seja, quando o casal já está junto há muito tempo e o sexo não tem mais graça. (N.T.)

to para me tornar eu mesma. O Egon saiu de casa logo depois que o artigo foi publicado na revista *New York*, mas nossa amizade e a família que compartilhávamos durariam para sempre.

Egon e eu tivemos um relacionamento mais fácil, mais profundo, mais sincero e respeitoso depois que nos separamos. É claro que a princípio ele ficou triste e ressentido, mas a separação era a melhor decisão a tomar, de forma que ele acabou aceitando isso. Separar-se não significa eliminar inteiramente alguém de sua vida. O relacionamento pode evoluir, pode ser nutrido, mas de maneira diferente. Não é fácil, mas como em toda coisa significativa, vale a pena.

Eu não precisava me esforçar para ser boa com o Egon. Ele tinha sido meu primeiro amor verdadeiro, o homem com quem me casei, que me deu meus filhos. Eu nunca o julguei e sempre o amei; só que eu simplesmente não conseguia mais nos reconhecer como casal. Nós continuamos muito unidos pelo resto da vida dele. Ele era minha família. Quando Barry entrou na minha vida, costumávamos viajar junto com Egon e as crianças, e sempre passávamos o Natal todos juntos.

Eu estava com Egon em Roma quando ele morreu de cirrose do fígado, em junho de 2004, duas semanas depois do seu quinquagésimo oitavo aniversário. Já fazia tempo que ele tinha hepatite C. Ele havia levado uma vida de excessos até que sua saúde acabou se deteriorando de vez. Ele tinha ficado doente demais para vir a Cloudwalk e a Connecticut, que era muito frio no Natal, em dezembro de 2003, então fomos visitá-lo na Flórida e comemoramos o aniversário com nossos filhos e netos numa suíte de um hotel de Miami. Como sempre, Barry estava conosco, assim como a segunda esposa de Egon, Lynn Marshall. Minha mãe não estava mais entre nós, e, por sentirmos saudades dela e vermos Egon assim tão debilitado, nossa festa foi um pouco triste. No entanto, ainda estávamos juntos, uma família grande, carinhosa e unida.

Egon estava em Roma quando foi internado pela primeira vez. Ele nunca foi de reclamar, mas começou a ligar cada vez mais frequentemente para expressar suas preocupações. Será que ele deveria, ou poderia, submeter-se a um transplante de fígado? Os filhos se revezavam nas visitas ao pai. Com Alex ele foi a um hotel de uma estância termal em Abano, onde a mãe de Egon, Clara, já estava passando uma temporada com o marido. Em seguida, Tatiana foi passar algumas semanas com Egon em Roma. Com seu irmão, Sebastian, Egon compareceu ao enterro do seu tio Umberto. Foi a última vez que Egon saiu de casa, antes de ter sido internado às pressas de novo.

Tatiana chegou a Roma primeiro. Alex e eu chegamos na manhã do dia 10 de junho de 2004. Compramos frutas na rua e as levamos para ele. Egon me puxou de lado e me pediu para falar com os médicos. Ele estava achando que eles não estavam lhe contando toda a verdade. Prometi que conversaria com os médicos. Ficamos no quarto com o Egon até o anoitecer, conversando e rindo muito. A visão dele estava embaçada, mas com aquela sua maneira tão típica dele de embelezar tudo, ele se referiu aos pontos que estava vendo como bordados intrincados nas paredes. Insistiu em nos dizer a que restaurante deveríamos ir para jantar, mas nós não queríamos ir a um restaurante barulhento. Em vez disso, voltamos aos nossos quartinhos coligados no Hotel Hassler e pedimos serviço de quarto. Nós três queríamos estar o mais perto uns dos outros que pudéssemos. Estávamos muito preocupados.

Como Egon havia pedido, falei com o médico e não recebi boas notícias. Os pulmões do Egon estavam se enchendo de fluído, seu coração estava fraco e seus rins estavam a ponto de parar de funcionar. Eu não comentei isso com os meus filhos. Não havia nada a dizer. Todos nós sabíamos o que iria acontecer.

Egon me ligou na manhã seguinte, enquanto estávamos tomando café da manhã. A voz dele me pareceu fraca e entrecortada, como se ele estivesse meio sem fôlego. "É melhor vocês virem logo para cá", disse ele, e depois acrescentou: "Espero que vocês possam ficar mais alguns dias. Vocês vão ter que providenciar muitas coisas."

Corremos para o hospital, onde encontramos muitos médicos, enfermeiros e máquinas no quarto do Egon. Ele parecia estar agitado, sentindo muita dor, de modo que os médicos nos pediram que saíssemos do quarto. Enquanto eu andava pelo corredor, sentindo-me uma inútil, percebi que estava olhando para o céu e pedindo: "Fazei que ele pare de sofrer." E logo nos deixaram entrar novamente. Ele estava com uma pequena máscara de oxigênio sobre a boca, respirando profundamente. Alex sentou-se numa cadeira, soluçando. Tatiana estava acariciando a cabeça de Egon, e eu segurando-lhe a mão quando ele parou de respirar. Ficou parado, vazio e em paz. Suavemente, fechei-lhe os olhos. Aquilo me pareceu natural, um ato de amor, de confiança, de lembrança de tudo que tínhamos sido um para o outro. Senti-me honrada por ter tido o privilégio de estar ali.

Meu primeiro instinto foi o de proteger meus filhos. Eu me senti como uma leoa, e mandei que saíssem do quarto quando as enfermeiras entraram e, depois de confirmarem a morte, começaram a recolher os pertences dele, a cobrir o corpo e a removê-lo do quarto numa maca. Eu a segui pelos corredores compridos, e, de repente, me vi numa sala onde um homem me entregou algo que parecia um cardápio. Nele havia várias fotos e preços. "Preciso da ajuda de vocês", supliquei aos meus filhos, quando eles se reuniram a mim no que percebi que era o necrotério. "Nós temos que escolher o caixão dele."

A princípio, ficamos só organizando o sepultamento. A madrinha do Egon, Maria Sole, que também era sua tia, apareceu, e juntas decidimos quando ia ser a missa no dia seguinte, na igreja favorita de Egon, Chiesa degli Artisti na Piazza del Popolo. Pedi a um amigo da família, o padre Pierre Riches, que fosse o celebrante da missa fúnebre. A filha de Maria Sole, Tiziana, encarregou-se de publicar o obituário nos jornais. Egon queria ser sepultado em Strobl, na Áustria, com seu pai e seus ancestrais. Precisávamos providenciar a papelada na embaixada. Susanna

Agnelli, outra tia do Egon, tinha sido secretária de estado da Itália, portanto seu gabinete cuidou disso; e Sebastian, o irmão de Egon, fez os preparativos para o sepultamento na Áustria, na segunda-feira. Era sexta-feira. Tudo se passou muito rápido. Egon estava certo. Foi necessário providenciar muitas coisas.

A família inteira e centenas de amigos correram para Roma para o enterro. Tatiana e eu tínhamos escolhido as flores, lírios brancos, seu preferidos, e a missa foi belíssima, a não ser pela ausência de música. Eu simplesmente tinha me esquecido de combinar que músicas deveriam ser tocadas. Porém, organizei uma reunião para os amigos de Egon depois da missa, aparentemente cometendo uma gafe incrível, por ter trazido o corpo de volta para casa depois da missa. Ao pôr do sol, um comboio de três carros com motoristas bonitos e elegantes partiu levando Egon para a Áustria.

O sepultamento de Egon foi marcado para segunda-feira. Fomos para Salzburgo no avião de Barry. Ira, a irmã de Egon, e seu filho Hubertus foram conosco. Quando chegamos a Strobl, o caixão de Egon estava esperando na biblioteca da Hubertushof, a casa da família em Wolfgangsee, perto de Salzburgo. Trata-se de um gigantesco pavilhão de caça que sempre passou de pai para filho na linhagem da família Furstenberg e que agora pertence ao Alexandre. Havia flores em toda parte. Ali, finalmente tive tempo de me sentar ao lado de Egon e me despedir dele como devia.

Nós nos conhecíamos desde os dezoito anos. Nós tínhamos crescido juntos, brincado juntos, fingido que éramos adultos juntos, nos tornado pais juntos. Desde que nos conhecemos, nosso relacionamento havia evoluído e mudado, mas nós nunca tínhamos deixado de nos amar. Agora ele havia partido.

Eu saí para caminhar sozinha no jardim, voltei, sentei-me à escrivaninha na biblioteca, e escrevi uma carta para ele. Eu tinha escolhido um papel muito fino para que pudesse dobrá-lo muitas vezes até transformá-lo num quadradinho bem pequeno e colocá-lo sobre meu coração, sob o meu corpete. A família e os amigos chegaram, serviram-se bebidas e petiscos. Ao meio-dia, o caixão de Egon foi colocado numa carruagem puxada por cavalos. Uma banda nos acompanhou enquanto caminhávamos vagarosamente da casa até a igrejinha no meio da aldeia. O sol brilhava sobre o lago.

O serviço foi comovente, dessa vez com música de órgão. Tatiana leu um lindo discurso fúnebre que havia escrito, tão belo que mandei publicá-lo depois, como lembrança. Então todos acompanharam o caixão até o pátio da igreja onde Egon se uniu a seus ancestrais no cemitério da família. Seu sepultamento marcou o fim de uma longa tradição. Ele foi o último Furstenberg a ser enterrado ali, porque não há mais lugar na cripta. Peguei a carta que ainda estava sobre o meu coração e a joguei sobre o caixão, quando chegou minha vez de lançar um punhado de terra. Egon sempre tinha amado as minhas cartas, guardando-as todas; esta ficaria com ele para sempre.

* * *

MESMO TENDO SIDO MINHA IDEIA SEPARAR-ME de Egon tantos anos antes, eu havia me sentido abalada como a maioria das mulheres fica quando termina um relacionamento importante. Eu tinha apenas 26 anos. Jas Gawronski estava com trinta e poucos anos, um jornalista italiano de origem polonesa, que toda noite anunciava as notícias de Nova York na televisão italiana. Ele era muito bonito, e o melhor amigo do tio de Egon, Gianni Agnelli. Minha amizade e caso de amor com Jas me deu a segurança que eu precisava depois da separação de Egon. Nosso caso foi secreto a princípio. Um verão, quando meus filhos estavam com a avó, ele me levou para a ilhota de Ponza onde tinha uma casa. Todos os dias, ao pôr do sol, costumávamos caminhar até o alto da montanha e ao redor da ilha inteira até o farol. Foi ali que descobri a alegria de fazer caminhadas, e até hoje, quando velejamos para Ponza, eu sempre levo Barry e a família inteira para dar essa mesma linda caminhada.

Jas era a pessoa que estava comigo na primeira noite que passei em Cloudwalk, véspera de Ano Novo, em 1973, quando preparamos costeletas de cordeiro e bebemos champanhe para comemorar o Ano Novo, minha nova casa e uma vida nova. Foi Jas que começou a podar os pinheiros em torno da casa, e foi com ele que saí na primeira caminhada longa que fiz por lá. Jas era bem-educado e muito bondoso. Era casado, mas vivia separado da esposa. Ele não quis assumir nossa relação; nem eu, para dizer a verdade. Foi um período de cura, agradável e sem compromisso. Meus filhos, em casa, e meus vestidos, no trabalho, ocupavam a maior parte do meu tempo. Jas foi meu jardim pessoal e particular, muito embora ele e meus filhos se dessem muito bem.

No trabalho, eu podia sentir o cheiro do sucesso cada vez maior. O vestido envelope tinha nascido e estava vendendo muito bem. Eu estava viajando pelo país inteiro e havia me tornado um nome muito conhecido nos Estados Unidos. Em Nova York, meu lar, morava com meus filhos e minha mãe. Jantava com eles e saía depois que eles iam para a cama. Eu me sentia livre e poderosa; não era fácil administrar tudo e eu costumava estar sempre muito estressada, mas essa era minha escolha, e valia a pena. Eu me sentia bem, viajando com uma malinha pequena cheia de vestidos de jérsei, encarapitada nos meus sapatos de salto alto. Era minha vez de me sentir livre e fazer experiências. Numa viagem de negócios a Los Angeles, flertei com Warren Beatty e com Ryan O'Neal no mesmo fim de semana. Estava verdadeiramente vivendo minha fantasia de ter a vida de um homem no corpo de uma mulher. A vida era divertida se a gente fosse jovem, bonita e bem-sucedida na década de 1970.

E foi aí que conheci o Barry Diller.

Eu tinha 28 anos quando Barry explodiu na minha vida e na nossa família. Eu não fazia ideia que esse misterioso e bem-sucedido presidente de estúdio cinematográfico, de 33 anos, se tornaria tão importante para mim e meus filhos. Éramos ambos jovens magnatas na época: ele, o presidente muito jovem da Paramount Pictures; eu, a jovem e indomável dona de uma grife de sucesso. Eu tinha lido alguns artigos sobre Barry, mas não fazia ideia da paixão avassaladora que nos dominaria depois que nos conhecemos numa festa que dei no meu apartamento de Nova York, para a dinâmica agente de Hollywood Sue Mengers. Lembro-me de que ele veio até meu apartamento apinhado, lembro-me de que Sue nos apresentou, lembro-me da sua voz grossa e imperiosa, e lembro-me de ter pensado que poderia ser interessante tornar-se sua amiga. Ele não ficou muito tempo, mas me ligou na manhã seguinte. Ele me convidou para jantar naquela noite, mas, quando veio me buscar, o surpreendi com um jantar que eu havia preparado em casa. Nós comemos e nos sentamos para conversar durante pouco tempo. Estávamos ambos nervosos. Ele foi embora rapidamente.

Viajei para Paris no dia seguinte. Ele me ligava todos os dias, com aquela sua voz sedutora, e, depois de alguns dias, disse, de repente: "Por que você não vem passar o fim de semana em Los Angeles?" Por que não, pensei, intrigada e animada pelo potente tom de voz dele. A aventura estava me chamando. O voo de Paris a Los Angeles tinha uma escala em Montreal. Lembro-me de ter procurado uma cabine telefônica para ligar para o Jas. Disse-lhe que estava indo para Los Angeles visitar alguém que havia acabado de conhecer. Agora, ao lembrar-me disso, vejo que fui muito cruel, mas, por sentir necessidade de ser totalmente honesta, simplesmente fui obrigada a fazer isso, e me senti mais livre depois que o fiz.

Estava tão ansiosa para chegar a Los Angeles que achava até que nem precisava de um avião para voar. Quando o avião passou sobre o Arizona, entrei no banheiro e fiquei lá até a hora de aterrissar. Penteei-me, apliquei maquiagem, mudei de roupa e cheguei bem arrumada e parecendo atrevida num terninho de listinhas finas, justo, com botas plataforma muito altas. Barry estava no portão. Ele tinha providenciado um carro para levar minha bagagem, e eu fui com ele no seu Jaguar E-Type. Foram boas-vindas muito glamourosas; eu estava em Hollywood, e tudo aquilo parecia um filme. Ele me ofereceu a opção de parar para tomar um drinque na casa de seu amigo, o lendário produtor Ray Stark, ou ir para a casa dele. Fomos para a casa dele.

Aquela casa era um lindo refúgio, uma casa californiana no estilo mediterrâneo, no final de uma longa estradinha privativa em Coldwater Canyon. Um mordomo inglês me mostrou o quarto de hóspedes onde um buquê de flores coloridas me aguardava. Eu não precisei me arrumar; já estava mais do que arrumada. Acho que jantamos. Eu não me lembro. Lembro-me é de estar sentada juntinho dele no sofá da sala de estar. Do mesmo modo abrupto como ele tinha me convidado que eu viesse para Los Angeles, ele disse: "Vamos para a cama." Ambos estávamos muito nervosos, e ficamos deitados, sem nos mexermos, sob o cobertor. Chegávamos a estar tremendo. Nós dois tomamos um comprimido de Valium, cada um, e caímos no sono.

No dia seguinte, ele foi trabalhar e eu fiquei explorando a casa. Que homem misterioso ele era. Eu não sabia nada da vida dele, e estava muito curiosa. As gavetas estavam vazias e os livros nas estantes também não revelavam muito. O que eu não sabia e logo descobri é que ele tinha acabado de se mudar para aquela casa e toda aquela mobília pertencia ao departamento de adereços da Paramount. Ele voltou para casa ao meio-dia, nós almoçamos e ficamos à beira da piscina. Sentimos que o nosso tesão estava chegando ao auge. Quando finalmente sucumbimos, foi uma entrega muito apaixonada e, desde o primeiro momento em que nossos corpos se tocaram, ele se entregou a mim de uma forma que ninguém havia feito antes. Ele certamente nunca havia se aberto tanto daquela forma, como me confessou mais tarde. Algo muito especial e importante tinha acontecido, e nos amamos com uma paixão ardente daquele momento em diante.

Seus amigos ficaram incrédulos. Ninguém jamais o tinha visto com uma mulher antes. Isso me fez sentir a pessoa mais especial do mundo.

Barry nunca mais saiu da minha vida depois disso. Ele me amaria incondicionalmente, adivinhando meus desejos e necessidades, e sempre me impressionando com sua confiança sem questionamentos. Quando voltei a Nova York depois desse fim de semana extraordinário, nossas vidas tinham mudado completamente. Barry passou a dividir seu trabalho e seu tempo entre Los Angeles e Nova York, onde ele morava na Hampshire House, em Central Park South. Eu o visitava ali e ele vinha me visitar na minha casa na Park Avenue. Eu me lembro da primeira vez em que ele foi a Cloudwalk. Meus filhos tinham ido para lá, na noite anterior, com a babá e eu ia me reunir a eles, levando Barry, no sábado. Ele estava nervosíssimo diante da ideia de conhecer meus filhos. Ficou adiando a partida, insistindo que fôssemos primeiro ao seu alfaiate, ao qual ele havia encomendado uns ternos. Ele ficou me dizendo sem parar que não conhecia nenhuma criança. Finalmente, no início da tarde, chegamos.

No minuto em que chegou lá, ele ficou totalmente à vontade, afundando na poltrona mais confortável ao lado do telefone na sala de estar, onde ainda se senta até hoje. Alexandre e Tatiana comportaram-se com tranquilidade porque viviam conhecendo meus amigos, e o nervosismo dele desapareceu instantaneamente. Eu me lembro que ele me disse que quando Tatiana, minha filha de quatro anos, ficou sozinha com ele na sala de estar, ela sorriu para ele e, para tentar conhecê-lo melhor, perguntou: "Quem são seus amigos?" Nenhum de nós se lembra da resposta dele, mas nunca iremos esquecer a pergunta dela.

Daquele momento em diante, ele passou a adorar os fins de semana que passava conosco em Connecticut, e ainda nos reunimos lá, décadas depois. Certa tarde, enquanto estávamos voltando a Nova York de carro, vimos um casal idoso atravessando a Avenida Lexington. Enquanto Barry reduzia a velocidade para deixar os dois, que estavam se apoiando mutuamente, atravessarem a avenida, ambos pensamos a mesma coisa, e tivemos o mesmo desejo: que um dia nós fôssemos aquele casal de esposos, ajudando um ao outro a atravessar a rua. Ambos nos lembramos daquela imagem vividamente, embora ele creia que era a Avenida Madison e eu tenha certeza de que era a Lexington.

Barry entrou na nossa vida familiar com uma atitude maravilhosa: a de que "tudo é possível".

Para comemorar o Dia das Mães de 1976, Barry comprou para mim uma lanchinha minúscula para que as crianças pudessem aprender a praticar esqui aquático no Lago Candlewood, perto de Cloudwalk. Nós tivemos uma festa de comemoração do Quatro de Julho naquele ano. Mike Nichols foi com Candice Bergen, Louis Malle foi sozinho (ele se casaria com Candice anos depois), o diretor Milos Forman e o escritor Jerzy Kosinski também compareceram, e minha vizinha mais próxima, a socialite Slim Keith, trouxe sua convidada, a atriz Claudette Colbert, que protagonizou filmes nas décadas de 1930 e 40. "Oh, eu adoraria passear no seu iate", disse Claudette a Barry quando lhe contamos que tínhamos passado o dia no nosso barco. Todos rimos muito do fato de ela ter imaginado que nossa lanchinha minúscula era um iate. Mas Claudette devia ser clarividente, porque o gosto de Barry pelas embarcações nunca diminuiu. Os barcos só ficaram cada vez maiores.

Barry mimava todos nós. Trazia para os meus filhos todo tipo de parafernália do seriado *Happy Days*, e nos levou à República Dominicana e à Disneylândia. Sua casa em Los Angeles era um dos nossos lugares preferidos, com sua piscina e seus cães da raça *collie*, Arrow e Ranger; e, além disso, Barry convidava meus filhos para ir ao estúdio da Paramount onde eles estavam filmando *Garotos em Ponto de Bala*. Na véspera de Ano Novo, no meu aniversário de 29 anos, ele me levou a uma festa na casa de Woody Allen, onde ele me deu vinte e nove diamantes avulsos, dentro de uma caixa de Band-Aid.

Em março de 1976, apareci na capa da *Newsweek*. A mesma Linda Bird Francke, que tinha escrito o artigo da revista *New York* e acabado com meu casamento com Egon, escreveu uma matéria maravilhosa de sete páginas sobre o sucesso da minha empresa. Barry ficou muito orgulhoso. Naquela segunda-feira ele mandou um fotógrafo tirar fotos da revista em todas as bancas de jornal de todos os diferentes bairros de Nova York, e compôs um álbum para mim. Eu o provoquei dizendo que ele havia esquecido as bancas estrangeiras; minha capa estava em todos os continentes. Quem diria, nós dois jovens magnatas, de 29 e 34 anos, levando uma vida emocionante, no auge das nossas carreiras!

No caminho para Cloudwalk parávamos com frequência nos cinemas, para estudar as reações das pessoas às pré-estreias dos filmes. A primeira pré-estreia que fomos ver foi de *Won Ton Ton: O Cachorro que Salvou Hollywood*. Não foi um grande sucesso. Graças a Deus, depois dessa, Barry teve muitos sucessos de bilheteria, como *Maratona da Morte, Os Embalos de Sábado à Noite, Grease: Nos Tempos da Brilhantina* e *Cowboy do Asfalto*. Eu também me lembro como ele ficava nervoso nas manhãs de domingo fazendo a contabilidade da bilheteria que seus vice-presidentes de vendas lhe informavam pelo telefone. O cinzeiro ao lado da nossa cama se enchia rapidamente à medida que chegavam os números no país e fora do país.

No verão de 1977 decidimos levar as crianças para conhecerem o país de carro. Voamos até Denver e começamos a viajar em um trailer alugado, dirigido por Barry. Mal tínhamos saído do aeroporto, e já precisamos parar no acostamento para trocar um pneu furado. Passamos quatro dias mais ou menos naquele veículo, que chamamos de Fantasy 1. Dirigimos de Pike's Peak até Durango, no Colorado, e visitamos Monument Valley no nosso longo trajeto até o Lago Powell, em Utah, onde alugamos uma casa-barco que chamamos de Fantasy 2. Eu cuidava da comida, Barry e Alex tratavam de nos levar para os lugares certos e Tatiana fazia as camas. Porém, depois de passarmos duas noites no trailer, resolvemos dormir em hotéis ao longo da estrada em vez disso.

A casa-barco representava vários tipos diferentes de desafio. Barry ficou com medo que o barco se soltasse das amarras e saísse navegando pela barragem, caindo na cachoeira, portanto passava a noite inteira acordado. Assim que ouvi falar da represa, comecei a ter um ataque porque achei que ela tinha algo a ver com energia nuclear. Deixei o Barry maluco com os meus pavores nucleares enquanto Alexandre e Tatiana se divertiam matando as centenas de moscas que formavam verdadeiros enxames, invadindo o barco. Apesar disso, o Lago Powell é lindo, e acabamos nos divertindo bastante durante o dia.

A última etapa da viagem seria praticar canoagem no Rio Colorado, mas Barry desistiu, porque dirigir o trailer e cuidar da casa-barco o havia deixado esgotado. Portanto ele foi se hospedar num hotel em Las Vegas, enquanto Tatiana, Alexandre e eu terminamos descendo o rio sozinhos com os dois canoeiros, que eram irmãos, e acampando na praia. Nos divertimos à beça no rio o dia inteiro e dormindo sob as estrelas à noite, e creio que os canoeiros também se divertiram com o grande estoque de bebida alcoólica que haviam levado. No final da expedição de canoagem, Barry veio nos pegar de helicóptero no Grand Canyon e voltamos todos para casa, exaustos, sujos e felizes.

No fim de 1977, no meu aniversário de 30 anos, comprei um belo apartamento para mim no décimo segundo andar do número 1.060 da Quinta Avenida. Era um apartamento imenso, que antes pertencia a Rodman Rockefeller e tinha uma vista magnífica do *Reservoir* do Central Park, onde todas as noites podíamos assistir a um incrível pôr do sol. A primeira esposa do meu bom amigo Oscar de la Renta, Françoise, me ajudou a decorá-lo, num estilo ao mesmo tempo elaborado e um pouco boêmio. Amplos sofás de veludo confortáveis, paredes estofadas revestidas de seda fúcsia, carpete com estampa de leopardo e paredes estampadas com rosas no quarto do casal. Barry se mudou para minha casa e eu construí um banheiro só para ele e um quarto de vestir, com acesso do nosso quarto. Ele passava metade do tempo em Los Angeles, mas todos convivíamos muito bem quando ele vinha a Nova York. Dávamos festas imensas e superdivertidas, para comemorar os filmes que ele produzia. Meus filhos adoravam o Barry e ele os adorava também, embora, como qualquer pessoa normal, ele também os reprendesse quando eles se comportavam mal. Egon apreciava o envolvimento do Barry na criação dos nossos filhos, e costumava brincar, dizendo que eles tinham "dois pais".

Barry e eu saíamos muito quando ele vinha a Nova York, e eu saía sozinha quando Barry não estava lá. Às vezes eu flertava com outros homens ou rapazes. Essa época era assim em Nova York; agíamos com muita liberdade. Barry não fazia perguntas, e nem eu o questionava. Nosso relacionamento estava acima disso. Adorávamos estar juntos, mas também adorávamos ficar longe um do outro.

Tive um breve caso com Richard Gere, quando ele tinha acabado de filmar *Gigolô Americano*. Não deu para resistir. Seu agente, Ed Limato, zangou-se com ele e lhe disse que sair comigo não seria bom para sua carreira porque a Paramount é que estava distribuindo o filme. Barry nunca comentou nada comigo sobre isso, mas sei que ele não gostou. Barry nunca perdia a calma, estava sempre acima de tudo e de todos. Ele sabia que aquilo não iria durar muito.

A Studio 54 tinha sido inaugurada, e era a parada final para qualquer noite em Nova York. Às vezes, quando Barry estava em Los Angeles, tarde da noite, eu calçava minhas botas de vaqueiro, pegava meu carro, estacionava na garagem, entrava na 54, curtia os meus amigos, tomava um drinque e dançava. O que eu mais gostava era de entrar lá sozinha, percorrendo o longo corredor de entrada ao som da música de discoteca. Eu me sentia como um vaqueiro de faroeste entrando num *saloon*. Mas a ideia de ser capaz de ir à 54 sozinha era o que me encantava mais: uma vez mais, a vida de um homem no corpo de uma mulher! Era divertido. Nós nos sentíamos muito livres por que não tínhamos ouvido falar da Aids ainda. Só que eu nunca ficava até muito tarde. Eu tinha meus filhos e minha mãe em casa, e precisava acordar cedo para trabalhar.

Eu vivia indo às fábricas na Itália, e às vezes parava em Paris no caminho para fazer compras, agindo como uma turista americana rica. Lembro-me de ter tomado chá no saguão do Plaza Athénée com meu amigo, o alto e exuberante André Leon Talley, correspondente do *Woman's Wear Daily* em Paris, na época. Eu costumava obrigá-lo a fingir que era um rei africano.

Eu tinha me tornado a mulher que eu decidi ser, e absolutamente adorava minha vida. Eu tinha dois filhos belos e sadios; uma empresa de moda extremamente bem-sucedida; me divertia muito; e tinha um homem maravilhoso com quem eu compartilhava grande parte da minha vida. Em 1980, Barry alugou um veleiro chamado *Julie Mother* e me levou para velejar no Caribe. Eu estava lendo um livro fascinante chamado *A Terceira Onda,* do futurista Alvin Toffler. O livro previa que logo nós nos comunicaríamos via computador, que teríamos formas eficientes de nos conectarmos com informações e, por nossa vez, poderíamos enviar também essas informações para o mundo inteiro. Parecia uma ficção científica muito louca. Fiquei maravilhada, sublinhava parágrafos e tomava muitas notas. Lembro que minha caneta-tinteiro tinha tinta turquesa, da cor do mar no qual estávamos navegando... Tive a sensação que o mundo iria mudar. E mudou.

Na noite em que retornamos, recebi uma ligação de Hans Muller. Minha mãe estava mal. Ele precisava que eu viesse para a Suíça imediatamente. Saí correndo para pegar um avião. Depois de passar algumas semanas muito difíceis no setor de saúde mental do hospital, tomando conta da minha mãe e assistindo à sua luta contra os fantasmas do passado que a atormentavam, voltei para Nova York, mas só que as coisas haviam mudado. Passei a me sentir deslocada naquela minha vida toda dourada e fácil. Barry estava tão carinhoso como sempre tinha sido, mas eu me sentia desequilibrada. Ver minha mãe se sentindo tão mal, reviver com ela os horrores do seu passado causou um impacto muito grande em mim. Eu tinha que me afastar dos excessos daquela vida em ritmo acelerado que eu estava levando. Levei meus filhos para um lugar tão distante quanto podia: a ilha de Bali.

*　*　*

"Faz o teu trabalho, depois dá um passo para trás. É o único caminho para a serenidade" escreveu o filósofo chinês Lao Tzu no sexto século antes de Cristo. Eu dei esse grande passo para trás no verão de 1980, enquanto percorria a pé oito quilômetros numa bela e pacífica praia balinesa, assistindo ao nascer do sol no meu primeiro dia ali. Nova York, Barry, Richard, sucesso... eu tinha fugido de tudo aquilo. Naquela manhã, às cinco da madrugada, encontrei por acaso o Paulo, um belo brasileiro barbado, de cabelos longos e encaracolados, que morava numa casa de bambu na praia e que há dez anos não usava sapatos. Eu me sentia muito distante de tudo, e aconteceu mais uma reviravolta na minha vida. O cheiro do Paulo era delicioso, uma mistura de flores de frangipani que decoravam sua casa com cravo dos cigarros Gudam Garang que ele fumava. Ele colecionava e vendia tecidos, falava o *bahasa*, a língua indonésia, e me levou, junto com as crianças, para descobrir todos os templos e mistérios da ilha. A princípio foi um caso de férias, uma forma de esquecer as semanas terríveis que eu havia passado com minha mãe e sua doença... mais uma fuga. Em retrospectiva, devia ter continuado assim, mas não ficou nisso.

Deixei-me apaixonar de maneira total e absoluta por tudo em Bali, inclusive pelo Paulo. Não pensava em ficar com ele, nem desejava viver com ele no futuro, mas me deixei cativar pela aventura do desconhecido. Quando voltei para Nova York, encontrei Barry, olhando para mim com carinho, sondando-me os olhos e o coração, triste. Ele sabia que algo havia mudado. Eu me senti muito mal, mas minhas emoções intensas estavam superando minha razão.

Meus filhos não ficaram felizes comigo quando Barry partiu e Paulo veio morar conosco em Nova York. Nem minha mãe. O que eu iria fazer? Estava mesmo apaixonada por aquele "selvagem"? Será que iria mesmo desprezar o amor incondicional de Barry? Todos ficaram incrédulos. Eu não me importei. Mais do que estar apaixonada por Paulo, eu estava apaixonada pelos transtornos que o amor pode causar.

Paulo foi oficialmente apresentado à sociedade em Nova York num jantar que dei no meu apartamento da Quinta Avenida para Diana Vreeland para comemorar a publicação do seu livro *Allure*. Paulo entrou descalço, de camisa de seda e sarongue de ikat[2] da ilha de Kupang. Todos estranharam, mas eu não me importei. Aliás, até gostei. Estava decidida a provocar, e adorava a aventura que tudo aquilo representava.

Paulo também me lembrava constantemente de Bali, aquela ilha mágica que tinha me inspirado tanto com sua beleza, seus tecidos e suas cores. Criei uma linha de maquiagem inteira chamada *Sunset Goddess* (Deusa do Crepúsculo). Eu estava vivendo a fantasia de ser uma deusa eu mesma, e dediquei um perfume, *Volcan d'Amour* (Vulcão de Amor) ao meu novo amado. Cloudwalk logo se encheu de tecidos e artefatos da Indonésia, e eu coloquei bandeiras cerimoniais coloridas ao longo do rio, que continuam lá até hoje.

Mudanças seguiram mudanças quando tirei meus filhos da escola de Nova York, transferindo-os definitivamente para Cloudwalk. Eu sentia o perigo no ar, naquela cidade. John Lennon havia sido assassinado por um fã enlouquecido na porta do seu edifício em dezembro de 1980, e eu vivia me lembrando constantemente do sequestro da filha de 11 anos de Calvin Klein, Marci, em troca de um resgate. Graças a Deus, ela estava ilesa quando foi libertada, mas mesmo assim não me acalmei. Alexandre e Tatiana tinham 11 anos e dez anos respectivamente,

---

2 Tecido indonésio feito artesanalmente com fios tingidos segundo a técnica de *tie-dye*. (N.T.)

também, já tinham passado da idade de serem levados para a escola por adultos, mas ainda eram inexperientes o suficiente para se deixarem levar pelas tentações da cidade grande e da pseudosofisticação de alguns dos seus amigos citadinos. Eu queria que eles passassem a gostar mais da natureza, que conseguissem se desligar da constante atividade de Nova York, e que desenvolvessem seus próprios recursos e imaginações. Com alguma surpresa, percebi que o tempo que eu havia passado entediada na Bélgica tinha sido precioso.

Eu também me mudei por minha própria causa. Estava menos interessada em ser magnata extremamente ocupada, e mais em ser boa mãe e em estar mais presente, dedicando-me também mais ao meu parceiro. Foi uma fase, mas foi autêntica. Eu ia para Nova York nas terças pela manhã, e voltava para Cloudwalk nas noites de quinta. Paulo passava os dias construindo um novo estábulo e as crianças frequentavam Rumsey Hall, uma escola particular próxima.

Minha reforma incluiu minhas roupas. Parei de usar meus próprios vestidos, que, de qualquer maneira, na época estavam sendo criados por empresas licenciadas, e comecei a usar apenas sarongues; em seguida, substituí meus sapatos de salto alto sensuais por sandálias no verão e botas no inverno. Eu usava joias exóticas e deixei meus cabelos ficarem bem encaracolados, frequentemente enfeitando-os com uma flor natural. Paulo e eu viajávamos para Bali, nos hospedando em sua casa de bambu na praia, sempre que podíamos. E as crianças, muitas vezes, nos acompanhavam.

AGORA, AO ME LEMBRAR DAQUELA ÉPOCA, sorrio das formas como mudei minha personalidade para fundir-se com as personalidades de homens diferentes em fases distintas da minha vida. Acho que a maioria das mulheres conscientemente muda de aparência ou pelo menos faz alterações em si mesmas por causa do relacionamento com os homens, principalmente durante o delicioso período de sedução. Elas viram fanáticas por futebol americano da noite para o dia ou passam a ser loucas por barcos, ficam viciadas em política e depois voltam pouco a pouco a suas personalidades quando o relacionamento fica estável ou termina. Ninguém que eu conheça, porém, chegou aos extremos aos quais eu cheguei.

Meu relacionamento com o Paulo durou quatro anos, assim como meu guarda-roupa de sarongues. "Por que você não usa roupas de verdade?", vivia dizendo minha mãe. Mas nem mesmo ela conseguiu adivinhar minha próxima metamorfose quando rompi com o Paulo para me tornar musa de um escritor em Paris.

No verão de 1984, depois de ter vendido minha empresa de cosméticos para a empresa farmacêutica inglesa Beecham, fretei um veleiro para velejar pelas ilhas gregas. Meus filhos estavam no começo da adolescência, o relacionamento deles com o Paulo não era bom, e o clima no veleiro estava pesado e desagradável. Meu amigo brasileiro, Hugo Jereissati, que tinha sido quem havia me inspirado a descobrir Bali, estava conosco. Eu me lembro de ter dito ao Hugo, enquanto estávamos nos bronzeando ao sol: "Minha vida vai mudar de novo." E mudou.

Saias de lã. Suéteres de abotoar. Sapatilhas. Elas iriam dominar meu guarda-roupa durante os próximos cinco anos. Alain Elkann, um romancista e jornalista italiano, não gostava das roupas sensuais que eu tinha começado a criar, e, portanto, uma vez mais, mudei minha personalidade por amor. Minha nova imagem me assustava toda vez que eu me olhava no espelho.

Eu tinha conhecido o Alain em Nova York, na festa de aniversário de 14 anos que Bianca Jagger tinha dado para a sua filha, minha afilhada, Jade. Tatiana e Alex estavam ambos em casa, de férias dos internatos onde eles estudavam, ela na Inglaterra e ele em Massachusetts, e todos nós estávamos em Nova York naquele fim de semana.

Alain era muito atraente, e nós tínhamos muitos amigos e conhecidos em comum, pois ele tinha sido casado com Margherita

Agnelli, prima em primeiro grau de Egon. "Venha comigo para Paris", disse Alain, assim que me conheceu. Eu não hesitei. Meus filhos estavam na escola, e eu não podia mais suportar um dia sequer em Nova York. Assim como eu tinha encontrado o Paulo durante meu período de introspecção devido ao colapso mental da minha mãe, encontrei o Alain em 1984 durante minha decepção com Nova York. A vida em Nova York tinha passado a girar em torno do dinheiro: *Dinastia* e *Dallas* eram os sucessos da tevê. E depois de quatro anos isolada em Cloudwalk com Paulo, a vida intelectual de Paris me atraía demais. Meu trabalho não me interessava mais tanto assim. Embora eu estivesse começando uma nova empresa, não estava sinceramente interessada nela.

O que estava no meu coração era o Alain. E Paris. Paulo ficou muito zangado e voltou para sua terra natal, o Brasil; eu me mudei para um lindo apartamento que aluguei na Rue de Seine, entre um pátio e um jardim. Meu amigo François Catroux, decorador de interiores, me ajudou a montar um interior boêmio repleto de mobília estilo império e pinturas pré-rafaelitas, do meu apartamento recém-vendido na Quinta Avenida.

Alain e eu recebíamos muita gente, escritores, artistas, estilistas, embora a moda não fosse mais minha prioridade. Alain trabalhava durante o dia na editora Mondadori e escrevia romances depois do trabalho. Meu escritor preferido era Alberto Moravia, que passava semanas conosco. Ele escrevia de manhã e, à tarde, ele e eu íamos a museus, assistir a filmes ou ao Café de Flore para tomar chocolate quente. Eu mal podia acreditar que nós tivéssemos nos tornado grandes amigos.

Em minha nova vida parisiense, redescobri meu primeiro amor, a literatura, e estava vivendo mais uma fantasia: ter um salão literário e fundar uma editora pequena, a Salvy, onde publicamos em francês os escritores Vita Sackville-West, Gregor von Rezzori e Bret Easton Ellis, entre outros.

Alain e eu também tínhamos uma vida familiar animada e carinhosa durante as festas de fim de ano. Ele tinha três filhos de sua união com Margherita Agnelli: John ("Jaki"), Lapo e Ginevra. Talvez porque eles fossem parentes de meus próprios filhos nós imediatamente nos tornamos uma família. Nós só ficávamos com nossos cinco filhos durante as férias e em fins de semana ocasionais, mas aproveitávamos esse tempo integralmente. Esquiávamos juntos em Gstaad, nadávamos em Capri, onde Alain e eu alugávamos um pequeno apartamento, e navegávamos pelo Nilo para descobrir o Egito antigo. O restante do tempo eu passava com Alain, a perfeita musa de um escritor, lendo o que ele escrevia e acompanhando-o onde quer seus muitos humores o levassem. Eu administrava uma casa perfeitamente intelectual e elegante, sempre enfeitada com flores frescas e oferecendo comida em abundância. Eu sabia há muito tempo que os escritores podem levar uma vida boêmia, mas adoram o luxo. Montei um pequeno escritório no sótão e falava com minha equipe bastante reduzida de Nova York todos os dias.

Por mais que eu adorasse minha vida em Paris, às vezes estar com Alain era difícil. Embora eu compartilhasse sua vida e interesses totalmente, ele não compartilhava os meus. Em 1986, fui um de 87 imigrantes escolhidos para receber um Mayor's Liberty Award por minha contribuição para a cidade de Nova York e os Estados Unidos. Fiquei muito orgulhosa e quis ir a Nova York para a cerimônia de entrega e receber meu prêmio do prefeito Ed Koch, mas Alain não quis que eu fosse, e eu não fui. Minha mãe foi no meu lugar.

AGORA, AO ME RECORDAR DESSA ÉPOCA, percebo a quantas coisas eu renunciei pela minha relação com Alain. Ele queria que eu desistisse da minha personalidade e do meu sucesso, e ainda por cima fizesse isso com entusiasmo. Ninguém jamais tinha me pedido isso antes. Eu troquei minha paixão pela independência por um status de "mulher de alguém". Meus filhos ficaram espantados. "Mamãe não tem um pingo de personalidade" costumavam dizer, e eu sorria. Eu sabia que no fundo isso não era verdade, mas estava seduzida pelo papel que estava desempenhando, de esposa dedicada de um artista.

Tudo isso provavelmente teria continuado se eu não começasse a perceber que o Alain estava tendo um caso com minha boa amiga Loulou de la Falaise, musa de Yves Saint Laurent. Loulou era tudo aquilo de que eu tinha aberto mão: tinha glamour, tinha o seu trabalho, tinha sucesso. Fiquei chocada, muito triste e, a princípio, irritada, mas consegui entender, até certo ponto, que pelo menos parcialmente eu era a culpada. Mudando de personalidade, eu havia perdido o que tinha atraído Alain antes. Eu tinha me tornado a pessoa dócil e passiva que eu pensava que ele queria e aí ele foi procurar o mesmo tipo de pessoa que eu era antes. Contudo, não sou de aceitar humilhação; em vez disso, transformei aquela traição numa determinação de vencer. Conservei a cabeça fria ao confrontá-los e desmascará-los, certa de que minha calma ia diminuir o encanto do "fruto proibido" e acabar destruindo o relacionamento. E estava certa. Logo o caso perdeu a graça e terminou. Alain e eu ficamos juntos um pouco mais, porém eu sabia que logo seria hora de deixar tudo aquilo para trás e seguir em frente.

FAZENDO UMA RETROSPECTIVA, eu não abriria mão daqueles anos em Paris com o Alain nem dos anos com Paulo, indo para Bali e voltando de lá, por nada desse mundo. Ninguém passa pela vida com apenas uma personalidade imutável. Nós somos bem mais complexos, com vários desejos e necessidades que se apresentam em estágios distintos da nossa vida. Como eu comecei a trabalhar para obter independência financeira quando ainda era bem jovem, eu tinha o luxo inusitado de viver plenamente essas fantasias e também podia deixá-las de lado quando chegava o tempo certo.

Paulo me deu a serenidade que eu precisava para me curar do colapso da minha mãe, e um refúgio do ritmo frenético da minha vida em Nova York. Alain me deu minha volta à Europa e ao mundo da cultura, e ideias pelas quais eu ansiava depois de me isolar em Cloudwalk. Alain também me deu três maravilhosos enteados que eu amo e dos quais continuei muito próxima. Jaki é agora o respeitado John Elkann, que dirige a empresa de automóveis Fiat e suas subsidiárias. Lapo é um designer de muito sucesso e um gênio do *marketing*, e Ginevra é uma princesa, mãe de três filhos, produtora de filmes e presidente da Pinacoteca Giovanni e Marella Agnelli. Todos os três são irmãos de Alex e de Tatiana, e somos todos membros de uma só família.

Já me perguntei muitas vezes que tipo de mulher eu seria hoje se não tivesse experimentado estilos de vida tão diferentes com Paulo e Alain. Estaria eu pronta, antes de tudo isso ter acontecido, para ficar com Barry para sempre? Em parte, desejo que sim, em vez de tê-lo magoado e perdido os anos que podíamos ter passado juntos. Mas em parte, acho que foi bom ter passado pelo que passei. Eu provavelmente sou melhor esposa e parceira de Barry agora por causa disso. Eu precisava experimentar versões diferentes de mim mesma para ver qual seria a melhor para mim. E depois de Alain, eu ainda não havia terminado.

Minha vida pessoal ainda estava no limbo quando saí de Paris, em 1989, e voltei a Nova York. Como sempre, Barry estava presente para me escutar e me tranquilizar, mas até certo ponto tínhamos perdido um ao outro e eu não queria magoá-lo outra vez. Eu precisava me encontrar primeiro, e não era fácil. Dividi meu tempo entre Cloudwalk, o Hotel Carlyle em Nova York, onde ficava num apartamento reservado para mim, e as Bahamas, onde ajudei minha mãe a se estabelecer na sua casinha branca com venezianas azuis, na praia de areias rosadas da ilha Harbour.

Eu também renovei velhas amizades, e flertei um pouco, mas na verdade não estava satisfeita comigo mesma. Por mais que adorasse a companhia de Barry (íamos a toda parte juntos), eu ainda não estava pronta para me comprometer. Um dos motivos era que eu havia começado um relacionamento sério secreto com um homem misterioso, talentoso e bonito, o único homem que, no fim, iria me abandonar.

Eu não quis me apaixonar por Mark Peploe, nem ele, tenho certeza, queria se apaixonar por mim. Mark já era meu amigo havia muito tempo, e tinha escrito o roteiro do filme de Bernardo Bertolucci, *O Último Imperador*, no quarto de hóspedes, enquanto eu morava com Alain, em Paris. (O filme obteve nove prêmios Oscar da Academia de Cinema de Hollywood em 1988, inclusive o de Melhor Roteiro Adaptado.) Mark também era "comprometido", pois morava com uma mulher que eu conhecia e tinha uma filha de doze anos que estava em Londres. Nunca me ocorreu ter um caso com ele até ele me ligar um dia em Nova York, depois que voltei de Paris, e foi aí que a chama se acendeu.

Foi um romance de conto de fadas. Literalmente. Quando eu era pequena, costumava escrever poemas e contos sobre amor, e sempre pensava que os momentos roubados, coisas não ditas, não perguntadas, o segredo, definiam os relacionamentos mais empolgantes e românticos. E o nosso caso foi exatamente assim. Mark e eu tínhamos um relacionamento estupendo; eu respeitava seu intelecto, ele era um dos homens mais belos que eu já tinha conhecido, e era excelente companheiro de viagens. Logo depois de o nosso caso de amor ter começado, ele me pediu para ir encontrar com ele no Sri Lanka, onde ele estava procurando locações para o filme *Fuga para a Vitória*, do qual seria diretor. Eu mal sabia onde era o Sri Lanka, ou que era esse era o novo nome do Ceilão. Imediatamente reservei passagem para ir para lá.

Nunca vou me esquecer de ter circundado de carro a ilha de Serendib, a ilha mágica que nos deu a palavra "serendipidade", com Mark, descobrindo os seringais e as plantações de chá, o Buda reclinado, a casa do autor Paul Bowles, e as ruas de Colombo. Nós estávamos imensamente distantes de tudo. Eu admirava demais aquele homem bonito e elegante, que sabia tanta coisa... nossas conversas eram intermináveis. Elas continuavam em todo tipo de paisagens, nas ruas, nos cafés de Paris, nas *trattorias* de Roma, nas ruas de Lisboa, nos bazares ao ar livre e no harém de Topkapi em Istambul, nas cavernas bizantinas da

Capadócia, na mesquita sufi de Konya, nos penhascos Vermillion de Utah, e descobrindo obras do artista Mantegna em Mantova. Em todas essas paisagens, conversávamos sem parar sobre tudo. Quando viajávamos de carro, eu lia em voz alta as aventuras de viagem do jornalista polonês Ryszard Kapuscinski, ou as idolatrias do escritor austríaco Stefan Zweig. Esses eram nossos momentos roubados, roubados de nossas vidas diárias em hotéis anônimos, aeroportos e carros alugados.

Barry sabia do Mark, e Mark sabia do Barry, embora eu evitasse falar muito sobre um com o outro. Eu agora percebo que Barry já era como um marido para mim, e Mark era meu amante secreto. Eu não conseguiria desistir de um deles para ficar com o outro. Devo ter tratado ambos com crueldade, mas não sentia isso na época. Barry esperava pacientemente, certo do desfecho. O que realmente estava se passando na mente de Mark, nunca saberei ao certo. Eu adorava aquele nosso "relacionamento tácito" e queria prosseguir indefinidamente, mas não foi o que aconteceu.

Sofri muito quando Mark me abandonou para ficar com outra mulher, que não era a mãe do seu filho. Achei que ele tinha gostado daquela fantasia de viver um relacionamento secreto tanto quanto eu, mas talvez ele quisesse um relacionamento mais permanente e visível. Ele nunca me explicou, eu nunca lhe perguntei.

Agora que me estou recordando tudo isso, sei que a existência do Barry e meus sentimentos por ele tinham tudo a ver com minha relutância de ficar com Mark em definitivo, assim como com o Alain, ou o Paulo. Depois que Mark e eu nos separamos, Barry começou a ocupar um espaço cada vez maior na minha vida, na minha cama e no meu coração, e descobrimos uma nova serenidade.

Navegando pelos mares, descobrimos uma forma de criar nossa vida juntos. Barry havia começado um caso de amor com embarcações desde que eu o levei comigo no *Atlantis*, o sublime iate do Stavros Niarchos pai, quando os meus filhos eram muito pequenos e passavam o verão com Egon. Daquela vez, tínhamos feito um cruzeiro seguindo a Costa Amalfitana até a Grécia. Foi uma revelação para Barry, o início do sonho dele de um dia construir seu próprio iate. Fizemos muitas outras viagens maravilhosas depois daquela, em embarcações fretadas, ao Mediterrâneo, ao Caribe, à costa jônica. Eu sempre tinha adorado viajar para lugares que dessem uma sensação de aventura, e ele precisava do seu luxo e de estar ligado ao seu trabalho. Naquelas viagens marítimas, ambos podíamos fazer as duas coisas... dar caminhadas em terra, com clima de aventura, para visitar pequenas aldeias, e depois voltar para o nosso conforto flutuante e nossas comunicações à noite.

Sempre tínhamos falado sobre nosso futuro ao longo dos anos, e ambos sabíamos que íriamos acabar juntos. Eu amava o Barry e sabia que ele era absolutamente o único com quem eu me casaria, mas combatia a ideia de casamento em si. As pessoas costumam se referir ao casamento como "sossegar", e essa palavra não me inspirava nem um pouco. "Sossegar" significa desistir da espontaneidade e da independência, e não era isso o que eu queria, nem o que o Barry queria.

Comecei a ceder quando ele começou a falar em casamento por preocupação com os meus filhos. Barry queria ser capaz de planejar o futuro deles, disse ele, e o casamento tornaria tudo bem mais fácil. Quando Alexandre se casou com Alexandra Miller em 1995 (assim se tornando o casal Alex e Alex), Barry lhe deu um pote de terra como presente de casamento, representando uma quantia em dinheiro, a entrada do financiamento de uma casa. Ele expressava tamanha sinceridade nessa sua intenção de cuidar dos meus filhos, que me deixava comovida.

MEUS DIÁRIOS DE 1999 REGISTRARAM vários fatos marcantes da história da nossa família. O nascimento de Talita, minha primeira neta, claro, foi um marco muito importante. Outro foi a gravidez da Tatiana. Ela queria tanto ter um bebê que quando fomos todos juntos visitar a Talita, ela saiu e foi chorar numa cabine telefônica, temendo que jamais pudesse ter um. No dia seguinte ela conheceu Russell Steinberg, um comediante carinhoso e otimista. Antonia Steinberg nasceu um ano e vinte e dois dias depois do nascimento de Talita, a mesma diferença entre Tatiana e Alexandre. Meu diário também comemora mais um fato importante: eu finalmente tinha quitado a hipoteca de Cloudwalk. A última anotação, porém, ainda não era um marco: "Conversando sobre o casamento com o Barry", escrevi.

Isso não aconteceu em 1999. Nem em 2000, mas Barry não desistiu. "Hoje, como presente de aniversário, Barry me deu um anel de pérola que pertenceu a Marie Bonaparte, e um cartão expressando o desejo de se casar comigo", escrevi no diário. Outra anotação era triste. "Lily não está passando bem", anotei, pois a saúde de minha mãe estava se deteriorando cada vez mais. Alexandre estava na Austrália, mas o resto da família, inclusive meu irmão Philippe, estava todo reunido na casa de minha mãe na em Harbour Island, para a Páscoa. Foi incrível como ela conseguiu se segurar e reunir todas as suas forças para ir comigo de avião a Los Angeles, e estar com Tatiana no nascimento da sua filha Antonia. Foi durante aquele voo que eu lhe disse que estava pensando em talvez me casar com Barry, ao que ela, gloriosamente, respondeu: "Ele merece você."

Como eu amei minha mãe por me dizer isso! Ela não disse que eu merecia o Barry, disse que ele me merecia. Aquelas três palavras disseram tudo: como ela me valorizava, a pessoa que eu havia me tornado, e como ela o valorizava por me merecer. Eu jamais esquecerei isso. Não só ela havia me dado sua aprovação para me casar com Barry, como também estava me dizendo como estava orgulhosa de mim. Ela morreu algumas semanas depois.

Eu precisava de outra aprovação: a de Egon. Telefonei para ele e lhe disse que estava pensando em me casar com Barry. "Quero sua bênção", disse-lhe eu. "Você tem minha bênção. Mas não tire o meu sobrenome", respondeu ele, rindo.

Uma semana antes do quinquagésimo nono aniversário de Barry, enquanto eu estava procurando um presente para ele, decidi me dar a ele como presente. "Por que não nos casamos no seu aniversário?", disse eu, na maior tranquilidade, ao telefone. "Vamos ver se consigo organizar isso", respondeu ele, sem hesitar. "Vamos ver se eu consigo organizar isso" era uma coisa que ele dizia desde o momento em que nos conhecemos... e ele sempre conseguia organizar fosse lá o que fosse. Naturalmente, ele conseguiu marcar o casamento na prefeitura, uma semana depois.

Liguei para os meus filhos, liguei para o meu irmão na Bélgica, e para a minha amiga, a famosíssima fotógrafa Annie Leibovitz, para lhe perguntar se ela poderia vir e tirar as fotos. Philippe veio para Nova York de avião com a esposa dele, Greta, e as filhas Kelly e Sarah. Tatiana veio de Los Angeles com Russell e a pequena Antonia, de oito meses, presa ao seu peito num porta-bebê. Alexandre e sua esposa grávida, Alexandra, assim como Talita, de vinte meses, já estavam em Nova York. Nós nos encontramos na manhã do meu casamento no meu ateliê, uma garagem de carruagens na Rua Doze Oeste, antes de ir para a prefeitura. Eu não tinha pensado em flores, mas tinha conhecido um florista, por acaso, algumas noites antes, e ele se ofereceu para fazer um buquê de noiva para mim. Escolhi lírios do brejo em homenagem a minha mãe. Fiz um vestido de jérsei cor de creme para mim. Não me sentia particularmente bonita naquele dia, mas estava felicíssima.

Quando saímos do ateliê, as meninas da DVF me desejaram felicidades aos gritos. Annie Leibovitz veio se encontrar conosco na prefeitura pois, com grande generosidade, tinha concordado em atender ao meu pedido para ser nosso *paparazzo* particular. Havia, claro, alguns *paparazzi* de verdade também, mas eles não receberam permissão de entrar na prefeitura conosco. Todos nós ríamos, minha pequena família e eu. Tudo nos pareceu perfeitamente natural. Barry havia reservado mesa para almoçarmos num restaurante desconhecido, perto da prefeitura. O restaurante era meio formal e melancólico, e não ficamos muito tempo ali, porém rimos o tempo inteiro, embora sentíssemos falta da minha mãe.

Muito antes de decidirmos nos casar naquele dia, eu havia planejado uma grande festa do signo de Aquário para aquela noite, no meu ateliê, na Rua Doze, porque meus três amores, Barry, Tatiana e Alex, eram todos aquarianos. As centenas de amigos que vieram comemorar conosco naquela festa de Aquário espantaram-se e se alegraram ao descobrirem que ela havia se transformado numa festa de casamento! Como presente, Barry me deu vinte e seis alianças com diamantes… "Por que vinte e seis?", indaguei. "Uma para cada um dos vinte e seis anos que passamos juntos sem estar casados", foi a resposta dele.

Levei algum tempo para aceitar que tínhamos nos casado. Quando fui para o campo no meu carro, no dia seguinte, vi que alguém tinha posto um cartaz de "Recém-Casados" no veículo. Parei no meio da estrada para virá-lo. Ainda estava rebelde, mas, no entanto, quando íamos para Cloudwalk, eu me sentia feliz por ver que Barry já estava lá, esperando por mim. Apenas recentemente eu comecei a me referir ao Barry como "meu marido", mas agora faço isso, com orgulho e muito amor. Nós adoramos estar juntos. O que mais gostamos e estar sozinhos, em silêncio. Somos definitivamente almas gêmeas, e eu serei para sempre grata a Sue Mengers por me apresentar a esse glamouroso, jovem e poderoso executivo, 39 anos atrás, e por eu tê-lo seduzido para sempre.

Como posso explicar meu relacionamento com Barry? A plenitude de tudo? É simplesmente amor de verdade. Quando penso na abertura dele comigo, sua aceitação incondicional, seu profundo desejo de me ver feliz e de ver meus filhos felizes, sinto lágrimas brotarem nos meus olhos. Barry tem reputação de ser durão, mas é a pessoa mais delicada e carinhosa que eu já conheci. Nós estivemos na vida um do outro durante décadas, como amantes, amigos e agora como marido e mulher. É verdade que, como fiz com meu pai, não valorizei seu amor como devia. É verdade que, como fiz com meu pai, eu às vezes o rejeitei. Mas também é verdade, como fiz com meu pai, que o amo totalmente, e quero ficar ao seu lado incondicionalmente para sempre. Amor é vida é amor é Barry.

Passamos pelo menos três meses por ano no *Eos*, o iate dos sonhos do Barry, que ele finalmente construiu. Batizado com o nome da deusa grega da aurora, o *Eos* levou três anos para ser construído, durante os quais Barry passava pelo menos duas horas por dia estudando cada detalhe, falando com os engenheiros, conversando com os operários do estaleiro da Alemanha, envolvendo-se no projeto do exterior, na decoração do interior e em todos os detalhes de tudo a bordo. Lançado ao mar em 2006, o *Eos* é o iate mais maravilhosamente confortável que se pode imaginar, com uma tripulação incrível que cria itinerários extraordinários e sempre indica os melhores lugares para caminhadas, e uma chefe de cozinha jovem e talentosa, Jane Coxwell, que incentivei a escrever um livro de culinária que todos os meus amigos adoram.

Pedimos a nossa amiga, a artista Anh Duong, para esculpir uma figura de proa para o iate, para a qual ela me pediu que eu servisse de modelo. Portanto, lá estou eu, na proa do *Eos*, navegando pelo mundo inteiro, literalmente. Com o *Eos*, estivemos no Mediterrâneo e no mar Vermelho, no Egito e na Jordânia. Estivemos em Omã, nas Maldivas e em Bornéu, na Tailândia e no Vietnã. Passamos semanas na Indonésia e descobrimos as ilhas de Vanuatu, Fiji e Papua Nova Guiné, no Pacífico. Toda manhã nadamos durante muito tempo num novo mar, e toda tarde caminhamos numa nova trilha. Já viajamos milhares e milhares de quilômetros dessa forma. E ainda continuamos explorando novos horizontes com nosso cão, o Shannon. Tiro centenas de fotos que à noite transfiro para o computador. É puro êxtase estar no *Eos*, a nossa casa flutuante.

Nossas horas mais felizes são quando viajamos pelo mundo com nossos filhos e netos: férias no mar, as ilhas Galápagos ou o Taiti, ou em terra, num safári na África, ou esquiando. Às vezes só levamos os netos. Esquecemos que eles são netos e pensamos que eles são nossos filhos. Anos se passaram, e mesmo assim ainda parece que estamos fazendo nossa primeira viagem ao Colorado e ao Lago Powell.

A coisa mais importante que o Barry e eu temos em comum é que ambos somos autossuficientes. A presença de um na vida do outro nunca foi uma necessidade, e, portanto, ambos sempre nos sentimos como se estar um com o outro fosse um enorme luxo. A generosidade do Barry me aqueceu desde o minuto que o conheci, e essa sensação continua a evoluir. Ele é generoso do fundo do coração, com sua proteção, com tudo. "Nós", para nós, é nosso lar, confortável e tranquilizador. Nosso amor é nosso lar. Estamos pouco a pouco nos tornando o casal de idosos que atravessava a avenida Lexington, cuidando um do outro. "Nós" também significa nossa família: nossos filhos que estão ficando mais velhos, nossos netos que estão em crescimento. O amor é vida é amor é vida.

RECENTEMENTE, enquanto Barry estava reformando nossa casa de Beverly Hills, ele me enviou a seguinte mensagem:

"Estou no avião, depois de ter me encontrado com a equipe de operários e engenheiros. A casa vai ficar deslumbrante, como nenhuma outra. Vamos ter um telhado de telhas de ardósia e portas de bronze e vidro, e faremos sua sala no mezanino com claraboias e paredes inteiramente de vidro: um pequeno jardim, como uma casa na árvore, pertinho do céu."

"Espero que possamos acrescentar mais um lugar onde possamos envelhecer gloriosamente e glamourosamente. E, nesse meio tempo, estou muito orgulhoso de suas realizações diárias, ao construir sua marca e seu legado…"

"Eu te amo, meu benzinho."

E eu te amo, Barry.

3

BELEZA

Estou numa festa de aniversário em Bruxelas, a da minha melhor amiga, Mireille, que está completando dez anos. Como se fosse ontem, lembro-me de nós, as crianças, ao redor da mesa da sala de jantar de seu apartamento elegante da Avenue Louise. O bolo grande e bem decorado está para ser trazido, quando ouvimos o toc-toc-toc dos saltos altos de uma mulher apressada percorrendo o corredor. A mãe de Mireille entra na sala, muito bem vestida, de terninho listrado, a saia justa obrigando-a a dar passinhos curtos, a maquiagem e os cabelos ruivo-escuros impecáveis. Ela é incrivelmente glamourosa e sabe perfeitamente o que fazer. "*Joyeux anniversaire, ma chérie* – feliz aniversário, minha querida", diz ela a Mireille, beijando-a nas duas bochechas enquanto lhe ajeita os cabelos. Ela joga beijos a todas nós. Trazem o bolo em formato de coração, e ela assiste enquanto Mireille sopra as velas, decide quem vai ganhar as fatias de bolo e come uma fatia para dar sorte, depois fala rapidamente com cada uma de nós, admira nossos presentes, e aí, quando voltamos ao quarto da Mireille para brincar, ela volta pelo corredor, toc-toc-toc, e sai pela porta da frente.

Fico maravilhada. Embora isso deva ter deixado a Mireille frustrada, a mãe dela ser uma mulher assim, tão ocupada, que só podia passar uns minutos em casa, até mesmo na festa de aniversário da filha, fico encantada com aquela mulher glamourosa, segura de si e comprometida com o seu trabalho. Sei vagamente que a mãe de Mireille, Tinou Dutry, é uma das principais empresárias de Bruxelas. E tenho certeza absoluta de que quero ser como ela quando crescer. Décadas depois, percebo que a mãe da minha melhor amiga, uma pioneira orgulhosa por ter criado a organização de empresárias da Bélgica e que tinha lutado na resistência durante a guerra, foi uma das minhas primeiras inspirações para a mulher que eu decidi me tornar.

Eu sentia a mesma admiração vendo minha mãe se vestir para sair, fosse à noite, para ir a uma festa com meu pai, ou sozinha, durante o dia. Ela escolhia o que vestir com muito cuidado, e costumava complementar seu traje com um chapéu. Seus cabelos, sua maquiagem, seu perfume... Ela se mirava no espelho com um sorriso de cumplicidade e autoconfiança. Ela tinha uma silhueta fantástica e usava saias e vestidos bem justos. Seus saltos também estalavam. Onde ela vai? pensava eu. Como ela sabe se arrumar tão bem e sempre parecer tão chique? Eu não me cansava de admirá-la, observando todo o brilho, todo o charme, toda a sedução da minha mãe. Ela, também, era a mulher que eu esperava ser um dia.

Eu não gostava do meu reflexo no espelho da minha mãe. Eu via um rosto quadrado e pálido. Olhos castanhos. E cabelos castanhos curtos extremamente encaracolados, ainda mais por causa do tempo úmido e da chuva incessante de Bruxelas. Quase todas as meninas da minha sala, inclusive a Mireille, tinham cabelo louro e liso, que podia ser cortado de modo a lhes proporcionar franjas longas e lisas. Eu não. Eu me sentia uma estrangeira. Eu parecia um bicho do mato. Ninguém mais se parecia comigo.

Eu vivia obcecada com meu cabelo encaracolado, que nem mesmo minha mãe, tão habilidosa, era capaz de domar. Quando voltei de um acampamento de duas semanas no verão, ela ficou frustrada depois de passar um tempão tentando desembaraçar meus cabelos. Finalmente conseguiu prendê-los, formando um rabo de cavalo bonito, trançou-os, e pediu minha fivela. Eu tinha perdido a fivela no acampamento. Depois de todo o seu esforço, ela ficou tão irritada que pegou uma tesoura e cortou o rabo de cavalo. Isso não melhorou a imagem que eu via no espelho. Fiquei arrasada e tremendamente envergonhada.

O que eu não sabia, até me dizerem isso recentemente, era que aquele menino do jardim de infância me adorava justamente *por causa* do meu cabelo. Ele adorava tanto os meus cachos castanhos e meus olhos castanhos que pediu para eu me casar com ele, e eu evidentemente aceitei! Que constrangimento o meu, ter esquecido meu primeiro "marido" de cinco anos de idade, mas eu não me lembrei dele até uns cinco anos atrás, quando fui convidada para ir à Bélgica fazer uma palestra para um grupo de empresárias. Depois da minha apresentação, que incluiu minha infância e provavelmente uma menção das minhas frustrações com meu cabelo horrível, Bea Ercolini, editora da edição belga da revista *Elle*, me perguntou em que escola eu havia estudado, em que período, e tal, e depois fez as contas. "Acho que eu moro com o homem com quem você 'se casou' no jardim da infância", revelou-me ela, sorrindo.

"Qual é o nome desse cavalheiro?", perguntei, incrédula. "Didier van Bruyssel", ela respondeu. De repente, tudo me voltou à cabeça. Pelo menos uma parte. Eu não me lembrei especificamente do Didier, mas me lembrei do som do nome dele e como, quando era pequena, eu tinha cuidadosamente praticado escrever minha assinatura combinando nossos dois sobrenomes, Diane van Bruyssel, várias vezes. Fiquei admirada por Bea ter descoberto que eu era a menininha da qual seu marido havia lhe falado. Isso mostrava o quanto ela o amava, como tinha escutado cuidadosamente suas histórias de infância. Também me mostrou que impacto inesperado eu havia causado neste menino de cinco anos no jardim de infância.

O que estou querendo fazer não é documentar minha primeira sedução, mas mostrar como eu estava errada ao me sentir mal por não ter cabelos louros e lisos. Enquanto eu estava desesperada para me parecer com as outras meninas, Didier se apaixonou por mim porque eu era diferente. Quando nós finalmente nos reencontramos, depois de cinco décadas, ele me disse que não fazia ideia que "la petite Diane" de cabelos encaracolados tinha virado a Diane von Furstenberg, mas quando pequena causei um impacto tão grande nele, que ele continuou a procurar mulheres com tipo mediterrâneo, de cabelos encaracolados. Embora eu pensasse que tinha uma aparência bizarra, ele personificava o velho ditado: "A beleza está nos olhos de quem vê."

Passei anos combatendo meus cachos, observando o tempo e considerando a umidade minha inimiga, usando echarpes, apliques e alisando o cabelo com todo tipo de instrumentos. Às vezes eu usava uma tábua de passar para alisá-lo, e mandei vários cabeleireiros no mundo inteiro fazerem escova em mim, convencida de que os cabelos lisos eram a chave da beleza e da felicidade.

Foi só quando eu tinha quase 30 anos que descobri que meus cachos podiam me dar algum tipo de vantagem. Percebi isso quando meu amigo Ara Gallant, maquiador e cabeleireiro muito talentoso, que se tornou fotógrafo, foi contratado para me fotografar para a capa de *Interview* em março de 1976. Ara adorava trabalhar à noite, portanto não foi surpresa que minhas fotos tenham sido tiradas num estúdio depois da meia-noite. Ara sabia como fazer qualquer pessoa parecer sexy. Ele pegou a tesoura e fez cortes irregulares no *collant* preto que eu estava usando. Depois de ter gasto alguns rolos de filme inteiros me fotografando, ele começou a espirrar água nos meus cabelos muito lisos. Fiquei horrorizada! "Não se preocupe", disse ele. "Nós já temos a capa, mas quero fotografar você de cabelos molhados." Ele tirou fotos minhas enquanto meus cabelos estavam secando e revelando meus verdadeiros cachos. Alguns dias depois, quando vi as duas opções da capa, não tive nenhuma dúvida sobre qual era a melhor… No dia seguinte, deixei meus cabelos secarem naturalmente, e foi essa a primeira vez que ostentei meus cachos com orgulho e gostei de mim como eu era. Meu novo "visual" foi confirmado numa festa de aniversário na Studio 54 para a esposa de Mick Jagger na época, Bianca, que atravessou o palco montada num cavalo branco à meia-noite, enquanto todos cantávamos o "Parabéns pra Você". "Você parece a Hedy Lamarr", disse-me o arrojado estilista Halston, referindo-se a uma estrela de cinema da década de 1930. Eu não sabia na época quem era Hedy Lamarr, mas sabia que era um elogio. Meus cabelos cacheados tinham se tornado uma vantagem. Eu me sentia autoconfiante e livre.

Essa autoconfiança não me acompanhava o tempo todo. Meus cabelos se tornaram um barômetro da minha autoestima, e a prova disso foi que no início dos anos 1990 comecei a alisar os cabelos de novo. Aquela não foi uma boa década. Eu tinha voltado a tentar me encontrar de novo, e estava meio insegura. À medida que readquiri minha segurança, fui deixando meus cachos voltarem. Aprendi como dominá-los, como usá-los e deixar que fossem uma parte de meu verdadeiro eu. Até comecei a receber a umidade com alegria, porque ela acrescenta bastante volume aos cabelos cacheados.

Pode parecer trivial dar tanta importância assim aos cabelos, mas sei que todas as mulheres de cabelos cacheados se identificarão com essa minha batalha. E os homens de cabelos cacheados também, segundo descobri recentemente. Durante um período de férias no barco de um amigo, o magnata do entretenimento David Geffen, eu estava conversando sobre cabelos com as mulheres a bordo quando Bruce Springsteen, o astro de rock bem machão, tipo super-herói, também entrou na conversa. Ele também costumava detestar seus cachos italianos quando tinha quinze anos e estava começando a sua carreira, segundo nos confessou; e seus companheiros da banda The Castiles também os detestavam. Eles todos desejavam poder trocar seus cachos mediterrâneos por franjas lisas como as dos Beatles. Então, à noite, eles iam a um salão de beleza para negras em Freehold, Nova Jérsei, às escondidas, para alisar os cabelos! Bruce disse que também entrava no banheiro da sua mãe, roubava alguns dos grampos grandes para cabelos compridos dela, penteava seu cabelo todo para um lado, prendia-o com os grampos e dormia assim de touca, daquele lado, para achatá-lo e mantê-lo liso. Porém, nunca conseguiu obter o estilo pajem querúbico de John, Paul, George e Ringo.

Minha mãe não tinha paciência com minha insatisfação com minha aparência, nem com minha obsessão com meus cabelos. Ela me vestia com roupas bonitas e sempre procurava me deixar apresentável, mas beleza não era um tópico sobre o qual valesse a pena conversar. Ela estava muito mais interessada em me ensinar literatura, história e, acima de tudo, a ser independente. Aliás, não me considerar bonita quando jovem acabou sendo vantajoso para mim. Sim, eu invejava as meninas louras de cabelo liso, especialmente a Mireille, que encantava mais pessoas além de mim, e que por fim, aos dezessete anos, se casaria com o Príncipe Christian von Hanover, vinte e sete anos mais velho do que ela. Mas ser bela demais enquanto criança, segundo percebi enquanto crescia, podia acabar virando maldição. Contar demais com a aparência da gente limita o crescimento. A beleza é passageira, e não se pode fazer dela nossa única vantagem.

BEM CEDO DECIDI que se eu não podia ser uma loura bonita como as outras meninas, ia aceitar ser diferente, desenvolver minha própria personalidade, e me tornar popular sendo engraçada e ousada. Fiz um monte de amizades no internato, assim como mais tarde, em Genebra, onde morava com mamãe e Hans Muller. Eu era considerada a "garota topa tudo", sempre pronta a ir e fazer alguma coisa, e as pessoas me procuravam para esse fim, inclusive Egon, que chegou a Genebra um ano depois de mim. Olhando fotos daqueles anos, percebo que eu tinha um corpo esguio e ágil, pernas longas, pele bonita e era, na verdade, uma bela moça, mas não sentia que era, deste modo minha prioridade foi desenvolver uma personalidade.

Embora eu achasse que personalidade, autenticidade e charme eram o que tornava uma pessoa atraente, durante a minha caminhada tive muitos momentos de constrangimento e insegurança. Lembro-me da minha primeira visita à casa dos Agnelli, em Cortina d'Ampezzo, durante as festas de fim de ano, quando eu estava completando vinte anos. Os Agnelli eram a família líder de Cortina, e Egon e seu irmão caçula, Sebastian, eram os rapazes mais cobiçados e os melhores partidos daquela cidade alpina. Na minha última noite lá, fomos a uma festa onde, para minha grande surpresa, fui eleita Senhora Cortina. Embora eu estivesse elegante o suficiente, de vestido de lamê colorido, lembro-me de me sentir constrangida e inadequada, ao aceitar meu prêmio do concurso de beleza. Claramente, não era pela minha beleza, mas porque eu era namorada do Egon. Eles colocaram uma coroinha de *strass* boba sobre a tiara que estava dando mais volume aos meus cabelos, e puseram em mim uma faixa de Senhora Cortina. Senti-me ridícula, e isso estava aparente na foto na primeira página do jornal local no dia seguinte.

Eu estava mais bem preparada no ano seguinte, quando, uma vez mais, cheguei a Cortina de braço dado com Egon. Àquela altura meu rosto não era mais rechonchudo como o de um bebê, e eu estava mais refinada, ficando muito mais à vontade com os amigos italianos aristocráticos do Egon. Minha transformação não passou despercebida. Anos depois, o Mimmo, amigo do peito do Sebastian e filho do Angelo Ferretti, meu futuro mentor, me recordou como eu tinha ido de gorduchinha desajeitada num ano a mulher bela e sensual no ano seguinte. As fotos daquelas duas festas de fim de ano provam que a autoconfiança e o desembaraço no trato social podem tornar a aparência de uma mesma pessoa bastante diferente.

Egon era meu guia e meu Pigmalião naquele seu mundo de pessoas bonitas e sofisticadas, todas parecendo levar vidas mágicas, saindo dos Alpes no inverno para irem passar o verão no sul da França e indo de festa em festa entre essas duas estações.

Jamais esqueço o baile de fantasias ao qual ele me levou em Veneza, dado pela Condessa Marina Cicogna durante o festival de cinema. Aquele fim de semana foi um verdadeiro curso intensivo de glamour. Marina Cicogna era uma produtora de filmes muito bem-sucedida no cinema italiano naquela época, trabalhando com diretores como Fellini, Pasolini e Antonioni. Havia muitos astros e estrelas de cinema na festa: Liz Taylor e Richard Burton; Jane Fonda e Roger Vadim; Audrey Hepburn e seu marido italiano, Andrea Dotti; Catherine Deneuve e David Bailey; a belíssima modelo italiana Capucine, que tinha participado do filme *A Volta da Pantera Cor-de-Rosa*, e o jovem ator Helmut Berger com o diretor Lucchino Visconti. Lembro-me de ter conhecido Gualtiero Jacopetti, diretor do documentário *Mondo Cane*, primeiro filme do gênero "Shockumentary", de cenas bastante provocadoras. Gualtiero era bem mais velho, mas muito bonito e sedutor. Conversamos a noite inteira, e me senti linda, porque ele me deu tanta atenção. Eu ia descobrir mais tarde que ele era especialista em cortejar mocinhas muito jovens.

Eu mal tinha completado vinte anos, e estava apenas começando a me sentir confortável no mundo do Egon. Eu não sorria tão facilmente quanto ele, e ele me repreendia por parecer fria e distante. Vagarosamente, à medida que fui me sentindo mais à vontade, comecei a mostrar-me mais calorosa e comecei a ficar mais assertiva. Para aquela festa, a mais glamourosa e divertida à qual eu já tinha ido, usei uma fantasia de pajem, com calças de veludo preto até o joelho e um casaco do mesmo tecido com lapelas de cetim branco, inspirado por Yves Saint Laurent, que tinha acabado de criar o *smoking* para mulheres. O meu definitivamente não era um Saint Laurent; não me lembro onde achei o casaco, mas mandei fazer as calças sob medida. Usei meia-calça preta e sapatos de saltos grossos, enfeitados com *strass*. Eu me senti muito elegante.

Os primos de Egon, os condes Brandolini e todos os seus amigos aristocratas se fantasiaram de *hippies*, sendo tudo isso muito novo e ousado num palácio veneziano. Dançamos a noite inteira, comemos espaguete de manhã e, segurando nossos sapatos, assistimos o sol subir sentados nos cafés da Piazza San Marco. No dia seguinte, todos se encontraram no Lido, sob as elegantes tendas listradas, onde mulheres belíssimas em trajes de banho iam desfilar o dia inteiro, sujeitas ao escrutínio crítico da decana de Veneza, a Condessa Lily Volpi. A exótica estrela brasileira Florinda Bolkan e a bela esposa de Yul Brynner, Doris, estavam presentes, ao lado de todas as outras belas, formando um inventário interminável do que parecia ser elegância e classe naturais. Era a primeira vez que eu era exposta àquele ambiente, e fiquei boquiaberta diante de tanto glamour, estilo e sedução. Senti vontade de ser uma daquelas mulheres elegantes de trinta anos, e mal podia esperar para ficar mais velha. Queria me tornar uma daquelas mulheres do outro lado da sala que pareciam tão seguras de si e sedutoras.

SEMPRE ME PERGUNTAM QUEM SÃO AS MULHERES cuja beleza e estilo me inspiraram. Meu elogio predileto, quando eu era pequena, era quando me diziam que eu parecia com a atriz francesa Anouk Aimée. Sofisticada, incrivelmente sedutora, com uma voz grave e sensual, sempre brincando com os cabelos e cruzando e descruzando as pernas, ela era a mulher que eu queria ser. Seu filme mais famoso, *Um homem, uma mulher*, exerceu forte impacto sobre mim. Anouk e eu terminamos nos tornando amigas. Ela e eu sentíamos uma simpatia enorme uma pela outra, e eu costumo ligar para ela quando vou a Paris. Ela mora em Montmartre com seus inúmeros cães e gatos, a voz na sua secretária eletrônica é tão sensual quanto sempre foi, e ela tem muitos admiradores. Uma vez mulher fatal, sempre mulher fatal!

A epítome da mulher fatal sempre será Marlene Dietrich, a mulher mais glamourosa de todos os tempos. Ela tinha as melhores pernas, uma voz extraordinária e um estilo e elegância pessoais incomparáveis. Sua força, coragem e independência eram impressionantes. Nunca a conheci, mas desejei ter feito isso, especialmente depois de ler seu livro de memórias, *Nehmt nur mein Leben* (Apenas Minha Vida). Ela tinha sido muito corajosa durante a II Guerra Mundial, rejeitando os pedidos do governo nazista no seu país, a Alemanha, e, em vez disso, ajudando a aliança norte-americana, divertindo as tropas aliadas nas frentes de combate da Argélia, Itália, França e Inglaterra. Ela ria, cantava, bebia, cozinhava, pouco ligava para as convenções e manteve relações sexuais com mulheres e homens até depois de haver completado setenta anos. Ela era um espírito livre e uma inspiração para mim. Admito que tentei imitá-la algumas vezes, especialmente nas duas ocasiões em que posei para Horst, o fotógrafo que tantas vezes capturou e imortalizou sua beleza.

Por mais que a fibra dae Marlene me atraísse, sempre achei a vulnerabilidade dae Marilyn Monroe comovente, e sua beleza, irresistível. Ela nunca manifestava força e independência, portanto eu não queria ser como ela, mas sua aparência era inegavelmente desejável e genuína. Eu era apenas uma adolescente em 1962, quando ela morreu de overdose. Passei a colecionar retratos da Marylin desde esse dia.

Jackie Kennedy Onassis inspirou-me com sua elegância, sua beleza e seu incrível estilo. O estilo tem muito a ver com a forma pela qual uma pessoa se conduz, e sempre admirei a dignidade da Jackie em todos os momentos de sua vida trágica. Ela nunca se comportava como vítima, sempre parecia impecável, mesmo com manchas de sangue no terninho de lã que se recusou a mudar no dia em que seu marido morreu. Eu estava no internato na Inglaterra nessa época, e minha mãe tinha vindo me visitar naquele fim de semana. Nós assistimos aquela tragédia se desenrolar na televisão sentadas na nossa cama no Hotel Hilton, em Londres.

Eu me lembro de ter conhecido Jackie quando Egon e eu fomos jantar com ela e seu marido na época, o magnata grego Aristóteles Onassis, no El Morocco, em Nova York. Ela era tão charmosa quanto ele era rude. Eu detestei o modo como ele a menosprezava, mas gostei imensamente dela. Adorei quando, anos depois, após ele ter morrido, Jackie resolveu levar uma vida anônima e comum, com os filhos, em Nova York. Ela se tornou editora da Doubleday. Lembro-me de quando os *paparazzi* tiraram fotos dela andando pelas ruas de Nova York de calças justas e suéter, com aqueles seus típicos óculos escuros grandes, que usava para ficar incógnita.

Moramos a um quarteirão de distância uma da outra, na Quinta Avenida, onde criamos cada qual dois filhos, um menino e uma menina, embora os meus fossem muito mais jovens. Meu perfume Tatiana era o favorito dela. Mais tarde, uma de suas netas receberia o nome de Tatiana. Nós íamos ao mesmo cabeleireiro, o Edgar. Eu me identificava com ela sob vários aspectos, inclusive o das nossas respectivas batalhas contra o câncer. De todas as mulheres que admiro, Jacqueline Bouvier Kennedy Onassis continuará verdadeiramente sendo o meu modelo supremo de estilo, beleza e coragem.

Angelina Jolie é outra mulher que considero ao mesmo tempo fascinante e interessante. A princípio me senti atraída pelo seu espírito livre e sua vida nada convencional. Achei seu desejo de criar uma família grande, adotando crianças de todas as partes do mundo, uma coisa louvável. Mas foi quando assisti ao filme, cujo roteiro ela escreveu e que foi dirigido também por ela, sobre a Bósnia, *Na Terra de Amor e Ódio*, que comecei a verdadeiramente admirá-la. Fui ver o filme numa tarde chuvosa, em Paris. Sentadas a meu lado estavam duas mulheres bósnias, chorando. Angelina continua a abordar a questão importantíssima da violência sexual durante os conflitos e a atrair muita atenção para esta causa. O que torna Angelina tão especialmente bela é sua abordagem de temas importantes e seu desejo de dar voz àqueles que não a têm.

Madonna não tinha o que se pode chamar de beleza que chama a atenção quando apareceu numa festa no meu apartamento no início da década de 1980. Ela tinha dezenove anos e estava escondida embaixo de um imenso chapéu de feltro escuro. A única pessoa que a notou naquela noite foi minha mãe, com quem ela conversou durante horas. O que Madonna tinha mesmo era personalidade, coragem, ambição e talento. Ela sabia quem queria ela ser. Sua paixão, seu trabalho árduo, seu desejo constante de aprender e melhorar, a transformaram numa mulher de grande beleza, uma supermulher, superestrela, e modelo de comportamento, rompendo barreiras e atraindo muitas gerações. A personalidade de Madonna criou Madonna.

Eu esperava conhecer Madre Teresa na década de 1970 quando ela veio a Nova York e visitou o prefeito Ed Koch. Achei-a imensamente bela e elegante naquele seu hábito branco e azul, repleta de humildade, força, amor e compaixão. Disseram-me que ela também tinha um excelente senso de humor.

Outra mulher que personifica a beleza, a força e a dignidade para mim é Oprah Winfrey. Oprah é simplesmente a mulher mais formidável que já conheci. Quando criança, ela queria ter uma vida especial, portanto venceu os imensos obstáculos à sua frente, trabalhou arduamente e se tornou uma das mulheres mais influentes do mundo. Oprah é uma mulher impressionante; ela é a própria vida, todo o bem e toda a pureza que existe na vida. A força de seu desejo de melhorar o mundo é um verdadeiro exemplo de beleza.

Também admiro demais Gloria Steinem, líder do movimento feminista, que melhorou nossas vidas para sempre, desde o momento em que a conheci. Feminista e feminina, realizadora e sonhadora, graciosa, forte e bela, seu impacto nas vidas de todas as mulheres é incomensurável. Foi por causa da Gloria que desisti de usar o título de princesa e optei por "Srta. It"[3], mais glamouroso na época. Srta. significava liberdade.

Caráter, Inteligência. Força, Estilo. Isso é o que faz a beleza. Todos esses atributos formam a beleza e a personalidade, esse estado de ser fugidio que não é necessariamente perfeito. "A beleza é perfeita nas suas imperfeições." São nossas imperfeições que nos tornam diferentes. Personalidade, não beleza tradicional, é sempre o que busco nas minhas modelos.

---

3 It, na década de 1960, significava "o melhor, a nata, a coisa mais desejável, alguém que todos desejavam ser". (N.T.)

Eu estava numa festa em Nova York, em 1970, quando vi uma mocinha fantástica que fazia parte do grupo do Andy Warhol. Ela tinha uma pele muito clara, um rosto diferente que parecia uma mistura de Greta Garbo com uma filha da lua. Ela havia depilado parcialmente as extremidades externas das sobrancelhas, o que lhe dava uma expressão assustada, quase cômica. Alguém disse que ela parecia um inseto exótico. Ela tinha mais ou menos um metro e setenta e pesava menos de 45 quilos, parecendo diferente de todas as outras pessoas.

Eu havia acabado de levar um *showroom* de moda, meu primeiro, ao Hotel Gotham em Nova York na semana de moda de abril de 1971, quando abordei essa menina de dezessete anos. "Você gostaria de ser modelo das minhas roupas para mostrá-las aos compradores, durante uma semana?" "Claro", disse ela. E foi assim que Jane Forth se tornou minha primeira de muitas e muitas modelos.

Eu não sabia que havia começado uma tradição que continua até hoje, encontrar moças com aparência interessante, com personalidade, no início de suas vidas e carreiras, jovens que eu notava por serem diferentes. Eu tinha encontrado a Jane logo antes de ela se tornar famosa, pois dois meses após a semana de moda a revista *Life* publicou quatro páginas com fotos coloridas dela intituladas "*Just Plain Jane*" que a descreviam como "Uma nova cara na tradição incrível de Twiggy e Penelope Tree". Ela também estrelou o filme de Andy Warhol, *L'Amour*, que ele escreveu para ela. Não posso alegar que descobri a Jane, nem que descobri nenhuma das outras modelos que trabalharam para mim ao longo dos anos, mas que eu as noto bem no comecinho de suas carreiras, eu as noto.

Dentre as modelos que contratei para meu segundo desfile de moda no Hotel Pierre, todas se tornaram estrelas, assim como o vestido que eu estava apresentando naquele desfile pela primeira vez: o vestido envelope (*wrap dress*, em inglês). Modelos lendárias apareceram numa tarde de abril, nomes que iriam compor um futuro "Quem é Quem" das supermodelos: Jerry Hall, Pat Cleveland, Apollonia. Elas também se tornaram minhas amigas.

Apollonia era extremamente magra e alta, como um pé de feijão, quando apareceu na visita de apresentação para o desfile. Eu nunca tinha visto ninguém tão esbelta, com pernas tão longas. Em cima daquele corpo comprido via-se uma cabecinha minúscula, com um rosto sorridente e malicioso, e ela falava com um sotaque holandês muito forte (seu sobrenome era van Ravenstein). Gostei dela assim que a vi. Ela tinha uma personalidade impressionante, bom coração e era muito engraçada, e nós nos tornamos boas amigas. Ela trabalhou para mim muitas vezes, durante sua carreira, até se tornar uma *top model* na década de 1970.

Pat Cleveland era uma modelo bastante impressionante também, já bem conhecida na época em que comecei minha carreira. Ela era a favorita de Stephen Burrows e Halston, a rainha das Halstonetes. Meio negra, meio índia Cherokee, meio irlandesa, Pat era original e maravilhosamente exibicionista. Ela dançava pela passarela, movimentando os braços, as pernas e rebolando, vivendo as roupas, abraçando as músicas, e levando consigo a plateia como uma encantadora de serpentes. Pat também adorava cantar, ou seria apenas dublagem? Não me lembro. O que me lembro mesmo é que eu sempre achei que ela tinha nascido para fazer o papel da Josephine Baker, aquela espetacular artista negra americana que saiu dos Estados Unidos na década de 1920 para se estabelecer como megaestrela na França. Como Josephine, Pat era uma mulher de verdade, transbordando de tanta personalidade, e elas se pareciam muito uma com a outra. Tentei convencer o Barry a produzir um filme da vida da Josephine estrelando a Pat, mas o filme ficou só na minha imaginação.

Ao mesmo tempo que conheci Apollonia e Pat, Jerry Hall surgiu no cenário da moda em Nova York, e eu também a contratei para o desfile que lançou o vestido envelope. Ela também era muito alta e muito esbelta; seu corpo de 1,8 metro de altura parecia ser composto apenas por pernas. Jerry tinha olhos azuis enormes, uma pele perfeita, e uma cascata de cabelos louros compridos que ela jogava para um lado como Rita Hayworth no filme *Gilda*. Ela tinha apenas dezessete anos, e sempre era acompanhada por uma de suas muitas irmãs. Ela ria muito alto e falava com um sotaque bem exótico de texana. Ela rapidamente se tornou uma modelo importante e apareceu em quarenta capas de revista, quase da noite para o dia. Ela seduziu o mundo e Mick Jagger, com quem depois se casou, e juntos eles tiveram quatro filhos.

É engraçado como tantas estrelas nasceram naquela tarde de abril no Salão das Debutantes do Hotel Pierre... Jerry Hall, Pat Cleveland, Apollonia e, também, por último, mas não menos importante, o vestido envelope!

Eu ia aparecer em pessoa no Lord & Taylor em Nova York, em 1975, quando vi pela primeira vez uma deusa somali incrível subindo pela escada rolante. "Quem é você?", indaguei, incrédula diante de tanta beleza e graciosidade. Ela respondeu, com voz grave e segura: "Meu nome é Iman, acabei de chegar a Nova York, e sou modelo." Quando pedi seu telefone, ela se agachou para procurar caneta e papel na cesta grande que trazia consigo. Sua magnífica linguagem corporal e elegância eram impressionantes. Agachada assim, no chão de uma loja de departamentos, com as pernas abertas, ela podia estar num mercado de Mogadishu, ou ser uma rainha num palácio das *Mil e Uma Noites*. Fiquei extasiada.

Como muitas das modelos que usei, Iman era e continua sendo uma mulher forte e inteligente. Ela fala cinco línguas e fundou uma empresa de cosméticos e moda bem-sucedida, estabelecendo sua primeira marca global. Depois de uma filha e um divórcio, ela conheceu o astro do rock David Bowie, casou-se com ele, tiveram outra filha, e foram morar juntos em Nova York. Iman nunca se esqueceu de suas raízes. Ela trabalha em projetos importantes da organização Raise Hope for Congo, da UNICEF, da Save the Children e da Fundação Dr. Hawa Abdi.

NEM TODAS AS MODELOS TÊM FINAIS FELIZES. Eu sempre adorarei a Gia, que conheci no Mudd Club em 1978. Vestida como uma motoqueira, de blusão de couro preto com tachas, botas de vaqueiro, sem maquiagem, era simplesmente a mais bela moça que eu já havia visto. Tinha dezessete anos e estava fazendo um bico como modelo, segundo me disse, pois tinha acabado de chegar a Nova York da Pensilvânia. Eu estava com Ara Gallant naquela noite, e nós dois nos apaixonamos pela Gia. Pelo que eu sei, fui a primeira a usá-la num comercial.

Gia era muito insolente e rebelde, adorava comportar-se como um moleque, nunca usava maquiagem e se vestia com frequência com roupas de homem. Francesco Scavullo contratou-a para fazer suas capas da *Cosmopolitan*, e mais tarde ela trabalhou com Richard Avedon, Arthur Elgort e Chris von Wangenheim, os maiores fotógrafos daquela época.

Ela e eu nos divertimos muito juntas em 1979, quando a contratei para uma campanha chamada "Na Véspera de Uma Nova Década". Esta campanha incorporava todos os meus produtos: roupas, perfumes, lingerie, jeans. Chris von Wangenheim e eu dirigimos toda a sessão fotográfica, e eu me senti nas nuvens. Minha empresa estava prosperando como nunca, Gia era lindíssima. Nós ríamos muito, e eu a adorava.

Certo fim de semana eu a convidei para vir se encontrar comigo no Pines, em Fire Island, onde Calvin Klein havia me emprestado sua casa de praia com uma impressionante piscina preta. Fiquei emocionada ao ver Gia. Sentia verdadeira paixão por ela. Ela chegou atrasada, numa tarde de sábado. Eu me lembro de ter voltado para casa depois de uma longa caminhada na praia e de encontrar Gia inexplicavelmente sentada no chão do armário do quarto de dormir. Ela ficou nervosa e constrangida quando me viu. Eu não entendi o que estava se passando na hora, mas agora, que estou me lembrando disso, acho que ela provavelmente estava se injetando drogas; descobri depois que ela havia se tornado seriamente viciada em heroína.

Alguns meses depois daquele fim de semana, Gia veio ao meu escritório, de roupas sujas e esquelética de tão magra. Precisava de dinheiro vivo. Embora eu soubesse para que ela "precisava" dele, eu não consegui recusar e lhe dei o que tinha na carteira. Nunca mais tornei a vê-la. Foi provavelmente de uma agulha contaminada que ela contraiu Aids e morreu, em 1986, aos 26 anos.

Angelina Jolie foi a protagonista no filme da HBO sobre a vida conturbada da Gia. Durante anos, não consegui assistir a ele. Recentemente, assisti a esse filme e fiquei impressionada ao ver como o filme era preciso e real.

Anos depois da morte de Gia, pediram-me para participar de um documentário sobre ela. Fui a um estúdio no West Side dar a entrevista. Era importante para mim que as pessoas soubessem como Gia era adorável e generosa. Quando eu estava para sair do estúdio, conheci a mãe da Gia, que era ela mesma uma bela mulher, e que também tinha vindo ser entrevistada. Eu a abracei e me senti próxima dela. Ela me surpreendeu me contando que depois da morte da filha ela tinha encontrado uma carta lacrada da Gia, endereçada a mim. Quando sorri, ela imediatamente acrescentou: "Eu a abri, a li, mas nunca lhe darei essa carta." Fiquei magoada e confusa depois daquele comentário, desejando ter lido a carta para saber o que Gia havia escrito.

Houve muitas modelos maravilhosas com as quais trabalhei durante a minha carreira. Cindy Crawford, que se parecia com a Gia, embora ela tenha transformado sua beleza numa vida familiar feliz e sadia. Patti Hansen, a roqueira que terminou se casando com o gênio maldito Keith Richards e teve duas filhas descoladas e roqueiras com ele; a bela francesa Inès de la Fressange, que usei em 1982 antes que se tornasse musa de Karl Lagerfeld, da Chanel; Rene Russo, que virou estrela de cinema. Então parei de trabalhar durante algum tempo, e nunca usei nenhuma das supermodelos que entraram em cena depois disso e que admirei de longe... Linda Evangelista, Claudia Schiffer, Christy Turlington, Stella Tennant e Stephanie Seymour.

Embora eu não tivesse uma passarela sobre a qual ela pudesse se apresentar na época, não pude resistir a conhecer Naomi Campbell. Àquela altura, Barry já havia comprado a QVC, a rede de compras por televisão, e eu estava recrutando talentos.

Eu queria que a Naomi aparecesse no nosso canal. Lembro-me de tê-la convidado para almoçar no Four Seasons em Nova York. Todos pararam para olhá-la fixamente quando ela entrou na primeira sala, a sala do "poder". Ela parecia uma deusa. Nós conversamos sobre tudo, menos compras por televisão. Nem toquei nesse assunto. Ela era original demais, boa demais para isso. Ficamos amigas e trabalhamos juntas algumas vezes, sendo que ela apareceu com toda a pompa e circunstância, com seu poderoso noivo russo da época, na minha primeira mostra em Moscou, anos depois. Ela apareceu outra vez, no que foi uma surpresa imensa, na passarela, quando apresentei minha coleção de primavera em 2014. A multidão irrompeu em vivas quando essa supermodelo incomparável surgiu para encerrar o desfile.

Eu nunca trabalhei com a maior modelo da década, Kate Moss, mas ela é meu tipo de garota: autêntica, independente e responsável por sua própria vida. Quando a conheci, na estreia de uma mostra fotográfica em Londres, ela me disse: "Quero ficar igualzinha a você." Respondi na mesma hora: "Você já é, minha querida!" E nós duas nos sentimos lisonjeadas.

Natalia Vodianova chamou minha atenção imediatamente quando a vi em Nova York, em 2001, aos dezenove anos. Senti atração pela sua originalidade e sua determinação, e percebi sua força e seu caráter assim que a conheci. Ela abriu e encerrou meu desfile. Acho que fui a primeira para quem ela desfilou em Nova York. Logo depois, ela se tornou *top model* internacional e uma grande amiga minha. Sua força, segundo aprendi, provinha de ter nascido em circunstâncias muito difíceis. Seu pai havia abandonado sua mãe quando ela era uma menininha, e isso sujeitou a família a viver na pobreza. Ela tinha apenas onze anos quando começou a vender frutas com a mãe nas ruas de Gorky, para ajudar a sustentar suas duas meio-irmãs, uma das quais tinha nascido com paralisia cerebral e autismo grave.

Eu estava no meu escritório em setembro de 2004, quando Natalia veio falar comigo, chorando. Terroristas mascarados haviam invadido uma escola em Beslan, Rússia, tomando como reféns todos os adultos e crianças que estavam nela. Trezentas e trinta e quatro pessoas tinham sido assassinadas, entre elas pelo menos 186 crianças. As crianças sobreviventes estavam sofrendo devido ao trauma psicológico, às queimaduras e a outros ferimentos.

"Temos que fazer algo por essas crianças", disse Natalia. "Ajude-me a levantar fundos." Demos uma festa para levantar fundos no meu ateliê da rua Doze Oeste. Ela era muito jovem na época, muito inexperiente, mas dentro de alguns dias já tinha organizado todo o evento: uma decoração tipo palácio de gelo, patrocínio de uma marca de vodca, celebridades e *paparazzi*, e um leilão exclusivamente beneficente que arrecadou centenas de milhares de dólares.

Ela criou sua própria fundação, a Naked Heart, que já construiu mais de cem áreas de recreação em partes da Rússia onde não havia nenhum parquinho, para as crianças poderem ter um lugar seguro onde brincar. Agora sua organização se expandiu para fornecer apoio a famílias que estejam criando filhos deficientes em toda a Rússia.

Em fevereiro de 2008, tive a ideia maluca de fazer uma reunião entre ela e meu amigo de muitos anos, o escritor, fotógrafo e artista François-Marie Banier, e criar uma campanha publicitária. Eu sempre tinha admirado François-Marie, primeiro por seus romances e peças na década de 1970, e recentemente por suas extraordinárias fotos. Liguei para ele, que estava em Paris, e combinei com ele um encontro com Natalia. Algumas semanas depois, eles vieram a Nova York. E eu lhes disse: "Podem começar a fazer mágica", e a mágica começou. Eles caminharam pelas ruas do Meatpacking District e ele fotografou a modelo com cabelos molhados e sem maquiagem diante de paredes cobertas de pichações coloridas, depois pintou as fotos, enfeitando-as com infindáveis frases do tipo fluxo de consciência. Foi uma campanha bem rebelde. Não era possível ver as roupas de jeito nenhum, só uma bela mulher tatuada com borrifos coloridos e frases. Era arte, e a única coisa que indicava que eram anúncios era o logotipo da DVF. Não sei se essas imagens foram entendidas do ponto de vista comercial, mas fiquei encantada quando, numa festa em Paris, Karl Lagerfeld me parabenizou pela audaciosa campanha. Fiquei muito orgulhosa, porque a colaboração "mágica" que eu tinha concebido foi publicada depois pela Steidl, transformando-se num belo livro de arte.

Como eu sei como realçar a força de uma mulher e fazê-la sentir-se segura, e como me tornei habilidosa na arte da fotografia, tenho, ao longo da minha carreira, tirado fotos memoráveis de mulheres. Fotografei Elisa Sednaoui, a exótica e deslumbrante modelo francesa, italiana e egípcia para a revista *V*; a ativista política que foi prisioneira das Farc na Colômbia durante sete anos, Ingrid Betancourt, para a revista de arte *Egoïste*; e fiz um artigo de moda inteiro para a revista francesa *CRASH*. Adorei fazer essas mulheres se sentirem superpoderosas e o mais desejáveis que já tinham se sentido. E, por último, mas não menos importante, adorei esse processo com a nossa Alison Kay, mãe do meu quarto neto, Leon. Nós fizemos duas campanhas publicitárias da DVF juntas. Ela é tão bela por fora quanto eu sei que é por dentro.

Escolher modelos para um desfile de moda é muito diferente de escolher uma modelo para fazer propaganda da sua marca. Cada vez que escolhemos as modelos para um desfile, contratamos um *stylist*[4] e um agente de recrutamento. Eles conhecem todas as melhores moças e marcam uma visita de apresentação. Costumo ficar impressionada com a falta de beleza e de personalidade das novas *top models* na vida real, e como é preciso olho clínico para reconhecer um rosto estranho que pode se tornar belo, uma estrutura óssea incomum que seja fotogênica, um estranhamento que possa se tornar mágico. Cada seleção de modelos me leva de volta a um episódio ocorrido décadas atrás, quando trabalhei por um curto período de tempo

---

4 *Stylist* é quem confere o *look* das modelos nos bastidores do desfile. O estilista é quem desenha os modelos das roupas. (N.T.)

como recepcionista na IOS, empresa do tipo "Fund of Funds"[5], criada pelo financista Bernard Cornfeld.

Bernie era amigo de Jerry Ford, o fundador, com sua esposa, Eileen, da agência de modelos Ford em Nova York, e Jerry estava visitando o escritório da IOS. Enquanto ele esperava na recepção, passou pela mesa da outra recepcionista e lhe entregou seu cartão. "Se você quiser trabalhar como modelo, me avise", disse ele. "Você tem potencial." Fiquei chocada e ofendida. Por que ela e não eu? Eu certamente pensava que era bem mais interessante do que aquela garota pálida, alta e muito feia e magricela, mas, no fim, tinha sido precisamente porque ela era uma tela em branco que ele achava que ela poderia se tornar uma modelo interessante. Lembro disso toda vez que seleciono modelos, desde aquele dia.

As modelos de passarela não se movem mais como antes. Ao contrário da Pat Cleveland, que dançava pela passarela, ensinam-nas a marchar como soldados, sem dar nenhum sorriso. Eu sempre surpreendo minhas próprias modelos quando, logo antes do desfile, digo: "Sorriam, seduzam e sejam vocês mesmas. Sejam as mulheres que vocês querem ser!" Creio que sou uma das poucas estilistas que pedem a suas modelos que sorriam. A alegria de viver é muito característica da grife DVF.

* * *

MINHA DEFINIÇÃO DE BELEZA É FORÇA E PERSONALIDADE. Força é cativante: as mulheres que vi na Índia, trabalhando nos campos, de saris cor de laranja, os braços cobertos de pulseiras de vidro coloridas; as mulheres trabalhando em construções na Indonésia, carregando tijolos pesados nas cabeças; as mulheres que levavam seus filhos para hospitais improvisados na África. A dignidade destas mulheres com sua elegância inata é uma verdadeira inspiração de beleza.

---

5 Fundo mútuo que investe em outros fundos mútuos. (N.T.)

Algumas das mulheres mais fortes que eu conheci são as mulheres da Vital Voices, uma organização sem fins lucrativos global, originalmente fundada por Hillary Clinton, quando ela era primeira-dama, e de cuja diretoria faço parte. A Vital Voices identifica líderes femininas em todo o mundo e as ajuda a aumentar seu potencial de liderança. Essas mulheres me inspiram e me fazem sentir pequena porque não só sobreviveram à sua própria infelicidade como se dedicam a ajudar outros em suas comunidades.

Mulheres como a minúscula Sunitha Krishnan, de um metro e quarenta de altura, que foi estuprada por oito homens aos quinze anos e acabou criando uma organização na Índia chamada Prajwala, que socorre e reabilita meninas, resgatando-as de bordéis e das mãos dos traficantes de escravas sexuais. Sunitha já foi espancada, e recebe ameaças de morte a toda hora, mas continua perseverando, inspirada pelo que ela chama de "o poder da dor". Mal se consegue notar a Sunitha, porque ela é muito pequena, mas depois que ela começa a falar, ela se torna exuberante e majestosa.

E a Dra. Kakenya Ntaiya, que já estava prometida ao seu noivo aos cinco anos e depois combinou com o pai que se deixaria circuncidar em troca da oportunidade de frequentar a escola de ensino médio. Kakenya foi à faculdade e depois fez pós-graduação nos Estados Unidos, voltando a sua aldeia Masai para fundar um internato para meninas que mudou os rumos da educação em seu país.

E Chouchou Namegabe, uma jovem jornalista da República Democrática do Congo, que gravou as histórias de centenas de vítimas de estupro sem voz e as transmitiu pelo rádio, para tentar constranger o governo a tomar providências, e depois prestou depoimento em nome das mulheres no Tribunal Internacional em Hague.

Estes são apenas alguns dos nomes das muitas mulheres que conheci através do Vital Voices que me deixaram quase sem fôlego com sua coragem e determinação. "Meu Deus", pensei comigo mesma. "Não fiz nada." Embora eu tenha me dedicado a incentivar mulheres através do meu trabalho na indústria da moda, sendo mentora e filantropa, sinto-me incentivada por essas mulheres, que se tornaram minhas mentoras e me enriqueceram. São elas, e muitas outras como elas, que me inspiram com sua força e beleza.

Um dia, depois de me ouvir falar muito sobre o Vital Voices, meus filhos tiveram uma ideia: "Você vive falando nessas mulheres do Vital Voices. Você se sente tão inspirada por elas, que devia lhes dar prêmios. A fundação da nossa família pode patrociná-las, podemos ajudar a financiar o trabalho delas."

Essa ideia ficou na minha cabeça, mas só a pus em prática quando minha amiga Tina Brown, editora na época do *Daily Beast*, me pediu que a ajudasse a organizar a primeira Reunião de Cúpula das Mulheres do Mundo, três dias durante os quais as mulheres mais poderosas do mundo se reuniriam, conversariam e encontrariam soluções para desafios globais. Fiquei tão emocionada por estar envolvida na organização dessa conferência, que me pareceu natural transformar uma noite num grande jantar na sede da ONU e oferecer prêmios, cada um dando direito a uma subvenção de 50 mil dólares.

E foi aí que começaram os prêmios da DVF, em 2010, oferecidos pela Fundação da Família Diller-von Furstenberg, para homenagear e apoiar mulheres extraordinárias que tiveram a coragem de lutar, o poder de sobreviver e a liderança para inspirar; mulheres que transformaram as vidas de outras pessoas através de seu comprometimento, seus recursos e sua visibilidade. Desde 2010, homenageamos tantas mulheres inspiradoras e verdadeiramente belas, entre elas mulheres da rede da Vital Voices. Também homenageamos Hillary Clinton, Oprah Winfrey, Robin Roberts, apresentadora do programa "Good Morning America", e Gloria Steinem, com os prêmios Lifetime Leadership (Vida de Liderança). Ingrid Betancourt, Elizabeth Smart e Jaycee Dugard receberam Inspiration Awards (Prêmios de Inspiração). O que essas três mulheres têm em comum é o fato de que todas foram sequestradas e, como minha mãe, mantidas num penoso cativeiro; e, como ela, se recusaram a se considerarem vítimas. "Espero que eu seja lembrada pelo meu trabalho, não pelo aconteceu comigo", disse Jaycee, que passou dezoito anos em cativeiro e depois disso fundou a Fundação JAYC que ajuda famílias a se recuperarem de sequestros e de outros traumas.

Também criamos um prêmio chamado People's Voice Award (Voz do Povo), cuja vencedora é escolhida por voto popular, dentre quatro candidatas, que estejam trabalhando dentro dos Estados Unidos. Elas são mulheres que começaram todas de um jeito bem humilde, trabalhando em sua comunidade. Como minha mãe me disse, se salvarmos uma vida, isso dá início a uma dinastia. A vida que a gente salva pode salvar outra, portanto uma vida nunca é pequena demais.

Coragem e determinação: isto também é beleza.

* * *

BELEZA É SAÚDE E SAÚDE É BELEZA. Esse é o lembrete que eu envio por correio eletrônico, como presidente do Conselho de Estilistas de Moda dos Estados Unidos, para os estilistas de moda, em todas as estações antes dos seus desfiles. Quando fui eleita presidente da organização profissional, em 2006, havia muitos artigos circulando na imprensa sobre as causas da anorexia e sua prevalência nas jovens. Eu não tinha experiência pessoal com transtornos alimentares, pois nem eu nem minha filha nem ninguém próximo a mim havia sofrido disso. Então, a princípio, fiquei intrigada quando me disseram que a indústria da moda era cúmplice do aumento no número de transtornos da alimentação.

Eu talvez fosse ingênua. Muitas *top models* se tornavam celebridades, portanto era natural que as jovens quisessem imitá-las. Mesmo assim, passar fome não era a resposta. Corpos longilíneos e esbeltos são o resultado de herança genética, não de engenharia. As modelos, naturalmente, procuram comer de forma a conservar-se em forma, claro, mas, em sua maioria, elas têm corpos predispostos à magreza. Pode ser difícil para as mocinhas entender isso.

Embora tornar-se uma modelo seja um sonho no mundo inteiro, a verdade é que esse trabalho não é fácil. É comum as modelos se sentirem rejeitadas, sentirem que são imperfeitas. A maioria das agências de elite são bem-intencionadas e querem o bem das moças, e algumas são até mesmo extremamente superprotetoras. Mas há pseudoagências, além de tráfico e prostituição, tudo supostamente "em nome da moda". Procuro sempre advertir as moças para que sejam vigilantes. Não sonhem em ser modelos, a menos que isso seja genuinamente possível. Procurem outras saídas. O ramo da beleza muitas vezes pode ser tudo, menos belo.

Aliás, suplico às mocinhas, exceto às que sejam geneticamente excepcionais, que nem tentem se tornar modelos. "Usem a cabeça, seu senso comum, e não se tornem um objeto", disse a uma turma que estava se formando um dia. "Sua aparência é importante, mas a pessoa que você é e a forma como você projeta isso é que acabam sendo quem você se tornará e determinando sua aparência."

Eu me convenci de que o CFDA tinha que tomar a iniciativa de promover saúde como beleza. Estabelecemos os padrões da indústria em 2007, trabalhando em parceria com especialistas da área de medicina, agências de modelos e a editora-chefe da *Vogue*, Anna Wintour. Esses padrões incluem recomendações baseadas no bom senso para proteger as meninas; oficinas para estilistas de moda, modelos e suas famílias sobre como reconhecer os sinais de transtornos alimentares; e incentivo às modelos com transtornos alimentares a procurarem ajuda profissional.

A seguir, abordamos a questão da idade. Juventude é um fator supervalorizado na indústria da moda, e a questão da idade teima em continuar se impondo; para muitos, quanto mais jovem a modelo é, melhor. É uma batalha renhida, porque muitos estilistas acham que as roupas caem melhor em meninas muito altas e extremamente esguias, e quanto mais jovens elas forem, menos curvas femininas apresentam. Esses estilistas influenciam as agências de recrutamento e obrigam-nas a lhes fornecerem moças cada vez mais jovens. Nós precisávamos acabar com aquela tendência de redução da idade, ou pelo menos reduzir o seu ritmo. Cada membro do CFDA, os maiores 450 estilistas americanos, agora tem que conferir a identidade das modelos de passarela para garantir que tenham pelo menos 16 anos, e as que tiverem menos de dezoito não trabalham depois da meia-noite, nem em provas de trajes nem em sessões fotográficas. Saúde é beleza. Beleza é saúde.

* * *

Recebi o diagnóstico de câncer em 1994, com 47 anos. Num minuto eu estava bem, no seguinte estava recebendo tratamento de radiação na base da minha língua e palato mole. Tudo começou durante um almoço com Ralph Lauren no famoso restaurante La Grenouille, no centro de Nova York. Devia ser um almoço de negócios, mas conversamos sobre tudo, inclusive sobre o amor e a fragilidade da vida. Ele recentemente tinha mandado remover um tumor benigno do cérebro, segundo me contou. "Como você descobriu que tinha esse tumor?", indaguei. "Eu ouvia um barulhinho chato no meu ouvido esquerdo." Quando ele disse isso, eu notei que estava ouvindo um barulhinho no meu ouvido esquerdo. No dia seguinte, o tal barulhinho não tinha sumido ainda. Seria imaginação minha? Marquei uma consulta com o otorrinolaringologista.

"Não há nada de errado no seu ouvido", disse-me o médico. Mas ele descobriu uma glândula inchada do lado direito do meu pescoço. Não pareceu preocupado, e me receitou antibiótico. O barulho sumiu, mas o inchaço, não. Então mandei fazer uma biópsia, mas o resultado não revelou nada ruim. "É um cisto benigno, não se preocupe", disseram-me. Eu não gostei da ideia de ter um cisto, portanto marquei uma cirurgia para removê-lo na semana seguinte, uma sexta-feira, 13 de maio. Essa data aparentemente azarada acabou sendo profética. Quando acordei da anestesia, ainda meio grogue, com Tatiana e minha mãe ao meu lado, meu médico nos deu a notícia. Ao removerem o cisto, eles o haviam cortado ao meio, e descobriram minúsculas células cancerosas escamosas e malignas, já com sinais de metástase. Tatiana ficou chocada. Minha mãe pensou que não tinha entendido bem o que tinha ouvido, portanto virou-se para Tatiana e ficou insistindo: "Traduza para mim! Diga-me em francês!"

Os dias seguintes foram apavorantes, fazendo todo tipo de testes, e temendo o pior. Uma operação onde me cortariam a maior parte do meu pescoço? Quimioterapia? Tudo me dava medo. As coisas não melhoraram quando voltei para casa na noite depois do diagnóstico e liguei a televisão: o noticiário estava anunciando que Jackie Kennedy Onassis tinha morrido de câncer naquele dia.

A princípio me senti deprimida e muito preocupada, mas pouco a pouco, à medida que ia entendendo o que os médicos estavam me explicando, recobrei as forças e afastei o medo. Precisava aceitar que eu tinha câncer e enfrentar a situação. Sete semanas de radioterapia. Subitamente, vi que teria um verão inesperado pela frente. Ia ser uma época de tratamento e recuperação. Eu não tinha escolha senão aceitar isso, tirar umas férias e concentrar-me na minha saúde. Eu precisava melhorar, matar as células malignas para sempre, e nunca mais deixá-las voltar. Eu repetia essa frase sem parar para mim mesma, com tanta frequência que ela se tornou uma musiquinha de vitória em francês.

Minha mãe ficou ao meu lado. Ela não parecia preocupada, o que me dava forças. Alexandre voltou de Hong Kong, onde ele estava trabalhando num banco; Tatiana estava sempre por perto. Barry levou um susto com a notícia. Meu médico me disse que o viu indo para o carro no dia do meu diagnóstico, e que nunca tinha visto a postura de uma pessoa revelar tanta aflição.

No meu primeiro fim de semana em Connecticut depois do diagnóstico, meu amigo, produtor e agente Sandy Gallin me deu um presente que mudou minha vida. Ele mandou Deepak Chopra, o famoso médico e escritor indiano da Nova Era, visitar-me em Cloudwalk. Nós nos sentamos lado a lado para que ele me ensinasse a meditar. Sua forma de explicar as coisas me tocou, me tranquilizou e acabou sendo extremamente útil. Ele me convidou para vir ao Chopra Center for Wellbeing (Centro Chopra para o Bem-Estar) em La Jolla, Califórnia, e eu fui lá antes de começar o tratamento radioterápico. Tatiana me levou ao Centro e passou os primeiros dois dias comigo, mas eu precisava ficar só. Meditei e repeti os sutras que Deepak me deu: Paz, Harmonia, Riso, Amor, Criatividade, Abastança, Abundância, Discernimento, Integração, Liberdade, Verdade, Conhecimento, Infinidade, Imortalidade, Iluminação, Santidade. Caminhei pela praia durante horas, nadei centenas de voltas na piscina, e tive longas conversas comigo mesma e com Deus. Tudo isso, além dos tratamentos ayurvédicos que incluíam dieta, ervas e massagem, juntamente com a calma em torno de mim, me ajudaram a me preparar para esta batalha inesperada.

 De volta a Nova York, Alexandre me levou a uma consulta onde eles tomaram minhas medidas para fazerem uma máscara e colocaram tatuagens minúsculas no meu rosto para garantir que os raios fossem precisamente dirigidos. Anos depois, meu médico me falou que o Alexandre tinha voltado para falar com ele, após me acompanhar até o carro, para lhe pedir que cuidasse de mim com muito carinho. "Lembre-se: é com a minha mãe que você está lidando."

 Tirei uma foto do meu rosto no espelho do banheiro antes de sair para a minha primeira sessão de radioterapia. Eu queria me lembrar de mim como eu era, sem saber se eu iria mudar para sempre. E aí começou a rotina. Todos os dias eu ia a pé até o centro de tratamento de câncer Sloan Kettering e colocava a máscara que ficava presa à mesa. Durante trinta segundos, os raios atingiam cada lado do meu pescoço e o meio. Eu então começava a voltar para casa, no Hotel Carlyle, e parava no caminho para tomar suco de grama-de-trigo na loja de produtos naturais (o suco me dava ânsias de vômito, mas eu acreditava nos seus poderes curativos naturais); depois eu continuava cantando minha musiquinha francesa de vitória para matar as células malignas. Em casa, eu meditava durante horas, fazia uma massagem diária para estimular o sistema imunológico e gargarejava com óleo de gergelim. Durante o fim de semana, quando não havia sessões de tratamento, eu ia para Cloudwalk e apreciava a beleza da natureza: a floresta, as flores, os cervos entre as macieiras. A natureza nunca me pareceu mais bela, mais pacífica e mais calmante.

Deepak ligava para mim todos os dias. Egon também ligava da Itália, Mark Peploe ligava de Londres e meus amigos ligavam de todas as partes do mundo. Eu me sentia amada, não apenas que as pessoas estavam com pena de mim, e me sentia serena por causa da força que vem do amor. Barry começou a falar em morar comigo, em comprar uma casa e começou a perguntar como ia minha relação com o Mark, coisa que ele nunca tinha feito antes. Eu respondia de maneira vaga. Meu futuro era incerto; eu não sabia o que queria, a não ser recuperar minha saúde.

No meio do tratamento, meu amigo Mort Zuckerman, o magnata imobiliário, me convidou para ir à Casa Branca, para um jantar de gala que o presidente e a Sra. Clinton estavam dando para o imperador e a imperatriz do Japão. Emocionada, aceitei na hora. O estilista mais badalado do momento, John Galliano, estava, por coincidência, promovendo sua grife em pessoa na Bergdorf Goodman, em frente ao meu escritório, e pedi emprestado seu vestido de baile mais bonito, de *chiffon*, rosa-claro e azul, com muitos babados e uma cauda compridíssima, que dava a impressão de não acabar nunca. Apesar das marcas de queimadura da radiação, de cada lado do meu rosto, que consegui esconder com maquiagem, terminei parecendo bonita, ao entrar na tenda armada para o jantar, no Roseiral da Casa Branca. O jantar foi um evento histórico, e eu realmente adorei ter participado dele. À minha mesa havia alguns empresários japoneses importantes, que não conseguiam acreditar que estavam na mesma sala que seu imperador. No Japão eles teriam que ficar separados dele por um biombo porque nenhum súdito comum pode estar na mesma sala que Sua Majestade o Imperador!

Para mim foi um tipo diferente de emoção. Adorei meu vestido voluptuoso, embora eu tivesse que arrastar os pés com cuidado por causa da cauda longa, a qual, apesar disso, foi pisada por todos e no fim da noite estava caindo aos pedaços. Sentir-me frívola e formosa mesmo durante aquele meu tratamento doloroso foi como uma piscadela marota para mim mesma. Foi sensacional.

As notícias da Bélgica, porém, não eram boas. Phlippe me telefonou logo antes do Quatro de Julho. A saúde do meu pai estava piorando e tínhamos de nos preparar para o pior. O centro de radiologia de Nova York ficou fechado alguns dias por causa do feriadão e Barry generosamente me cedeu seu avião para que eu visitasse meu pai. Àquela altura eu tinha perdido todo o meu paladar, minha garganta doía e minha pele tinha muitas queimaduras, mas eu precisava ir visitar meu pai. Ele sofria de Alzheimer e havia piorado muito; eu sabia que ele não ia mais me reconhecer. Mesmo assim, eu queria beijá-lo e agradecer a ele pelo amor que ele tinha me dado. Tatiana veio comigo. Foi a última vez que o vi.

Na volta da Bélgica, fizemos uma escala em Gander, no Canadá, para reabastecer. Estava chovendo, e o avião parou entre dois arco-íris completos. Tatiana me disse para fazer um desejo. Eu desejei ficar curada. Ainda precisava passar por mais doze sessões de tratamento diárias, a minha garganta ia ficar ainda mais seca, e eu teria que suportar mais queimaduras. Deepak continuou me ligando, minha mãe, Barry e meus filhos continuaram a me fazer companhia, e eu estava contando os dias. Era o ano da Copa do Mundo. O Brasil venceu, e eu também.

Voltei ao centro de Deepak na Califórnia depois dos tratamentos para me recuperar. Essa foi a pior semana de todas. Como meu médico tinha previsto, o desconforto aumentou. Eu estava queimada por dentro e por fora pela radiação, e me sentia exausta. A adrenalina que tinha me sustentado durante o tratamento desapareceu, porque eu sabia que os tratamentos haviam terminado. Eu me trancava no meu quarto e ficava gemendo. A única coisa que eu me obrigava a fazer eram cinquenta voltas na piscina, repetindo meus sutras.

No fim da semana, uma ligação veio no meio da noite, quando era manhã em Bruxelas. Meu pai tinha falecido. Meu irmão e minha mãe estavam ao telefone, chorando. Não chorei; meu pai tinha partido para sempre, e não havia nada que eu pudesse fazer para mudar isso. Parti de La Jolla, no avião, peguei o Alexandre em Las Vegas e voamos para Nova York, depois para a Bélgica. Tatiana nos encontrou no aeroporto de Bruxelas, pois tinha vindo de Portugal. Nós fomos direto para o apartamento do meu pai, o apartamento no qual eu cresci. Seu quarto parecia menor do que eu me lembrava; o caixão me pareceu pequeno também. Sentei-me ao lado dele. Na mesa de cabeceira havia uma vela acesa e fotos dos seus pais e do seu irmão. Senti-me desamparada, mas tranquila, grata pelo amor que meu pai tinha me dado. Nós o enterramos num cemitério lindo, cercado por árvores e por tranquilidade. Meus filhos partiram naquela tarde. Eu precisava de um tempo, e decidi ir para Berlim para um fim de semana prolongado, me encontrar com Mark, que estava ali editando seu filme *Fuga para a Vitória*. Meu irmão achava que eu estava fraca demais para viajar, mas eu queria sentir o amor e a vida, e, portanto, fui. Eu descansava no hotel durante o dia, enquanto Mark estava trabalhando, mas à noite andávamos entre as árvores da Berlim recém-unificada, adorando tudo.

Alguns dias depois, voltei a Bruxelas, para arrumar a casa do meu pai. Como eu, ele havia guardado tudo: diários, cartas, fotos... Uma volta ao passado, em todo o seu esplendor. Senti falta da presença dele, do seu cheiro, mas no espelho pude vê-lo, pois nossas feições se pareciam demais. Antes de partir levei seu relógio preferido, um Omega de ouro, sua carteira de couro de crocodilo e seus dois copos russos com porta-copos de prata, nos quais ele tomava chá todos os dias.

* * *

Enfrentar meu câncer tinha sido um desafio e tanto, mas também algo que havia me enriquecido. Eu sentia mais compaixão pelo sofrimento dos outros, apreciava o valor da saúde, e passei a ser mais espiritual, compreendendo tanto minha fragilidade quanto minha força. Depois disso senti-me grata a Deus, aos médicos, à minha família, a meus amigos e à minha própria força. Minha musiquinha francesa tinha funcionado, e eu nunca mais voltei a ter câncer.

Fiquei bem mais consciente da minha saúde depois dessa minha batalha contra o câncer. Como pouco e com moderação: verduras frescas e orgânicas e frutas, grãos e feijões, pouca carne; e resisto ao açúcar tanto quanto posso, mas ainda adoro chocolate amargo e um copo ocasional de ótimo vinho tinto. Bebo muita água, copos e mais copos dela, e xícaras de chá de gengibre fresco quente com limão e mel.

Minhas pernas estão mais fortes do que eram quando eu tinha 30 anos, por causa de todas as caminhadas que adoro fazer. Caminho em subidas, e quanto mais íngreme a ladeira, melhor. A sinuosa Trilha dos Apalaches contorna os morros perto de Cloudwalk no trajeto do Maine à Geórgia, e Barry, Shannon e eu percorremos partes dela todos os dias enquanto estamos ali. Em Los Angeles nos encontramos com as crianças entre nossas casas, no fundo do Franklin Canyon, e caminhamos até o alto juntos. Quando estamos no iate, fazemos caminhadas em qualquer ilha ou litoral onde aportamos. Eu vou na frente, porque sou mais rápida. Subimos em silêncio. Caminhar é uma espécie de meditação para mim, e uso esse tempo para me interiorizar e apreciar o esforço da subida e a beleza da natureza. Ficamos algum tempo no topo, apreciando nossa conquista, e Barry nos lidera na volta ao sopé. E é aí que conversamos; e em geral essas são nossas melhores conversas, por causa do longo silêncio da subida, e do espaço que a natureza proporcionou a nossas mentes para que elas se limpassem. Adoro esses momentos.

Quando estou em Nova York, subo e desço os cinco lances de escadas da sede da DVF, às vezes de dois em dois degraus, até de salto alto. Nado me esforçando bastante também, seja no mar, na piscina de Cloudwalk ou em qualquer hotel onde me hospede no mundo inteiro. Também é uma meditação. O exercício e o cálculo da distância tiram todos os pensamentos da minha cabeça, e fico sozinha comigo mesma.

Conservo minha flexibilidade fazendo ioga duas vezes por semana no estúdio de ioga que montei numa sala ao lado do meu escritório. O alongamento e as torções me deixam consciente de toda parte do meu corpo e me mantêm bastante flexível. A respiração profunda é uma parte integrante da ioga, e eu a pratico inspirando durante muito tempo e soltando o ar devagar, para me aliviar nos momentos estressantes. Também faço uma limpeza facial uma vez por semana com uma inglesa chamada Tracie Martyn, que coloca algo, não sei o que, na ponta dos dedos, que permite que eletricidade de baixa voltagem passe para o meu rosto, e que ajuda a combater a força da gravidade. (Sorrisos também têm o mesmo efeito, segundo aprendi do fotógrafo de moda Mario Testino). Já faz quinze anos que faço limpeza facial com a Tracie, e todos no meu escritório sabem que essa é a única consulta que não pode ser cancelada.

O mais importante é que faço massagem pelo menos uma vez por semana, principalmente quando viajo. Eu costumava achar que as massagens eram coisa de gente vaidosa e indulgente, mas aprendi que não é verdade. A massagem ativa o sistema de defesa do organismo, ajuda a circulação e remove as toxinas do nosso corpo.

Enquanto eu estava fazendo as sessões de radioterapia, comecei uma sessão semanal de *shiatsu*. (Também faço massagens de tecidos profundos com Andrey, um excelente massagista ucraniano). Meu maravilhoso terapeuta de *shiatsu*, que morreu inesperadamente de derrame no ano passado, era um japonês talentoso chamado Eizo, que também curou as bolhas de radiação na minha boca dando-me um pó de feito com um cogumelo raro. Ele trabalhou em mim durante dezenove anos, toda manhã de terça-feira, antes de Tracie Martyn, fazendo uma massagem de tecido profundo para corrigir falta de harmonia e andando pelas minhas costas para fazê-las estalar. Sinto muitas saudades dele.

Outro resultado da minha batalha contra o câncer foi o Dr. Durrafourd, um homeopata de Paris, que minha amiga, a atriz Marisa Berenson, me apresentou. Eu vou ao consultório dele uma vez por ano. Ele manda fazer exame de sangue completo, calcula os resultados e me receita todos os tipos de antioxidante, todos naturais, à base de plantas. Tenho uma dúzia de vidrinhos de pílulas e alguns líquidos que mantenho todos juntos numa bolsa que levo comigo enquanto viajo pelo mundo inteiro. Esses remédios têm efeito positivo? Gosto de pensar que sim. Passei pela menopausa facilmente, por exemplo. Um dia, simplesmente parei de menstruar, e pronto.

Marisa também me apresentou a Bianca, uma curandeira que conseguiu melhorar o desconforto que as minhas queimaduras me causavam. Eu ainda ligo para ela em momentos de crise. Sou madrinha do filho dela, Julien.

O que aprendi é que, quando estamos doentes, grande parte da cura está nas mãos dos médicos e da ciência, mas parte dela consiste em encontrar e usar nossa própria força.

* * *

Não podemos controlar o envelhecimento. Como lidamos com ele, porém, é algo que está nas nossas mãos.

Quando eu era menina, sempre quis ser mais velha do que era. Em vez de me sentar, eu me ajoelhava ao lado do meu pai no assento do passageiro no carro, para as pessoas pensarem que eu era adulta. Eu fingia que tinha rugas e arranhava o rosto com minhas unhas porque queria ter um rosto de gente vivida, como o da estrela de cinema francesa Jeanne Moreau. Quando completei vinte anos, e minha mãe me perguntou: "Como é ter vinte anos?", respondi: "Ora, já digo a todo mundo que tenho vinte anos há tanto tempo que não senti nenhuma diferença". Eu sempre pareci mais velha do que realmente era, tanto que quando a

Newsweek publicou minha foto na capa da revista no dia 22 de março de 1976 os editores não acreditaram que eu tinha 29 anos e mandaram um repórter à prefeitura de Bruxelas para conferir a minha idade na minha certidão de nascimento.

Eu tinha começado minha vida de adulta aos vinte e dois anos, já tinha dois filhos aos vinte e quatro, e aos trinta, uma vida financeira bem-sucedida. Agora percebo que eu era bonita aos vinte anos, mas naquela época não pensava assim. Eu sabia como realçar o que eu tinha, acentuar meus olhos e maçãs do rosto, brincar com meus cabelos e mover as pernas e agir com segurança. Eu sabia que era sedutora, mas nunca me considerei bonita.

Os meus trinta anos foram meus melhores anos. Eu ainda era jovem, mas me sentia adulta, minha vida era repleta de aventuras, eu estava criando meus dois filhos e era empresária. Eu era independente e me sentia muito livre. Eu tinha total cumplicidade comigo mesma e minha aparência e me sentia dona do meu nariz. Eu tinha virado a mulher que eu queria ser.

A década dos quarenta foi mais difícil. Meus filhos foram para o internato e depois para a faculdade, e eu vendi minha empresa. Eu não tinha certeza de quem eu era, nem sabia mais quem eu queria ser. Mudava minha aparência com frequência e comecei a questionar meu próprio estilo. Quando perdi minha empresa de moda, perdi o meu canal de expressão criativa. Eu também tive que combater o meu câncer.

As coisas melhoraram quando fiz cinquenta anos. Voltei a trabalhar, criando um novo ambiente no meu ateliê e reposicionando minha grife. Cerquei-me de uma nova geração de moças. Voltei a ser a mulher que eu queria ser... ativa, inspirando os outros a agirem também. Casei-me com o Barry e me tornei avó. Assumi minha idade e minha vida. Foi o início da era da realização, que continua até hoje. Agora, aos sessenta anos, sei que tenho menos tempo de vida pela frente, e quero aproveitá-la, aproveitá-la tanto quanto for possível.

* * *

Estou grata por nunca pensar que eu era bela quando jovem. Todos ficamos menos belos quando o tempo passa. Mulheres que só confiam na sua beleza podem se sentir invisíveis depois. É uma pena, pois sinto que na segunda parte da sua vida, a gente devia se sentir realizada, não derrotada. Meu conselho é que a mulher, à medida que vai passando pela década dos quarenta, comece a se tornar um mito. Tornar-se um mito naquilo que ela faz, seja o que for, mesmo que seja fazer a melhor *mousse* de chocolate, ou ser a melhor arranjadora de flores. Ela tem que se destacar em algo, e tem que continuar sendo importante, ficar ativa, participar. É por isso que acho tão importante que as mulheres tenham uma identidade fora da sua casa.

E nunca, nunca mintam sobre sua idade. Quem pode mentir para a Internet, aliás? Assumir sua idade é assumir sua vida. Mentir sobre a idade da gente, ou sobre qualquer outra coisa, é se meter em encrenca, é começar a mentir sobre quem somos. O importante é viver com intensidade cada momento de cada dia de cada período de cada idade, para não desperdiçar tempo nenhum. Por que o tempo passa, cada vez mais rápido.

Uma grande parte da beleza física é apenas juventude, pura e simples. A pele tem frescor, é firme; os olhos são claros, as pálpebras firmes, a cintura fina, os cabelos cheios e exuberantes, e até os dentes são brancos, sem sinais de desgaste. Eu nunca entendi isso quando era menina. Quando alguém me dizia que eu tinha uma aparência de frescor, eu detestava e achava que não era nada atraente. É apenas quando perdemos o frescor que o valorizamos.

A juventude é maravilhosa; é emocionante porque é o começo da vida. Temos a vida toda pela frente e não há nada mais emocionante do que os começos, quando tudo é possível e a gente pode sonhar com coisas grandiosas. Porém, todo dia é um começo. Viver e apreciar o momento presente ao máximo é a melhor maneira, a única maneira, de abordar a vida. É essencial aprender com o passado e olhar para o futuro sem ressentimentos. Ressentimentos são tóxicos, e só podem poluir o futuro.

O melhor no envelhecimento, segundo passei a compreender, é que temos um passado. Ninguém pode tirar isso da gente, portanto é melhor que gostemos dele. É por isso que é tão importante não perder tempo. Vivendo plenamente cada dia, criamos nossa vida e isso se torna um passado, um passado repleto de tesouros.

Quando eu era muito jovem eu era arrogante, e costumava me gabar, afirmando que ia me aposentar aos trinta anos. À medida que fui ficando mais velha, continuei a ser arrogante sobre a minha idade, mas de um jeito diferente. Eu a ignorava. Fingia que não me importava, dizendo: "Ah, idade não significa nada."

Hoje em dia ainda tenho muita energia, e estou mais ativa do que nunca. Mas não sou mais tão negligente, pois percebo que envelhecer pode deixar a gente vulnerável. Talvez tenha sido um acidente de esqui que sofri no início de 2011 que me tenha tornado mais humilde. Um minuto eu estava esquiando, feliz, com o Barry em Aspen, Colorado; no momento seguinte, estava deitada na neve, com meu rosto ensanguentado.

Tinha sido um dia espetacular e ensolarado nas montanhas, e eu estava esquiando bem, com cuidado, entre o meu instrutor e o Barry, evitando todos os praticantes agressivos de *snowboarding*. Minha amiga, a atriz Natasha Richardson, tinha morrido no ano anterior num acidente de esqui maluco, e me lembrei dela quando, de repente, sem mais aquela, um esquiador novato apareceu, descontrolado. Eu estava parada, esperando o Barry, quando ele se chocou contra mim! O choque foi tão forte que deixou meu rosto ensanguentado e dormente.

Depois de uma chapa que tiraram em Aspen, descobriram que minhas costelas estavam fraturadas, e que eu tinha quebrado o nariz. Nós fomos para Los Angeles fazer uma ressonância magnética do meu rosto para ter certeza que os ossos das órbitas não estavam quebrados também, o que exigiria cirurgia imediata. No avião, fiquei apalpando minhas maçãs do rosto, com um medo horrível de tê-las quebrado também; elas são minhas melhores feições. Felizmente só haviam fraturas bem finas em torno dos meus olhos que se curariam sozinhas, e meus malares estavam inteiros, mas meu rosto ferido disparou alarmes quando chegamos ao hospital. Senti que todos que eu via nos corredores pensavam que eu tinha sido vítima de violência doméstica. Impressionante como a gente se sente uma vítima depressa, e senti que precisava justificar meu rosto machucado para todos que passavam por mim. "Foi um acidente de esqui", fiquei repetindo. "Acidente de esqui."

O momento do acidente não poderia ser pior. Eu tinha dois meses de compromissos importantes chegando: uma sessão fotográfica naquela semana, uma cerimônia de entrega de um prêmio importantíssimo numa festa beneficente para a amfAR (Fundação para Pesquisa da Aids), em Nova York, meu desfile de outono durante a semana da moda, e uma viagem de alto nível à China na primavera onde uma retrospectiva da minha vida e obra estava em exibição na famosa Pace Gallery. Tinha sido justamente por causa daquela minha agenda super ocupada que Barry tinha alugado uma casa em Aspen apenas para nós dois durante alguns dias.

Imediatamente depois da ressonância magnética, o médico mencionou cirurgia. Eu não sabia bem o que ele tinha em mente, mas eu me opus. Queria que meu rosto se curasse totalmente primeiro, depois veria o que precisaria ser feito. Daquele momento em diante, fiquei o tempo todo aplicando gelo e arnica, arnica e gelo. Bem devagar o inchaço foi passando e revelando equimoses preto-azuladas que foram descendo e criando uma expressão devastadora. Arnica e mais arnica vagarosamente fizeram o roxo escuro virar roxo claro, lavanda e, mais tarde, semanas depois, amarelo. Registrei o progresso do tratamento diariamente no meu iPhone; eu tinha tirado a primeira foto imediatamente depois da queda e a enviado para todos os meus amigos. Continuei documentando o mapa do meu rosto todos os dias durante os dois meses seguintes. "É assim que eu estou", dizia a mim mesma, "e não é nada bonito".

Eu ainda estava com tantas equimoses duas semanas depois que pensei em faltar à festa da amfAR onde ia receber uma homenagem com o presidente Bill Clinton. Temia mostrar meu rosto em público; mas depois me senti envergonhada por ser tão frívola. "Que são algumas equimoses em comparação ao sofrimento da Aids?", ralhei comigo mesma. "Claro que você tem que ir."

Mesmo assim, para cobrir parcialmente o meu rosto, pedi ao meu departamento de arte que me fizesse um lequinho. Eles o fizeram em formato de coração, com meu próprio lema: "Amor é vida é amor é vida". Escondi-me atrás dele no início da noite, mas assim que subi ao palco para aceitar o prêmio, abaixei o leque e simplesmente disse: "Desculpem minha aparência, sofri um acidente enquanto praticava esqui."

E não voltei mais a cobrir meu rosto. Usei óculos escuros no desfile de moda, e pronto. Também cumpri meu compromisso já marcado há muito tempo, de ser fotografada por Chuck Close para a *Harper's Bazaar*. Ser fotografada por Chuck Close é como tirar uma radiografia. Não há nada entre a pessoa e ele, nem filtro, nem maquiagem, nem luzes para realçar, e praticamente nenhum espaço, porque ele tira as fotos de perto e cara a cara. "Como é que vou fazer isso?", pensei, a princípio, mas depois me rendi: "Vou simplesmente fazer, e pronto." O resultado foi feio, muito feio: meu rosto em recuperação parecia caído, cheio de manchas pretas. Eu devia ter odiado a foto, mas eu até que gostei dela, porque era autêntica. A *Harper's Bazaar* também gostou, e publicou-a numa página inteira, pendurando também uma cópia bem grande na parede da Pace Gallery em Beijing, e exibindo-a de maneira ainda mais proeminente na minha mostra de Los Angeles, em 2014.

A sessão fotográfica do Chuck Close não foi a última que me fez hesitar. A coisa mais difícil para mim agora é ser fotografada; eu nunca gostei disso, mas na minha idade é duas vezes pior. Duas sessões recentes com Terry Richardson me ensinaram muito sobre a natureza da beleza. Eu conheço o Terry desde que ele era pequenininho, quando eu trabalhava para o agente de fotografia Albert Koski, que representava seu pai, Rob Richardson. A primeira vez que Terry me fotografou foi para a *Purple*, a revista de moda muito arrojada de Olivier Zahm. Olivier ligou para mim perguntando se eu poderia ser a modelo das coleções da edição de primavera/verão de 2009 da revista dele. "Você ficou maluco? Eu tenho sessenta e dois anos!", foi a minha resposta. Mas ele insistiu tanto que finalmente eu respondi, rindo: "OK, eu vou, mas só se você me colocar na capa." "Não posso lhe prometer isso", disse-me Olivier, "mas vou tentar." A última modelo a aparecer na capa da revista tinha sido a Kate Moss.

O dia da sessão fotográfica chegou, e a última coisa que eu queria fazer era tirar fotos. Meus olhos estavam inchados. Eu estava cansada. Devia posar com metade das coleções, e uma jovem modelo profissional posaria com a outra metade. Eu queria desesperadamente desistir, mas não houve jeito. Depois de horas de temor, disse para mim mesma: "Simplesmente vou fazer isso o mais depressa possível." Eu não podia deixá-los perceber como eu estava insatisfeita, portanto fingi estar confiante e exagerei todos os meus gestos. Com Terry, é bem fácil fazer isso: ele gosta de gestos exagerados. Então ri, brinquei, abri os braços, triunfalmente. Terminei na capa da *Purple*, aos 62 anos, só de meias, *collant* e com um blusão da Maison Martin Margiela feito de cabelos louros.

Para o quadragésimo aniversário do vestido envelope, a *Harper's Bazaar* perguntou se eu poderia me deixar fotografar por Terry novamente, dessa vez com "o envelope original", ao lado do famoso astro do *rap* americano Wale. Era uma ideia totalmente maluca, e minha equipe ficou entusiasmada quando soube dela, portanto eu relutantemente concordei. Quando chegou o dia da sessão fotográfica, acordei de novo com cara de exausta. Era sexta-feira, e a semana tinha sido movimentada; eu tinha me encontrado com o prefeito às sete da manhã na segunda-feira, e depois disso não tinha mais parado, entrando e saindo de reuniões de *design* e *merchandising*, entrevistas e palestras. Barry e eu tínhamos ido a um jantar ou um baile todas as noites. Eu queria estar sozinha no meu carro, indo para Cloudwalk, não diante de uma câmera, cercada de jovens maquiadores e assistentes de fotógrafo, todos olhando espantados para o meu rosto cansado. Mas vesti o vestido envelope que eles haviam escolhido para mim e disse ao Terry: "Vamos lá." Voltei a rir, posar, exagerar. E no final, adorei minha foto com a mão no quadril, e a perna sobre o joelho do Wale. Não dá para dizer se meu rosto está inchado, porque eu estampei um sorriso enorme nele. Claramente a autoconfiança é tudo.

A autoconfiança nos torna belas, e vem da aceitação de nós mesmas. No momento em que nós aceitamos isso, tudo melhora. Vi isso em Nona Summers, que tem sido uma das minhas melhores amigas desde que nos conhecemos na universidade, em Genebra. Nona é uma ruiva rebelde e glamourosa que serviu de inspiração para a série de tevê *Absolutely Fabulous*. Ela tinha sido uma rebelde a vida inteira... até o dia em que recebeu o diagnóstico de retinite pigmentosa, o que significava que ia acabar ficando cega. Nós todos ficamos muito chocados com essa notícia, mas Nona assumiu esse fardo completamente, num momento em que podia ter se rendido. Naquele dia ela decidiu se reabilitar. Aceitar-se a si mesma, ser verdadeiramente quem você é, é a única solução para se realizar na vida.

Zakia é outro exemplo forte de autoaceitação e de seu poder. Eu a conheci na cerimônia de entrega de prêmios Mulheres do Ano 2012 da *Glamour*, no Carnegie Hall, quando pediram que eu entregasse um dos prêmios à cineasta paquistanesa Sharmeen Obaid-Chinoy por seu documentário que ganhou um Oscar, sobre Zakia, uma sobrevivente de um ataque com ácido. Zakia recebeu o pedido de vir até o palco conosco, e, mesmo em silêncio, comoveu a plateia com sua força e segurança. Depois que saímos do palco, nós três descemos para participar de algumas entrevistas. Quando entro num elevador, sempre verifico minha maquiagem e ajeito meus cabelos, mas em respeito pelo que tinha acontecido com o rosto de Zakia, fiquei de costas para o espelho. Para minha surpresa, quando Zakia entrou no elevador, ela se mirou no espelho, observando seu rosto cheio de cicatrizes.

Fiquei assombrada, assistindo enquanto ela se mirava, aceitando aquela imagem. Duas operações, e uma maquiagem excelente ajudaram, mas foi a sua dignidade que a tornou realmente bela.

Eu certamente não gosto de ver meu rosto envelhecendo de uma foto para outra, mas sei que se eu esperar dez anos vou adorar essas fotos. Portanto aceito minha imagem como a pessoa que eu sou. O que achei engraçado no meu acidente de esqui foi o número de pessoas que disseram: "Que grande oportunidade para você dar uma esticadinha no rosto!" Alguns acharam mesmo que eu tinha aproveitado para fazer um *lifting* facial, e estava só fingindo que tinha sido vítima dum acidente de esqui. A verdade é que nunca desejei ter meu antigo rosto mais do que no mês e pouco depois do acidente. Não queria fazer plástica. Não queria um rosto novo. Eu queria meu rosto antigo de volta.

Eu sei que as pessoas me olham e se perguntam por que eu não sucumbi ao progresso da tecnologia. Por que não congelei ou preenchi a rugas da minha testa? Por que não aparei os excessos de pele nas minhas pálpebras? Não sei bem, mas provavelmente foi porque tenho medo de congelar o tempo, de não me reconhecer no espelho, aquela imagem tão querida minha. Perder a cumplicidade comigo mesma é algo que eu não gostaria que acontecesse, a piscadela no espelho do banheiro quando passo por ele no meio da noite, o olhar direto nos meus próprios olhos que reconheço. Minha imagem é quem eu sou e mesmo que eu não goste sempre dela, eu me sinto intrigada por ela e acho as mudanças interessantes. Eu não gosto das sardas e das manchas senis que tenho espalhadas pelo corpo, mas elas estão presentes, portanto brinco dizendo que tenho pele estampada como um dos meus vestidos de estampado de pele de leopardo, os meus preferidos. Até mesmo olhar as ruguinhas que aparecem ao redor dos meus lábios pode ser interessante. Elas só aparecem um dia de cada vez.

No meu rosto mais velho, vejo minha vida. Toda ruga, cada marca de sorriso, cada mancha senil. Minha vida está escrita no meu rosto. Há um ditado que diz que a gente se parece por fora com o que somos por dentro. Se você for alguém que nunca sorri, seu rosto despenca. Se você for alguém que sorri muito, você tem mais marcas de sorriso. Suas rugas refletem os caminhos que você trilhou; elas formam o mapa da sua vida. Meu rosto reflete o vento e o sol, a chuva e a poeira das viagens que fiz. Minha curiosidade e o meu amor pela vida me preencheram com cores e experiências, e eu ostento tudo isso com gratidão e orgulho. Meu rosto traz consigo todas as minhas lembranças. Por que eu as apagaria?

Eu não julgo aqueles que resolvem fazer plástica no rosto. Às vezes penso em fazer isso, consulto algumas pessoas, pego o número de telefone de um médico e depois esqueço o assunto. Um dia, pode ser que eu, de uma hora para outra, decida tomar a iniciativa de fazer algo nesse sentido, mas até agora, resolvi não fazer. Não posso fingir que sou mais jovem do que realmente sou, e para dizer a verdade, sinto que vivi tão plenamente que devo ter o dobro da minha idade. Não se trata mais de parecer bonita, mas de se sentir bonita e realizada.

Um dia desses fiquei encantada com um buquê de rosas de jardim que estava na minha mesa de cabeceira em Paris. Havia uma rosa particularmente bela nesse buquê perfumado. Os dias se passaram, e vagarosamente a rosa começou a murchar. Mas mesmo murcha, ela continuou bela. Algumas das pétalas secaram, encolheram e surgiram nelas algumas manchas marrons, o que lhe deu uma beleza especial diferente da beleza que ela possuía quando era fresca e nova. Eu me identifiquei com aquela rosa. Toda vez que vejo uma nova imperfeição surgir no meu rosto, penso naquela rosa e em como ela era bonita. Eu quero ficar igualzinha àquela rosa.

Por causa do meu trabalho, tenho a sorte de viver cercada de juventude e beleza: a das modelos, a das moças que trabalham no meu estúdio. Elas são um tônico para mim. Elas me fazem sentir jovem.

Também trabalho num ambiente bonito, o que é muito importante para mim. A sede da DVF, de seis andares, no número 440 da Rua Quatorze Oeste, no velho Meatpacking District, é profusamente iluminada. O prédio é um modelo de tecnologia "verde", do qual muito me orgulho. Tem três poços geotérmicos que o aquecem e refrigeram. O interior é iluminado por um "escadelabro"[6], um facho de luz amplo que desce pelas escadas até chegar ao térreo, vindo da cobertura de vidro em formato de prisma em "diamante", no telhado, onde durmo quando estou em Nova York. Há espelhos e cristais ao longo das escadas centrais para dirigir a luz natural a todos os espaços interiores. O jardim em frente ao meu apartamento no alto do prédio tem canteiros de gramíneas silvestres que, mesmo que o ambiente seja profissional, num bairro movimentado, formam um oásis de beleza e paz.

Adoro dormir no telhado. Meu quarto de vidro me faz sentir como se eu estivesse dormindo numa casa na árvore, uma casa na árvore confortável e urbana. Posso contemplar a silhueta dos arranha-céus de Nova York e do edifício Empire State da minha cama, que fica aninhada sob uma tenda de painéis de linho. A banheira flutuante é de teca, que me recorda de Bali. Quando eu tinha acabado de ter meus filhos, eu morava num prédio antigo e tradicional da Quinta Avenida e me sentia muito adulta. Agora como avó, vivo como uma boêmia, e isso me faz sentir que ainda sou jovem. Quando passo a semana em Nova York, Barry e eu dormimos separados: ele, no seu apartamento no hotel Carlyle; eu, na Rua Quatorze. Gosto dessa nossa forma de fazer as coisas; isso torna nossos fins de semana e férias muito mais especiais.

Porém, nenhum lugar é mais belo que minha casa, Cloudwalk. Por mais abençoada que eu tenha sido com energia preciso de paz para preservá-la. Encontro-a na beleza de minha casa; nos pomares de maçãs, na imensidão dos gramados verdes, nas bandeiras balinesas ao longo do rio, no coaxar de baixo profundo dos sapos. Tive sorte de ter comprado o que era uma fazenda

---

6 Stairdelier, em inglês, um cruzamento entre uma "escada" e um "candelabro". (N.T.)

de 58 acres na época por 210.000 dólares, quando tinha apenas 27 anos. Apaixonei-me pelo lugar antes mesmo de ter saído do meu carro, e imediatamente entreguei à corretora de imóveis espantada um depósito em cheque, para reservar o imóvel. Venho passando cada minuto possível lá, desde esse dia. As árvores de Cloudwalk já são minhas amigas há 40 anos. Se me serrassem ao meio, meus anéis anuais seriam iguais aos das árvores de lá.

Nada me faz sentir mais grata do que Cloudwalk. Nada é mais pacífico e tranquilizante. Meus filhos, o amor do Barry, Cloudwalk, e meu trabalho vêm sendo as coisas mais consistentes na minha vida. Todas as minhas lembranças, todas as minhas fotos, cartas, diários, todos os meus arquivos estão lá.

Posso passar horas sentada diante da escrivaninha de quatro metros e meio de comprimento criada por George Nakashima a partir de uma única peça de madeira, lendo e trabalhando. Barry e eu gostamos de ler em silêncio. Nossos cães ficam ao nosso lado, o velho *terrier* Jack Russell que Barry encontrou numa viagem de bicicleta na Irlanda; Evita, um novo filhote de Jack Russell; e dois *terriers* que trouxemos para casa de uma viagem recente à Patagônia chilena.

Mas o que me traz a Cloudwalk mesmo é a beleza da natureza. Quanto mais velha fico, mais importante ela é para mim. O fato de que não podemos controlar a natureza me aplaca e por algum motivo me traz de volta a uma dimensão normal. Enquanto na cidade eu me sinto maior do que o normal, porque tudo é artificial e todos os problemas sou eu que resolvo, quando caminho pela floresta e escalo os morros em torno de Cloudwalk, sinto-me pequena e gosto disso.

A natureza nunca para. Tudo está sempre crescendo, amadurecendo, envelhecendo, morrendo depois recomeçando. As árvores são belas mesmo sem folhas. Adoro todas as estações e me sinto interminavelmente fascinada por aquele ciclo da vida em constante movimento. A natureza nunca para. Às vezes ela pode ser cruel, trazendo secas ou enchentes. Às vezes ela mete medo, criando tornados e furacões. Pode ser imprevisível. Num dos outonos recentes fomos atingidos por uma nevasca que matou muitas árvores e nos deixou sem energia elétrica durante semanas. Fiquei triste por ter perdido aquelas árvores que tinham sido minhas companheiras, mas acho que é bom ser recordada de como somos pequenos, como somos vulneráveis.

Uma das minhas caminhadas preferidas em Cloudwalk consiste em atravessar o pinheiral até um campo aberto ensolarado, depois ir até o sopé de um morro onde resolvi ser enterrada. Durante anos, todo sábado saio caminhando em torno de Cloudwalk tentando pensar onde queria ser sepultada. Em primeiro lugar, achei que seria nos bosques em meio a um belo grupo de pinheiros brancos que formavam como que uma catedral, mas depois, alguns anos mais tarde, a fazenda vizinha foi posta à venda, e, para impedir que os 86 acres fossem transformados em algum empreendimento imobiliário, nós a compramos. Minha escolha original de repente me pareceu próxima demais da casa; então escolhemos esse novo lugar como jardim de meditação e futuro local de sepultamento. Pedi a meu amigo Louis Benech, o arquiteto paisagista francês, para pensar no assunto, e ele fez um projeto belo e simples: dois muros semicirculares, encaixados na encosta do morro. Victor, que, com sua esposa, Lourdes, vem cuidando impecavelmente de Cloudwalk durante anos, já construiu esses muros, com pedras locais. É um lugar especial, bem sossegado. Os visitantes que vêm a Cloudwalk sempre riem de mim quando eu os levo para visitar o local onde será minha sepultura no futuro, o qual, por enquanto, chamamos de jardim de meditação.

Adoro Cloudwalk e sua beleza. Adoro ver o sol se pôr de uma das muretas de pedra e admirar as suas paisagens deslumbrantes. Sinto que me torno aquela paisagem, aquela mistura de campina, floresta e montanhas. Sou privilegiada por ter toda essa beleza na minha vida. Trabalhei duro por isso, e ainda trabalho duro. É gratificante saber que um dia, tão distante quanto possível, esta terra perfeita será o lugar onde repousará a mulher que eu resolvi me tornar há cinquenta e sete anos em Bruxelas, na festa de aniversário de dez anos da Mireille, em Bruxelas.

O NEGÓCIO DA MODA

Levei muitos anos para começar a me considerar uma estilista, apesar do sucesso retumbante do meu vestido envelope. Yves Saint Laurent era estilista. Madame Grès era estilista. Halston era estilista. Já eu entrei no mundo da moda quase por acidente, na esperança de me tornar financeiramente independente. Nunca sonhei que o vestido simples que lancei em 1974, um vestido confortável, sensual, elegante e acessível, tudo ao mesmo tempo, iria me proporcionar um lugar na história da moda. Sim, eu já tinha vendido milhões de vestidos em 1978. Aquele vestido tinha sido incluído tanto na coleção do Museu Metropolitano do Art's Costume Institute quanto na coleção da Smithsonian Institution, embora eu tenha vergonha de dizer que eu nem sabia o que era o Smithsonian na época. Na idade de 29 anos, eu até tinha conseguido sair na capa da *Newsweek*, onde me identificaram como "A Estilista de Vestidos Diane von Furstenberg".

Mesmo assim, não ousava ainda me considerar uma estilista, mais do que ousava me considerar boa mãe enquanto meus filhos ainda estavam sendo criados. Não dá para alegar isso até a gente se tornar muito mais velha, porque é preciso ter provas, e foi só depois que descobri que eu podia repetir a dose e ainda ser relevante, com a certeza de que a primeira vez estava confirmada, que soube que meu sucesso não tinha sido apenas um acidente. Foi só quase duas décadas depois de ter criado o vestido envelope que eu resolvi que eu poderia começar a me considerar uma estilista.

Hoje em dia vejo que aquilo que tinha sido um turbilhão em matéria de carreira no ramo da moda pode se dividir perfeitamente em três fases distintas: O Sonho Americano, A Volta Triunfal, e a fase atual, A Nova Era. Esta terceira fase, na qual que estou acabando de entrar, promete ser a mais gratificante. A meta é ambiciosa: capitalizar sobre tudo que fiz antes e criar um legado para a marca para que ela dure bem depois que eu partir. O processo tem sido às vezes doloroso e estressante, mas o resultado, segundo espero, valerá a pena. Para mim, já vale. Ainda me sentir relevante e tão ativa na minha idade é uma aventura maravilhosa. Sob diversos aspectos, estou fazendo a mesma coisa que fiz pela primeira vez. Mas finalmente posso usar minha experiência e meu conhecimento para formar uma visão a longo prazo. Minha intuição continua sendo a constante. Ser impulsiva é minha qualidade mais valiosa, embora também seja meu pior defeito. Eu tenho que ser cautelosa ao usar essa qualidade, mas ela ainda é a força motriz por trás da grife, e, espantosamente, quarenta anos depois de ter nascido, o vestido envelope ainda está aqui, assim como eu também, e indo muito bem, obrigada.

Devo tudo àquele vestidinho: minha independência, Cloudwalk, a educação dos meus filhos, as viagens que fizemos, as doações que faço, o automóvel da Bentley que eu dirijo, o meu lugar na história da moda; tudo veio única e exclusivamente daquele vestidinho. Aquele vestidinho me ensinou tudo que sei sobre moda, mulheres, vida e autoconfiança.

Eu não dava muito valor ao vestido envelope quando o criei; mas agora aprecio seu valor e sua originalidade.

Não posso deixar de pensar agora, ao refletir sobre o passado: e se? E se eu nunca tivesse conhecido o Egon? Ficado grávida? Se nunca tivesse me sentido compelida a me sustentar depois que nos casamos? E se não tivesse conhecido o Angelo Ferreti em Cortina, ou a Diana Vreeland em Nova York, ou o Halston, ou o Giorgio Sant'Angelo? E se?

Sempre acreditei que os "ses" eram as portas para o meu futuro, e ousei abri-las, uma por uma, quando elas surgiram à minha frente. Eu sabia que tipo de mulher eu queria ser, mas não sabia como ia me tornar essa mulher. Abrir essas portas me levou ao caminho que foi dar na moda, e esse se tornou o caminho que me conduziu à mulher que sou hoje.

4

O SONHO AMERICANO

A JORNADA COMEÇOU DEPOIS que Egon e eu saímos de Genebra em 1968, ele para ir a Nova York, fazer um estágio no Chase Manhattan Bank, eu para ir a Paris, para procurar emprego. Ambos tínhamos vinte anos, éramos jovens demais para pensar seriamente num futuro juntos, portanto cada um partiu para viver suas próprias aventuras. Foi em Paris que descobri um mundo que eu não conhecia, o glamouroso mundo da moda, que me seduziria para sempre.

Eu entrei nesse mundo por acaso, através da minha melhor amiga em Paris, Florence Grinda. Florence era uma *socialite* jovial que eu tinha conhecido em Genebra, mas que só foi se tornar minha amiga numa festa em St. Tropez. Seu marido, o campeão de tênis e *playboy* Jean-Noël Grinda, tinha desaparecido no mato com uma modelo sueca, e ela estava sozinha quando a encontrei, sentindo pena de si mesma. Começamos a conversar, e, para consolá-la, levei-a ao porto para tomar um sorvete. Nós ficamos muito amigas, e quando voltamos a Paris, noite após noite eu saía da minha quitinete no térreo da avenida Georges Mandel no 16o. Arrondissement, para sair com Florence e seu marido. Através dela conheci gente muito interessante, e comecei a ser convidada para milhões de festas. Ela pedia aos estilistas para me emprestarem roupas, uma prática comum que era nova para mim. Um mundo novo e divertido estava se revelando. Porém, o que eu queria desesperadamente era arranjar um emprego.

Uma amiga dela me apresentou ao belo e misterioso agente de fotografia de moda Albert Koski, que representava todos os melhores fotógrafos de moda da época: David Bailey, Bob Richardson, Art Kane, e Jean-Lous Sieff, entre outros. Koski me contratou na hora para ser sua assistente e faz-tudo, desde atender o telefone na casinha na qual ele trabalhava e morava, no 16o. Arrondissement, até ser curadora dos álbuns fotográficos que ele enviava às agências e revistas. Aquela casa na rua Dufrenoy era uma colmeia movimentada de talentos, repleta de fotógrafos arrojados e jovens modelos, um ponto de encontro do glamour, da beleza e da moda.

Eu era bem mais jovem e certamente menos experiente do que todas as pessoas que entravam e saíam do escritório, e me sentia meio intimidada por tudo aquilo, embora estivesse determinada a não demonstrar isso. Foi meu primeiro envolvimento com modelos, muitas das quais vinham à rua Dufrenoy. As principais eram a Jean Shrimpton e a Veruschka, provavelmente as mais belas do mundo; a Twiggy e a Penelope Tree, as mais estranhas; e, naturalmente, a Marisa Berenson que, juntamente com Florence, ia se tornar minha melhor amiga e virar madrinha do meu filho, o Alexandre. Da Itália, havia Isa Stoppi, Albertina Tiburzi, Marina Schiano e Elsa Peretti, que se tornou a *designer* de joalheria famosa da Tiffany. Havia também modelos americanas, Cheryl Tiegs e Wallis, ao lado da eterna e para sempre mágica Lauren Hutton. Eu não conheci todas elas naquela época, mas manuseava suas fotos todos os dias. Elas eram todas "meninas" da Diana Vreeland. Como editora-chefe da revista americana *Vogue*, ela as havia inventado.

Trabalhar para o Albert Koski foi uma experiência educativa valiosíssima, embora na época eu não percebesse isso. Eu estava assimilando muitas informações sem compreendê-las totalmente, mas assimilando-as, mesmo assim. Nos anos seguintes, ia me lembrar frequentemente do que tinha aprendido lá. É apenas depois que a gente percebe todas as pequenas experiências que se somam e formam uma bagagem. O que eu sabia mesmo naquela época era que o mundo da moda era divertido, glamouroso, muito bacana e eu o adorava. Estávamos em 1968. Todos se sentiam livres, agiam com informalidade e dava a impressão de estarem entediados, embora essa fosse a última coisa que estávamos sentindo.

Foi aí que eu entendi que a moda era uma indústria gigantesca, uma longa cadeia de profissões interligadas. Começava nas tecelagens, com a confecção dos tecidos, depois vinham os estilistas que confeccionavam os trajes, e as modelos, que os exibiam. Os editores escolhiam as modelos, e os fotógrafos e os ilustradores, bem como os redatores, captavam suas imagens e as revistas as publicavam. Essa longa cadeia de inspiração, talento, emoção e ideias terminava com as mulheres que consumiam e apreciavam a moda.

Comecei a aprender sobre tendências, os trajes que era preciso comprar em cada estação. As bijuterias grandes e cafonas estavam na moda, alimentadas pela era antielitista da contracultura jovem. Também estavam na moda os cintos grandes e as roupas de estilo hippie: sedas indianas, casacos afegãos bordados, cabelos compridos, peles e joias femininas e masculinas. Perucas e apliques, cílios postiços, *hot pants*[7] e sapatos de plataforma estavam todos na moda, e eu usava tudo isso.

Marisa Berenson era a garota "it" do momento. Ela tinha acompanhado os Beatles à Índia para conhecer o Maharishi e aparecido na capa da *Vogue* audaciosamente coberta de turquesas e corais. Ela era a imagem do glamour. Conheci Marisa através de Florence, e nós imediatamente nos tornamos amigas. Mal

---

7 Shorts curtíssimos de cintura alta. (N.T.)

tínhamos completado vinte anos, mas Marisa já era *top model*. Era alta, magra e muito elegante e, como um camaleão, podia transformar-se em várias criaturas diferentes, todas formosíssimas. Eu e ela saíamos muito juntas naquela época. Nos fins de semana, fazíamos uma maratona de filmes, indo de um cinema para outro, chorando ao assistir a Vanessa Redgrave no trágico papel da dançarina Isadora Duncan e rindo ao ver Stanley Donen na comédia *O Diabo é Meu Sócio*. Terminávamos tarde da noite, no La Coupole, em Montparnasse, comendo ostras, encontrando-nos com amigos e depois indo às boates.

Marisa morava com sua avó, a estilista de moda Elsa Schiaparelli. Na época Schiap (como as pessoas a chamavam) não estava mais trabalhando. Era uma senhora idosa e adoentada, que vivia reclusa no seu *hôtel particulier*, um sobrado luxuoso na rua de Berry. Embora sua presença aterradora pudesse ser sentida pelos corredores, eu nunca a conheci. Marisa, que depois se tornaria atriz, trabalhando para o diretor Luchino Visconti em *Morte em Veneza*, para Stanley Kubrick em *Barry Lyndon* e dividindo a tela com Liza Minnelli em *Cabaré*, tinha sua própria entrada privativa, pelo jardim.

Eu me lembro de estar naquela casa com Marisa um dia quando ela recebeu um convite para ir a Capri para uma semana de moda chamada "Mare Moda". Ela me convidou para acompanhá-la, mas eu não tinha dinheiro para a viagem. Quando eu lhe disse isso, ela meteu a mão na bolsa e me deu algumas notas de quinhentos francos franceses para que eu pudesse comprar a passagem. Eu nunca vou me esquecer daquela generosidade dela, nem me esquecerei do fim de semana de moda super glamouroso que passamos naquela ilha do Mediterrâneo. Nós usamos roupas excêntricas, ficamos acordadas até tarde, rimos muito e flertamos com jovens *playboys* italianos muito atraentes. Marisa era *top model*, mas, para minha surpresa, eu não me saí nada mal.

Aquele fim de semana acabou sendo mais do que apenas divertido. Foi lá que reencontrei Angelo Ferretti por acaso, o excêntrico magnata da indústria da moda que eu tinha conhecido antes, na casa de Egon, em Cortina, com sua linda esposa, Lena e seu filho, Mimmo, o melhor amigo do irmão caçula do Egon, Sebastian. Ferretti e eu tínhamos ficado amigos em Cortina, e ficamos felizes por nos reencontrar em Capri. Depois que lhe contei que estava trabalhando com Koski em Paris ele me convidou para ir a Como visitar suas fábricas e aprender sobre seu negócio. Foi uma oferta interessante e inesperada. Ferretti trabalhava do outro lado da indústria da moda, o lado da manufatura.

Ele possuía duas fábricas em Pare, perto de Como, na Itália: uma era uma estamparia, onde ele imprimia intrincadas echarpes coloridas para a Ferragamo, Gucci, e para outras grandes empresas; a outra, vizinha à estamparia, produzia tecidos de seda e malha de jérsei de algodão mercerizado de alta qualidade para camisas e camisetas. Uma camiseta parece a coisa mais comum do mundo hoje em dia, mas na época era uma novidade. Até aquele tempo, as camisetas eram apenas uma peça de roupa de baixo, praticamente só usadas pelos marinheiros. Mas as camisetas da moda se tornaram a tendência do momento no fim dos anos 1960 quando Brigitte Bardot começou a usar as camisetas vendidas na Choses, uma butique no porto de St. Tropez. Elas vinham em várias cores e tinham uma âncora em torno da qual se viam impressas as palavras "St. Tropez".

Ferretti foi um pioneiro da produção em massa de suas próprias camisetas de luxo, depois de converter as velhas máquinas de fabricação de meias femininas de seda da II Guerra Mundial em teares para fabricar malha de jérsei contemporâneo, pois as meias de seda haviam sido substituídas pelas meias-calças de nylon. Ele também teve a ideia produzir jérsei estampado e de fazer com ele camisetas novas e mais ousadas. Era um verdadeiro gênio. Também era um italiano típico: bonitão, seriamente viciado em jogar a dinheiro, meio namorador e muito divertido.

O convite do Ferretti para ser sua aprendiz era tentador. "Vou pensar no caso", disse-lhe eu. A verdade era que, apesar do glamour de Paris, eu queria ir para algum outro lugar. Paris estava uma bagunça. Os estudantes tinham feito greve na primavera de 68 e ocupado a Sorbonne, e logo depois os trabalhadores entraram em greve geral e fecharam os aeroportos e estações ferroviárias. Era a época dos protestos estudantis, e eu simpatizava com a causa deles, mas devo confessar que só passava pelas barricadas quando ia e vinha da boate da Régine, a New Jimmy's, no bulevar Montparnasse.

Naquele verão saí do estúdio do Koski e aceitei a oferta do Ferretti, indo morar com minha mãe, no seu novo apartamento na rua Pergolèse, e indo e vindo da Itália todo dia para observar o Ferretti enquanto ele trabalhava e aprender com ele. Muitos anos depois, o Koski voltaria a fazer parte da minha vida, pois se apaixonou pela minha querida amiga, a diretora e roteirista Danièle Thompson. Todo verão eles passam algum tempo comigo e com Barry no nosso iate.

EU ME VEJO COMO SE FOSSE ONTEM, sentada atrás de Ferretti na sua estamparia, enquanto ele ralha com o colorista porque ele fez o amarelo berrante demais ou o rosa claro demais. Eu me vejo sentada atrás dele na sua tecelagem, e ele está berrando também, dando bronca no engenheiro que fez a malha com pontos apertados ou folgados demais. Sempre berrando, sempre levando muito a sério a qualidade da estamparia e da trama dos tecidos, enquanto eu, sentada atrás dele, observando-o e aprendendo com ele.

Como era o centro italiano da seda e atraía uma imensa comunidade de ilustradores e artistas que vendiam sua arte para os fabricantes de seda. Através dos olhos de Ferretti aprendi como certos desenhos podem dar boas estampas, como criar um sistema de repetição, e a diferença entre estamparia em tecido cru ou com descarga num tecido tingido. Eu aprendi dos seus coloristas talentosos como criar uma paleta harmoniosa, e com o Angelo, como negociar os preços das estampas. Percebo hoje como o Ferretti era supertalentoso, e como eu tive sorte por ter podido ser sua estagiária e aprender a criar estampados e assistir ao processo pelo qual um tecido sem cor vai de uma tela para outra, depois para outra, sendo estampado com desenhos precisos e coloridos.

Ele também me ensinou tudo sobre o jérsei. Mostrou-me como avaliar a qualidade e a densidade das amostras da malha que lhe traziam, apresentações que em geral causavam os maiores acessos de gritos de todos. Participei de reuniões muito agitadas com os engenheiros têxteis. O jérsei, segundo aprendi, pode ser tecido com muitas fibras, em geral a seda, o rayon, o algodão ou o acrílico. "A arte de misturá-las é mágica, como na culinária", ele costumava me dizer. Ele também era um excelente cozinheiro, e seu prato predileto era *bollito misto*.[8]

Eu aprendi técnicas de tingimento e acabamento, como usar agentes de embebimento para dar respirabilidade ao tecido, e o motivo pelo qual, com certas fibras, o tecido cede ou não. Aprendi tudo isso, e mais ainda, sentando-me atrás dele em todas as reuniões com esses talentosos e habilidosos técnicos que tinham aprendido com suas famílias durante gerações. Eu achava que não estava fazendo nada, mas absolutamente tudo que ouvi lá terminei colocando em prática mais tarde.

Logo depois que comecei a ser sua aprendiz, ele comprou uma fábrica nova perto de Florença que estava fazendo camisolas finas e justas. A fábrica tinha excelentes máquinas e as agulhas eram perfeitas para produzir tecidos de jérsei, de modo que ele converteu a fábrica em tecelagem para confeccionar tecidos de malha para suas camisas e camisetas. Daquele momento em diante a Manifattura Tessile Ferretti se tornou uma operação vertical, desde as fibras, passando pela tecelagem de jérsei até a estamparia e as roupas acabadas. A conversão da nova fábrica causou mais gritaria, mas eu tinha me acostumado tanto àqueles

---

8 Nome de uma especialidade do norte da Itália. Significa "Cozido misto", e é composto por carnes de vaca, vitela, língua e galinha. (N.T.)

berros dele que agora mal prestava atenção. O que eu realmente assimilei foi o desenvolvimento de uma empresa de fabricação espetacular que logo teria um impacto imenso na minha vida.

Aprendi com aquele homem muitas coisas que ainda faço hoje. Eu não fazia ideia do que aconteceria, como sempre digo aos jovens. "Escutem, sempre escutem tudo. A maioria das pessoas no início da sua vida não sabe o que quer ser, a menos que a pessoa tenha uma verdadeira vocação, como um pianista ou médico, portanto é muito importante escutar. Às vezes, há portas que se abrirão, e você pensará que não são importantes, mas na verdade são, portanto é muito importante ser curioso e prestar atenção, porque às vezes a gente aprende e nem sabe que está aprendendo."

Passei quase um ano com Ferretti e aprendi muito, embora vivesse distraída. Eu estava pensando no Egon, e meu coração estava pesado. Eu sabia que o Egon ia vir para a Europa na época de festas de fim de ano, e que ia trazer a namorada italiana dele, não eu, para a casa da família em Cortina. Ele ia parar primeiro em Paris, e me pediu para organizar um jantar no Maxim's com nossos amigos da Universidade de Genebra. Embora fosse uma noite dolorosa, eu não dei sinal de estar triste. Fiz um esforço enorme para agir com tranquilidade, suavidade e bom-humor, para o Egon não saber como o meu coração batia rápido quando ele me olhava do outro lado da mesa. Eu estava ainda mais deprimida porque a cartomante que eu tinha consultado naquela tarde me disse que eu me casaria dentro de um ano e viajaria para longe. Que besteira, pensei. Eu estava apaixonada pelo Egon e sabia que o havia perdido.

Apesar de toda a minha infelicidade, recusei-me a entrar na fossa. Tinha a vida toda pela frente, afinal de contas, com ou sem ele, portanto depois de passar o Natal com meu pai e Philippe esquiando em Crans-sur-Sierre, fui para St. Moritz me encontrar com a Marisa Berenson para passarmos o Ano Novo juntas.

O Palace Hotel tinha um costume naquela época, e provavelmente ainda tem, de cobrar uma diária muito especial das moças bonitas, de maneira que a Marisa e eu nos divertimos à vera, esquiando, dançando e rindo dia e noite. Depois do Ano Novo, que também foi meu vigésimo-segundo aniversário, adivinhem quem apareceu: o Egon. Sem a namorada. Em apenas uma noite nosso amor ressurgiu, e com ele um convite para visitá-lo em Nova York. Minha mãe me deu o melhor presente de 22 anos do mundo: a passagem de avião. E aí começou a jornada para aquele vestido envelope.

Fiquei em Nova York apenas dois meses, mas nesse curto período minha vida mudou. Descobri que adorava aquela cidade. As pessoas eram animadas, criativas e ambiciosas. Não havia fronteiras; todos eram jovens, faziam coisas interessantes e estavam livres de todas as tradições sufocantes e das distinções de classe europeias.

Eu queria ficar lá, mas precisava encontrar algum jeito de me sustentar. Egon sugeriu que eu tentasse ser modelo, o que parecia uma possibilidade depois que conheci o famoso fotógrafo Francesco Scavullo numa festa certa noite. Eu me lembro como eu estava nervosa no dia seguinte, quando Way Bandy, famoso maquiador daquela época, passava delineador nos meus olhos e acrescentava fileiras de cílios postiços às minhas pálpebras enquanto François, o cabeleireiro francês, empilhava três perucas na minha cabeça. Posei de seios desnudos, as perucas muito longas escondendo-me os seios. Fiquei maravilhada com o resultado. "Será que eu sou mesmo essa criatura sedutora?", imaginei. Sem hesitar, fui mostrar as fotos à famosa agente de modelos, a grande dama alemã Wilhelmina, esperando que ela as achasse fantásticas e me convidasse para fazer parte da sua equipe de modelos. Wilhelmina olhou rapidamente as fotos enquanto me inspecionava da cabeça aos pés, de soslaio. Ela anunciou, também rapidamente, com frieza, que eu nunca poderia ser modelo profissional. Pelo menos estava confirmado: beleza não era a carreira que eu devia seguir.

A vida social movimentada que eu tinha com Egon em Nova York provou ser uma importante educação na área da moda. Como eu era namorada do Egon, e ele era muito visível como aristocrata jovem e atraente, vários estilistas de Nova York, como os de Paris, me ofereciam suas roupas para que eu as usasse. Eu passava tempo descobrindo os ateliês daqueles estilistas e via como era diferente da europeia a moda americana. Na Inglaterra era época da Carnaby Street, Biba e Ossie Clark, influenciados pela Índia e pelo movimento hippie. Na França, a moda era mais conservadora, sendo que a alta costura e as casas de confecção de vestidos liderando as tendências, embora em 1966 Yves Saint Laurent tivesse democratizado a moda de forma inteligente, criando os primeiros trajes de grife *pret-à-porter* que vendia nas suas butiques de Rive Gauche.

Nos Estados Unidos, a moda era diferente por causa de sua ampla distribuição através de centenas de lojas de departamentos pelo país. As empresas da Sétima Avenida comandavam o espetáculo, mantendo seus estilistas anônimos. Mas uma publicitária esperta, Eleanor Lambert, teve a ideia de trazer aqueles estilistas dos seus ateliês para a ribalta. Ela criou o Conselho de Estilistas de Moda dos Estados Unidos, e Bill Blass, Anne Klein, Geoffrey Beene e Oscar de La Renta se tornaram celebridades. Eu me apaixonei pela nova geração de estilistas: Giorgio Sant'Angelo, Stephen Burrows, Halston, que usavam tecidos macios, jérsei, e cores vivas. Tudo isso me inspirava imensamente, de forma que, quando saí de Nova York para retornar às indústrias de Ferretti, estava empolgada, esperando poder aprender mais e um dia criar também algumas coisas minhas para vender em Nova York.

Quando voltei a Como, passei a ver todos os recursos de Ferretti de modo diferente. Ele tinha um sucesso tremendo fazendo dezenas de milhares de echarpes de seda e blusas de jérsei, mas eu achava que seria possível fazer mais com a incrível infraestrutura que ele tinha criado. Os usos inovadores do jérsei que eu tinha visto em modelos de Giorgio Sant'Angelo e Stephen Burrows me inspiraram, e uma ideia começou a formar-se na minha cabeça. Eu queria tentar fazer alguns vestidos com os tecidos estampados de Ferretti. Sentia-me atraída pela oportunidade de preencher a lacuna que eu tinha percebido em Nova York entre os trajes de alta moda inspirados nos hippies e os vestidos já batidos de malha dupla. Talvez eu pudesse preencher essa lacuna com vestidos sensuais de jérsei, confortáveis e com estampas coloridas.

Comecei a passar muito tempo na fábrica nos subúrbios de Florença e fiquei amiga de Bruna, a responsável pelos padrões. Juntas, fizemos meus primeiros vestidos: um vestido tipo camiseta, um camisão, um vestido longo tipo bata e um conjunto de túnica longa e calças. Usamos sobras de tecidos da sala de amostras dela. Aí, nos dias em que eu trabalhava na fábrica de Como, passava horas olhando as estampas arquivadas de Ferretti, escolhendo algumas e suplicando a Rita, braço direito de Ferretti, que estampasse umas amostras de alguns metros de comprimento com aqueles padrões para mim.

A família Ferretti havia me adotado, e eu me sentia muito à vontade na casa deles. O filho de Ferretti, Mimmo, estava sempre por perto e me ajudava também. Nós nos divertíamos trabalhando juntos. O campo da Toscana em torno da fábrica era belíssimo, e Mimmo e eu costumávamos sair para comer excelentes refeições nas aldeias vizinhas. Ferretti me incentivava e permitiu que eu instalasse um pequeno escritório num canto da sala de amostrar. Embora eu tivesse cuidado, eu sabia que estava transtornando a rotina. Agora percebo que ele deve ter visto algum potencial em mim que eu mesma ainda não podia enxergar. Ele também me apresentou ao seu alfaiate em Milão, e com ele comecei a fazer a *moulage* tridimensional de alguns vestidos de noite mais elaborados, mas me sentia mais à vontade na fábrica, trabalhando com Bruna em vestidinhos simples.

Não sei qual meu futuro teria sido sem a generosidade e o apoio de Ferretti. Eu ainda estava trabalhando na fábrica quando engravidei e minha vida mudou drasticamente. Devido ao meu casamento às pressas com Egon, meu sonho de ter uma carreira na área da moda também se acelerou. A única pessoa que podia me ajudar a realizar esse sonho agora era Ferretti.

"Isso é o que está acontecendo", contei-lhe ele, numa breve viagem à fábrica em meio aos preparativos para o casamento. "Estou grávida, vou me casar com o Egon, e me mudar para os Estados Unidos. Por favor, me deixe completar todas as amostras em que venho trabalhando e tentar vendê-las em Nova York." Ferretti sorriu e deu uma resposta melhor do que a que eu esperava: "Vá em frente. Acredito em você e acho que terá sucesso."

Criei uma linha como amostra, a maioria feita com Bruna, com jérsei estampado de Ferretti, exceto alguns vestidos de veludo feitos pelo alfaiate de Milão. Todas as roupas tinham formas simples, eram sensuais na sua simplicidade e podiam ser embaladas com tranquilidade. Cem vestidos cabiam dobrados numa só mala. Eu estava para bater em outra porta rumo a minha futura carreira. Só podia esperar que ela se abrisse.

Egon e eu nos casamos num dia lindo e ensolarado, três semanas depois do vigésimo-terceiro aniversário dele. Adoro nossa foto, os dois sorridentes, às gargalhadas, sob uma chuva de arroz ao sairmos da prefeitura de Montfort-l'Amaury. Essa foto foi tirada por Berry Berenson, jovem fotógrafa e irmã da Marisa, que depois se casou com o ator Tony Perkis e morreu tragicamente, no dia 11 de setembro de 2001, no primeiro avião que se chocou com o World Trade Center. Aquela foto exuberante não só me lembra do dia do nosso casamento, e da bela Berry, como também, bem atrás de nós, se vê nela logo quem, o Ferretti, dos quinhentos convidados! Ali, numa imagem feliz, estão os dois homens mais importantes da minha vida na época, embora eu não soubesse ainda como o Ferretti ia ser importante.

Depois de uma lua-de-mel curta navegando pelos fiores da Noruega, e um mês maravilhoso com nossos amigos em Liscia di Vacca, na Costa Esmeralda da Sardenha, fui pegar minhas amostras na fábrica da Toscana.

Quando entrei no transatlântico italiano *Raffaello*, trazia comigo todas as minhas esperanças: o bebê no meu ventre e aquela mala cheia de vestidos. Egon tinha partido semanas antes, de avião, mas eu insisti em ir de navio. Queria ter tempo para visualizar minha nova vida e chegar devagar ao porto de Nova York, passando pela Estátua da Liberdade, como qualquer imigrante com um sonho americano. Eu não fazia ideia da rapidez com que esse sonho se realizaria.

Quando os jovens ansiosos por começar suas vidas e carreiras me pedem conselhos, sorrio e sempre digo: "Paixão e persistência são o que importa. Os sonhos podem se realizar, e você pode concretizar suas fantasias, mas não há atalhos. Nada acontece sem trabalho árduo."

Esse conselho é a essência da minha jornada com os meus vestidinhos quando cheguei a Nova York. Egon saía de manhã para ir trabalhar no banco de investimentos Lazard Frèrfes, e eu, já com a gravidez bem avançada e meu sonho sempre em mente, saía do apartamento com esforço, com minha mala cheia de roupas, para ir a lojas de departamentos e a escritórios de compras centralizadas. As pessoas que conheci achavam graça e ficavam intrigadas pela apresentação nada ortodoxa de vestidos de jérsei tirados de uma mala Louis Vuitton por uma jovem princesa europeia grávida, mas não consegui nenhuma encomenda. Eu perseverei, porém, principalmente após o nascimento do Alexandre.

A primeira porta se abriu dois meses depois, em março de 1970, e foi logo a mais decisiva de Nova York: a de Diana Vreeland, a intimidadora, todo-poderosa e prepotente editora-chefe da *Vogue*. Parece-me incrível agora que eu tivesse a audácia de entrar naquele santuário da moda dela e lhe mostrar aqueles meus vestidinhos tão simples. Eu tinha a vantagem, é claro, de possuir status social, mas foi a minha segurança de jovem que me fez empurrar aquela porta. Diana Vreeland? Por que não? E isso foi o começo de tudo.

Foi Diana Vreeland a primeira a entender e valorizar o tecido de jérsei como algo simples e único, e o caimento fácil e bonito dos vestidos. Eles talvez parecessem despretensiosos pendurados nos cabides, mas se tornaram tremendamente sensuais e femininos quando Diana pediu às modelos da revista, Pat Cleveland e Loulou de la Falaise, que os vestissem. Ambas se tornaram minhas amigas depois. "Mas que ideia inteligente essa sua, esses modelos são supermodernos", disse a Sra. Vreeland, ao final de nossa breve reunião, exclamando: "Fantástico, fantástico, fantástico." E, levando minha mala, saí por aquela porta e me vi diante de outra.

Abri essa também com a ajuda de Kezia Keeble, uma das belas e jovens editoras de moda de Diana Vreeland. Eu não fazia ideia do que fazer em seguida, enquanto dobrava meus vestidos, colocando-os de volta na mala, diante do escritório da Sra. Vreeland, então perguntei à Kezia. "Hospede-se no Gotham Hotel, na Quinta Avenida, durante a semana da moda. As empresas de moda da Califórnia vão apresentar seus modelos nesse evento. Haverá muitos compradores circulando por lá", revelou-me ela. "Veja se consegue se registrar no Calendário da Moda e colocar um anúncio no *Women's Wear Daily*." Não perdi tempo. "Posso usar seu telefone?" perguntei, sentando-me à escrivaninha da Kezia.

Aluguei um quarto no Gotham Hotel e passei os primeiros e longos dias esperando compradores. Tinha dado algumas entrevistas anteriormente, e esses artigos iniciais falavam muito no meu status como princesa e *socialite*, mas não falavam muito das roupas que eu estava querendo promover, o que, a princípio, considerei frustrante. Porém, aquela publicidade gerou curiosidade. Depois de vários artigos no *Women's Wear Daily*, no *New York Post*, e no *New York Times*, comecei a receber mais interessados.

Fiquei emocionada ao preencher o primeiro pedido de uma butiquezinha de Nova Jérsei nos meus formulários de pedido recém-impressos. As vendas começaram a aumentar mesmo na estação seguinte, no Gotham Hotel, depois que meus vestidos apareceram na *Vogue*. Eu me lembro de ter recebido pedidos grandes da Hutzler's, uma loja de departamentos de Baltimore, e da Giorgio's, uma butique famosa de Beverly Hills. Então veio a Bloomingdale's. A equipe de cinco funcionários dessa loja tomou o quarto inteiro, querendo negociar prazos e propaganda. Fiquei bastante assustada. Não só o meu inglês ainda era meio ruim, como eu não entendia nada daquele jargão de indústria do vestuário.

Aqueles primeiros anos foram difíceis, por vários motivos. Por um lado, não era fácil relacionar-se com o Ferretti. Meus primeiros pedidos de algumas dúzias de vestidos de um estilo específico não eram o que ele esperava. "Eu tenho uma fábrica, não uma sala de amostras", insistia ele. Eu pegava um avião para a Itália uma vez por mês e suplicava que ele me desse atenção. Ele respondia aos gritos. Eu chorava. "Não me abandone" suplicava-lhe eu. Quando meus pedidos eram finalmente entregues, costumavam estar com problemas: cor errada, estilo errado, tamanho errado, tudo errado, mas apesar disso tudo que eu mandava para as lojas saía na mesma hora. Foi isso que me incentivou a perseverar.

Eu estava totalmente sozinha, era inexperiente e os desafios eram imensos. Lembro-me do armazém gelado da Air India, no Aeroporto Kennedy, onde eu, sentada no chão, separando as roupas de um novo embarque vindo da Itália, tive que riscar todas as etiquetas em italiano e reescrevê-las em inglês. Posso me lembrar de mim mesma chorando por causa do frio e do cansaço, mas agora, é claro, essa experiência se transformou numa lembrança querida. E também me lembro de como eu guardava os vestidos dobrados na nossa sala de jantar e enviava todos os pedidos eu mesma, também preenchendo as faturas.

Minha primeira estampa foi a de corrente, um desenho geométrico em preto e branco para um vestido tipo camisão abotoado na frente, que usava sentada num cubo no primeiro anúncio no *Women's Wear Daily*, em 1970. Em 2009, Michelle Obama, já como a nova primeira-dama, usou esse mesmo estampado que eu tornei a lançar um pouco maior num vestido envelope no primeiro cartão oficial de Natal da Casa Branca do governo Obama. Que surpresa adorável! Décadas depois de eu haver introduzido no mercado o estampado de corrente, ele ainda era importante, o que fazia dele algo verdadeiramente eterno. Na época em que criei o estampado de corrente, porém, o significado da palavra "eterno" era diferente. Durante aqueles mesmos primeiros dois anos da minha nova empresa, eu também tive dois filhos. Dizer que eu vivia ocupada era dizer muito pouco.

Eu estava realmente começando a fazer coisas demais para trabalhar sozinha. Eu não podia dirigir a empresa no meu apartamento, portanto comprei um escritório minúsculo de duas salas na Rua 55 Oeste que se tornou meu *showroom*, e também meu depósito e meu escritório. Olivier, meu melhor amigo de Genebra, que agora era fotógrafo, vinha ajudar-me a atender os compradores. Tentei convencer algumas casas grandes da Sétima Avenida a distribuírem os vestidos. Uma por uma, elas recusaram minha proposta. "Esses vestidinhos de butique nunca vão vender num volume grande o suficiente", repetiam, num refrão constante. Essa porta continuou fechada para mim, mas outra bem mais importante se abriu quando conheci Johnny Pomerantz, o filho de um dos negociantes da Sétima Avenida, o qual, solidário, me disse que eu só precisava de um *showroom* na Sétima Avenida e de um vendedor.

Eu tinha vinte e cinco anos, estava sozinha num país novo, e era totalmente inexperiente na indústria do vestuário. "Não conheço nenhum vendedor", disse eu ao Johnny. "Ligue para mim daqui a alguns dias", respondeu ele. E foi assim que o Dick Conrad, um vendedor de 39 anos muito experiente, que estava procurando uma nova empresa para dirigir, entrou na minha vida. Ele resolveu arriscar e concordou em trabalhar comigo por 300 dólares por semana e 25% da minha empresa. Eu podia pagar a quantia semanal e 25% de nada é nada, portanto fechamos negócio. Entrei com 750 dólares na nossa nova empresa, Dick entrou com 250 dólares, e eu assinei um contrato de aluguel de um *showroom* na Sétima Avenida. E assim abrimos nossa firma!

Fiz umas camisas masculinas com jérsei do Ferretti para o Dick usar, de modo que ele pudesse sentir e entender como aquele tecido era diferente. E ele entendeu. O Dick conhecia todos os melhores compradores das lojas especializadas e das lojas de departamentos de todo o país, e ligou para todos eles. Eles todos vieram ao nosso *showroom* no número 530 da Sétima Avenida e compraram algo. No fim de 1972, nossa receita proveniente de vendas no atacado foi de 1,2 milhão de dólares.

Embora continuasse sendo muito difícil trabalhar com o Ferretti, ele generosamente nos concedeu um crédito a longo prazo de 120 dias para termos tempo de enviar os produtos e receber o pagamento dos nossos clientes antes de pagar o que lhe devíamos. Antes de concordarmos com essa modalidade de pagamento, a uma certa altura estávamos tão atrasados no pagamento das dívidas que fui a uma loja de penhores em frente à biblioteca pública de Nova York e empenhei meu anel de diamante que Egon e meu pai haviam me dado quando a Tatiana nasceu. (Eu o resgatei quatro semanas depois, pagando juros altíssimos.)

Primeiro vendemos o vestido estilo camiseta, simples, perfeito; meu favorito, o camisão: e um vestido tipo bata muito popular em versões longa e curta. Depois veio uma blusinha trespassada, meio parecida com a que as grandes bailarinas usam para praticar, que fazia conjunto com uma saia. A grande descoberta aconteceu mesmo quando vi a Julie Nixon Eisenhower usando a saia e a blusa trespassada na televisão, ao defender seu pai, o Presidente Richard Nixon, durante o escândalo de Watergate. "Por que não combinar a blusa e a saia e fazer um vestido?" pensei. E foi aí que nasceu a ideia do vestido envelope.

A princípio, não foi fácil imaginar como confeccioná-lo. Eu queria manter o cinto largo da blusa para que a cintura não ficasse muito grossa, queria que a saia fosse evasê, o decote baixo o suficiente para ser sensual mas alto o suficiente para ser discreto, e queria uma gola e punhos expressivos, exatamente como a blusa original. Bruna e eu passamos muitas horas na fábrica, nos subúrbios de Florença, de pé à mesa de corte, brincando com moldes de papel, tentando encaixar as peças do quebra-cabeças. Sue Feinberg, uma estilista americana de formação italiana, trabalhou conosco, também. Eu havia contratado a Sue para supervisionar a produção e a criação dos modelos na fábrica do Ferretti. Ela e eu costumávamos passar metade do tempo nuas, enrolando e desenrolando vestidos em nós, quando eles saíam da mesa de corte, para verificar o caimento. Finalmente, um deles serviu.

T/72 – Esse foi o número que demos ao primeiro vestido envelope Diane von Furstenberg produzido em 1974. Quarenta anos depois, o vestido ainda está em voga. Os vestidos envelope não são novidade, naturalmente. Um modelo tipo envelope é uma forma clássica: um vestido que se fecha sem botões nem zíperes, como um quimono. Mas esse tipo de vestido envelope era diferente porque era feito de jérsei. O tecido moldava-se no corpo de forma bastante lisonjeira, e era incrivelmente macio e confortável, sendo ao mesmo tempo justo o suficiente para colar-se ao corpo como que uma segunda pele.

O vestido envelope estreou em 1974 num desfile de moda que o Egon e eu, que nessa altura já estávamos separados, fizemos juntos no Pierre Hotel. (Egon tinha saído do banco, porque queria ser estilista de moda masculina, e estava exibindo uma linha de camisas que tinha criado também com o tecido do Ferretti.) Para os vestidos envelope eu tinha escolhido dois estampados de animais: pele de cobra e de leopardo. Eu queria que as mulheres se sentissem atraentes, esguias e felinas com aquele vestido, e elas obviamente se sentiam assim. Os vestidos envelope e os estampados animais começaram a vender como água, e logo podiam ser vistos nas ruas de praticamente todas as cidades americanas. Graças ao vestidinho envelope, a empresa ficou sete vezes maior.

Ferretti, naturalmente, ficou felicíssimo; no final de 1975, a produção tinha subido para mais de quinze mil vestidos por semana. Sua fábrica perto de Florença estava trabalhando para nós a todo vapor. Ferretti tinha acreditado em mim e eu tinha ultrapassado suas expectativas. Durante cinco anos, eu lhe proporcionei um lucro de 35 milhões de dólares em pedidos.

Tudo isso sem plano de negócios nem análise de mercado, sem grupo focal, sem publicitário, sem propaganda, nem agência de *branding*. O que eu tinha era uma ideia muito boa, um fabricante talentoso que sentia paixão pelo seu projeto, e um vendedor ambicioso que acreditou no que eu fazia e me mandava a cidades do país inteiro, promover meus produtos pessoalmente em diversas lojas de departamentos. As lojas adoravam promover a chegada de uma jovem princesa de verdade, em carne e osso, que estava criando vestidos confortáveis e sensuais que a maioria das mulheres podia comprar. Eu entrava nos vestiários para mostrar às mulheres como amarrar o vestido e a sentirem-se seguras de si e de seus corpos.

Só que eu ia ainda mais longe. Enquanto eu assistia ao aumento da autoconfiança e da beleza das mulheres graças a esses novos vestidos, eu estava pessoalmente ficando cada vez mais autoconfiante também, e portanto, me sentia também mais bela. Estava projetando o que vendia: conforto e confiança. Eu estava me tornando uma com os vestidos e o que eles representavam. Eu não sabia disso ainda, mas eu tinha me tornado uma grife.

O ritmo do crescimento era estonteante. De repente eu tinha quase cem empregados na folha de pagamento, inclusive os do depósito que tive que alugar na Avenida Dez para abrigar todos os milhares de vestidos que chegavam da Itália. Aquele vestidinho envelope tinha conquistado o mundo e eu estava perdendo terreno mesmo correndo à velocidade máxima. As oportunidades estavam aparecendo a todo momento, e como eu era jovem, inexperiente e não tinha como avaliar todas elas, tinha muito poucos meios para discriminar e decidir que ofertas aceitar e para que fim.

Quando vários empresários começaram a me abordar já em 1973 pedindo que eu lhes "licenciasse" minha marca para que eles pudessem usar meu nome e minhas estampas nos seus produtos, eu nem mesmo sabia o que essa palavra significava. Eram empresas de vários tipos: uma empresa familiar de echarpes de seda, um veterano da Sétima Avenida que queria vender camisas feitas dos tecidos de Ferretti, uma pequena empresa de malas que queria colocar meu nome numa nova linha de bolsas; um empresário esperto que decidiu entrar no ramo de óculos. Assinei um contrato depois do outro até meu nome aparecer em setenta categorias de produtos. No final de 1976, as licenças valiam mais de 100 milhões de dólares em vendas. Eu tinha vinte e nove anos.

Tudo que eu tocava parecia virar ouro, inclusive uma linha de cosméticos que comecei com uma amiga simplesmente porque adorava cosméticos. Essa ideia começou a tomar forma depois que perdi toda a minha maquiagem numa viagem e tive que a substituir, mas descobri que as linhas de maquiagem das lojas de departamentos pareciam velhas e tinham cheiro de mofo. Eram muito sérias, não eram divertidas, nem relevantes para o novo clima jovial da moda. "Se eu consigo vestir as mulheres com tanto sucesso" disse comigo mesma, "por que não poderia criar maquiagem com a qual elas poderiam brincar e que as tornaria ainda mais belas?"

A maquiagem que eu usava e adorava era a maquiagem especial para teatro, vendida no Make-Up-Center, a um quarteirão de distância do meu primeiro escritório. Aqueles potinhos vermelhos, lilases, azuis-esverdeados e roxos eram irresistíveis, de modo que eu costumava comprar todas as cores que a loja tinha. Adorava me sentar na pia grande e quadrada do meu banheiro com os pés na bacia para ficar perto do espelho, brincando de pintar o meu rosto. Eu tinha um rosto bom para maquiagem: pálpebras pronunciadas, malares acentuados. Adorava aplicar maquiagem nos outros também, e fiquei muito boa nisso.

A ideia de transformar essa paixão num negócio se concretizou de maneira inesperada. Eu estava em Los Angeles, hospedada no Beverly Wilshire Hotel. Na época, estava tendo um romance passageiro com o astro de cinema Ryan O'Neal. Ele tinha vindo ao meu quarto me pegar para ir jantar, e zombou de mim por causa da quantidade de maquiagem que eu tinha no banheiro. "Para que você precisa de tudo isso?", indagou. Ele podia ser um astro de cinema e eu uma jovem deslumbrada, mas não podia deixar passar esse comentário sarcástico dele a meu respeito. "Não preciso. Eu só gosto disso", respondi. Mas quando ele insistiu em me criticar daquele jeito arrogante, reagi de forma bastante altiva. "Estou pensando em comprar essa empresa", respondi. Era blefe, claro, foi nesse exato momento que resolvi criar minha própria linha de cosméticos e entrar no ramo da beleza.

Foi uma brincadeira meio ridícula, claro. Por mais que eu adorasse cosméticos, eu nada sabia sobre esse ramo. Nem minha amiga Sylvie Chantecaille, que tinha acabado de se mudar de Paris com o marido, Olivier, e um recém-nascido, e estava procurando algo para fazer. Sylvie também adorava cosméticos (ela agora tem uma linha muito bem-sucedida com a filha, aquele bebê, que agora já é uma adulta, a Olivia, a qual me lembro de ter visto caminhar entre potes de maquiagem e cremes), de modo que começamos a aprender o que precisávamos fazer, visitando laboratórios e falando com desenvolvedores de produto experientes. "Vocês precisam criar uma fragrância", era o que vivíamos ouvindo. "É aí que está o dinheiro."

Eu não fazia ideia de como fazer isso, portanto contratei alguém que entendia do assunto, Bob Loeb, um consultor do ramo de cosméticos; e nós três desenvolvemos minha primeira fragrância, leve e deliciosa, que batizei de Tatiana, o mesmo nome da minha filha de quatro anos. O perfume Tatiana era um maravilhoso buquê de flores brancas... gardênia, madressilva e jasmim. Para apresentá-lo, enviamos milhares de amostras grátis pendurando um pacotinho com a fragrância na etiqueta dos vestidos que eu estava mandando para todo o país. Tatiana não só ficou rapidamente muito popular quando lançamos o perfume oficialmente em 1975, mas inspirou uma geração de novas fragrâncias florais tais como a Charlie da Revlon, entre outras.

Enquanto estávamos aperfeiçoando o Tatiana e desenvolvendo uma linha de cosméticos, comecei a pesquisar e a escrever o meu primeiro livro: *Diane von Fustenberg's Book of Beauty: How to Become a More Attractive, Confident and Sensual Woman* (O Livro da Beleza de Diane von Furstenberg: Como Se tornar Uma Mulher Mais Segura, Atraente e Sensual). Foi atrevimento meu achar que eu podia dar esse tipo de conselho aos vinte e oito anos, mas, em toda parte aonde eu ia, as pessoas queriam saber como eu vivia, o que eu comia, o que fazia para me exercitar, que maquiagem eu usava. Elas queriam conhecer meus segredos, portanto decidi escrever o livro. Eu não achava que tinha segredos, na verdade, mas essas perguntas me faziam refletir sobre a questão da beleza.

Eu tinha também um outro motivo para fazer isso. Queria aprender tudo que podia sobre o ramo da beleza. Ao pesquisar para escrever meu livro, conversei com muitos peritos em nutrição, tratamento dos cabelos, limpeza de pele, exercícios, cosméticos, tudo que tinha a ver com beleza. Evelyn Portrait, a encantadora esposa de Bob Loeb, ajudou-me a pesquisar, e o livro foi um sucesso ao ser publicado em 1976.

Lançamos oficialmente nossa linha de cosméticos no fim de 1975 num salãozinho que abri na Avenida Madison. Eu queria que as mulheres se divertissem como eu me divertia sentada na pia do banheiro brincando com maquiagem; portanto, no meu salão, mandei instalar quatro balcões e bancos na sala de entrada onde as mulheres podiam experimentar as amostras de cosméticos. Eu adorava aquela butique, que era minha versão do Make-Up-Center. Também a adoravam as mulheres que entravam sem saber bem como usar maquiagem de maneira ideal, e saíam com montes de produtos e um diagrama personalizado depois de uma sessão com Nicholas, nosso maquiador profissional. As mulheres usavam muita maquiagem na década de 1970, portanto nós chegamos bem na hora.

Eu estava contente com minha minúscula empresa de cosméticos; Sylvie e eu conseguimos fundá-la com muito pouco dinheiro, usando embalagens de estoque e trabalhando no meu apartamento. E não estava muito interessada em ter mais do que aquela lojinha da Avenida Madison. Finalmente fui convencida pelo legendário Marvin Traub da Bloomingdale's a abrir meu próprio balcão de cosméticos lá e vender em todo o país. Eu estava muito envolvida com os vestidos e minhas licenças, e me comprometer com a Bloomingdale's significaria contratar mais vendedores, gastar mais com propaganda, e ocuparia grande parte do meu tempo, um tempo que eu não tinha. Mas eu sonhava em me unir a pioneiras como Helena Rubinstein, Elizabeth Arden e Estée Lauder, de forma que, apesar dos contras, fui em frente. E me diverti a valer.

Fui viajar com Gigi William, maquiadora e companheira de viagem engraçadíssima, promovendo os cosméticos e os vestidos, bem como a publicação do meu livro sobre beleza. Gigi era moderna e bonitinha, uma menina da cidade que já usava *piercings*, casada com artista Ronnie Cutrone, o assistente predileto de Andy Warhol. Gigi e eu nos sentíamos como verdadeiras estrelas de rock viajando pelo país, dando entrevistas em estações de tevê locais e visitando todas as lojas onde longas filas de mulheres estavam pacientemente esperando a aplicação de maquiagem. Adorávamos transformar a aparência das pessoas, fazendo-se se sentirem mais seguras com um pouquinho de sombra, um pouco de *blush* nas maçãs do rosto, e igualmente importante, um papo estimulante (e naturalmente um borrifo do meu perfume Tatiana).

Cada vez mais eu estava percebendo pelas minhas conversas com mulheres quantas delas tinham inseguranças. Ouvindo as inseguranças e compartilhando minhas inseguranças com elas, todas nos sentíamos mais fortes. Era um diálogo autêntico, um dar e receber de igual para igual. Quanto mais forte eu me tornava, mais forte queria que outras mulheres fossem. Percebo agora que foi nessa época, quando eu estava me sentindo mais forte, que começou meu desejo de incentivar outras mulheres, um desejo que existe até hoje, cada vez mais.

Naquele tempo, porém, meu objetivo principal era ser livre e independente. Eu estava constantemente trabalhando, adorava ser a mulher de sapato alto, entrando e saindo dos lugares como um tornado, pegando aviões como se fossem ônibus, sentindo-me pragmática, ativa e sensual. Adorava a ideia de ser uma jovem magnata que sorri para a sua sombra e pisca para si mesma no espelho. Adorava ter a vida de um homem no corpo de uma mulher. De certa forma eu tinha me tornado a mulher que eu queria ser, e foi então, aos vinte e oito anos, que eu conheci Barry, e nós nos apaixonamos um pelo outro. Ele também era um jovem magnata, que mal havia completado trinta e três anos. Ambos estávamos vivendo o sonho americano, separados e juntos.

Meu vestido envelope tinha se tornado o vestido que todos queriam ter, e eu tinha me tornado uma celebridade. Eu me identificava com meus produtos e era o modelo deles, tudo isso da noite para o dia. Eu tinha obtido um sucesso muito maior do que jamais havia sonhado ter.

Até mesmo o respeitado *Wall Street Journal* me notou, e, no dia 28 de janeiro de 1976, publicou um artigo sobre meu "império da moda" na primeira página. Eu estava mais do que orgulhosa de mim mesma naquela manhã, quando peguei um voo bem cedo para Cleveland, para aparecer em pessoa (tendo filhos pequenos, tentava passar a noite com eles, e pegar voos de manhã cedo). Não havia quase nenhuma mulher naquele voo. Sentei-me ao lado de um executivo com minha pilha de revistas e jornais no colo. O *Wall Street Journal* era o primeiro, no alto da pilha. Depois de passar alguns minutos me olhando e apreciando minhas pernas, suando frio e tentando encontrar o que dizer para começar o papo, o homem perguntou: "Por que uma moça bonita como você está lendo o *Wall Street Journal*?"

Olhei para ele, mas não disse nada. Podia ter lhe mostrado o artigo da capa falando sobre mim, mas parecia fácil demais, e até hoje o fato de que eu não fiz isso continua sendo uma das maiores satisfações pessoais que já tive na vida. Guardei meu triunfo para mim mesma. Embora, naturalmente, eu tenha contado essa história tantas vezes desde esse dia, que certamente explorei a fundo o comportamento chauvinista desse coitado, tão comum na época.

Exposição atrai mais exposição, de maneira que, dois meses depois, eu estava na capa da *Newsweek*. Isso naquela época era uma coisa tremenda, antes da CNN e da internet. O presidente Gerald Ford tinha sido escolhido para a capa, porque tinha acabado de vencer a eleição primária para presidente no partido republicano, sua primeira vitória na trajetória para substituir o presidente Richard Nixon na Casa Branca, mas os editores devem ter pensado que eu venderia mais, e decidiram me colocar na capa em vez dele. Quando recebi uma ligação urgente da *Newsweek*, apanhei um dos meus camisões prediletos de jérsei verde e branco e corri para o estúdio do fotógrafo Scavullo, onde ele conseguiu me encaixar para a foto no meio de uma sessão de fotos que ele estava fazendo para a *Cosmopolitan*.

A capa da *Newsweek* acabou com o resto do anonimato que me restava, o que, a princípio, achei intimidador. Eu tinha sido convidada para ir à Casa Branca por Luis Estévez, o estilista californiano nascido em Cuba, que fazia os vestidos da primeira dama Betty Ford, logo antes da publicação da minha foto na capa. Era minha primeira visita à Casa Branca, portanto pode-se imaginar meu deslumbramento ao me ver sentada à mesa do presidente Ford e brincando com o presidente sobre o fato da *Newsweek* ter me escolhido para ser capa da revista em vez dele! Tudo me parecia inacreditável, principalmente quando o Henry Kissinger se apresentou a mim como se eu não fosse reconhecê-lo. Mais tarde ele se tornou um bom amigo meu, e depois que ele e sua esposa Nancy compraram uma casa em Connecticut perto da minha, nós costumávamos jantar juntos com frequência.

Todos sabíamos o valor da publicidade, mas a capa da *Newsweek* lançou uma onda que foi um verdadeiro tsunami. O artigo fez as vendas dos vestidos subirem incrivelmente, e mais lojas começaram a disputá-los, o que me proporcionou uma linha de trabalho totalmente nova e muito lucrativa: decoração.

A juventude se faz acompanhar de grande energia e audácia. As pessoas mais velhas costumam achar esse espírito sem limites desinformado e irritante e se surpreendem quando esse espírito triunfa. E isso aconteceu comigo e a Sears, Roebuck. Eu tinha recebido uma proposta pouco depois da capa da *Newsweek* de um fabricante de acolchoados que queria por meu nome nos acolchoados que estava fazendo para a Sears. Acolchoados?, pensei. Por que parar nos acolchoados? Na época, a Sears era uma empresa muito poderosa, com muitas lojas e um catálogo grande no balcão de todas as cozinhas. Eles tinham um poder de propaganda tremendo, e tomavam oito a dez páginas nas revistas, anunciando uma casa inteira. Por que não dar aos clientes da Sears a chance de escolher produtos mais interessantes para o lar? Os meus?

Fiz alguns esboços e voei para Chicago para falar com o todo-poderoso Charles Moran, diretor da imensa divisão de produtos para o lar da Sears, que vendia mais de um bilhão de dólares por ano. Minha mãe costumava me recordar daquele dia quando saí do apartamento às seis da manhã, levando uma pasta enorme com minha apresentação. Acho até que ela ficou impressionada por minha motivação e energia.

Posso me ver agora, naquela sala de diretoria, com um monte de homens do meio-oeste americano olhando meus esboços e examinando com interesse aquela criatura estranha de Nova York, com uma enorme cabeleira encaracolada, sotaque estrangeiro e pernas muito compridas, tentando vender a eles seu talento para criar artigos de decoração para as áreas rurais e conservadoras dos Estados Unidos. Nem dá para imaginar o que eles estavam pensando quando, em resposta à pergunta de Moran do que eu queria em troca do meu trabalho, eu disse que só o faria por meio milhão de dólares. Essa quantia era inédita na época, mas eu era jovem e audaciosa. À medida que as semanas iam passando, comecei a ter medo de ter exagerado na dose, mas aí recebi a ligação dizendo que eles tinham aceitado minha proposta. O que eu não sabia era que quando assinei o contrato com a Sears eu tinha quebrado um tabu. Se a gente vendesse para lojas de primeira linha como a Neiman Marcus e a Saks, não era possível também vender para empresas como a Sears, que vendia seus produtos para as massas. Só que, como meus vestidos vendiam tanto nas lojas de departamentos, consegui sair dessa ilesa.

Pela terceira vez, eu tinha montado um ateliê no meu apartamento e contratado Marita, uma jovem de muito bom gosto, para me ajudar a criar o que era basicamente uma etiqueta exclusiva da Sears, a Coleção Estilo de Vida Diane von Furstenberg, que rapidamente passou dos lençóis e toalhas para as cortinas, toalhas de mesa, tapetes, até mesmo mobília. Era um trabalho imenso projetar e coordenar as cores dos diferentes produtos, depois apresentá-los às legiões de compradores da Sears em diferentes categorias, de maneira que eu logo contratei um casal de *designers* têxteis, Peter e Christine d'Ascoli, para administrar a coleção da Sears. E valeu a pena. Nos sete anos em que trabalhei com a Sears, as vendas a varejo dos meus artigos para o lar aumentaram para 100 milhões de dólares.

Não admira que eu tenha chamado essa fase dos meus negócios de "O Sonho Americano". Até eu acho difícil de acreditar, enquanto escrevo isso, o que consegui em tão pouco tempo. Em menos de cinco anos, eu tinha deixado de ser uma simples princesa europeia determinada a se sustentar e conseguido atingir um sucesso que superava de longe aquele sonho. Eu só tinha vinte e sete anos quanto comprei Cloudwalk, vinte e nove quanto apareci na capa da *Newsweek*, mal tinha trinta anos quando comprei um apartamento enorme na Quinta Avenida, como meu presente de aniversário.

Há um preço a pagar pelo sucesso, é claro. Eu sempre senti que precisava correr cada vez mais rápido para acompanhar meus negócios, o que me enchia de ansiedade. A ansiedade provou ser justificada quando o Sonho Americano se transformou num pesadelo.

Eu já sabia o que ia acontecer, mas meu sócio não quis ouvir. Nem meu advogado, meu contador, nem mesmo Ferretti. Eu era a única que vivia na estrada, me expondo, vendo cabideiros e mais cabideiros de vestidos de jérsei estampados numa loja de departamentos e depois cabideiros e mais cabideiros dos mesmos vestidos na loja de departamentos do outro lado da rua. Eles, por outro lado, só viam a avalanche de pedidos depois da capa da *Newsweek* e apoiavam a decisão de aumentar a produção nas fábricas da Ferretti, todos vestidos envelope: azuis e brancos, vermelhos e brancos, verdes e brancos! As mulheres de todo o país tinham pelo menos dois, cinco, às vezes dez desses vestidos, se não mais, já nos seus armários; e aí o mercado para eles subitamente despencou.

Lembro-me daquele domingo do mês de janeiro de 1978 quando todas as lojas de departamentos da cidade publicaram anúncios de página inteira no *New York Times* anunciando o vestido envelope em promoção. Eu estava tão acostumava a ver o vestido anunciado que não me alarmei muito com isso. Não entendi o impacto negativo até o dia seguinte, uma segunda-feira com neve, quando o *Women's Wear Daily* anunciou que o mercado para meus vestidos estava "saturado", que as vendas marcavam o "fim de uma tendência". O público ainda gostava do vestido, mas de um dia para o outro o mercado para novas vendas entrou em colapso nas lojas de departamentos de todo o país. Quase entrei em pânico. O número de pedidos diminuiu terrivelmente, e eu fiquei com quatro milhões em produtos no estoque sem comprador para eles. O que fazer? A única coisa que pude pensar foi suspender imediatamente a produção dos vinte e cinco mil novos vestidos envelope que Ferretti estava fabricando todos os meses. Ele ficou furioso comigo, mas eu não tinha escolha. Minha empresa estava à beira da falência. Fiquei chocada.

Senti, mesmo naquela época, e agora sei com certeza, o que havíamos feito conosco mesmos. Tínhamos nos comportado como amadores num cavalo em disparada. Meus instintos para diversificar as linhas de produtos e expandir, em vez de fazer só vestidos envelope, tinham sido ignorados quando apresentei o relatório sobre estoques excessivos no mercado. Queria expandir o vestido, transformando-o numa coleção, um guarda-roupa, mas meus colegas não achavam que a demanda fosse terminar. Eu deveria ter exigido que os pedidos fossem suspensos depois da capa da *Newsweek*.

Demiti o Dick Conrad, pagando-lhe 1 milhão de dólares, o que era equivalente a 25% do valor da empresa, contratei um novo presidente, substituí o advogado e o contador que não haviam me orientado bem. Agora eu era a presidente, única proprietária e estilista chefe da Diane von Furstenberg Ltda. Sendo assim, fui eu que recebi a carta de Roy Cohn, o mais temido advogado do país, que havia sido braço direito do senador Joseph McCarthy. Ferretti tinha contratado o Roy para me processar.

Meu coração quase parou, mas não demonstrei medo. Liguei para o Roy Cohn e blefei, aos gritos: "Com tudo que sei contra o Ferretti, não acho que você vai querer me processar", ameacei. E em seguida desliguei. Meu blefe funcionou. Ele nunca mais tornou a me ligar.

Só que eu ainda estava com um estoque imenso nas mãos e um nó ainda maior no estômago. Barry estava examinando meus balanços e procurando uma solução. Ele me deu um tremendo apoio, mas não entendia nada da indústria da moda.

O bom foi que o sucesso havia me transformado num nome respeitado nos Estados Unidos. As empresas da Sétima Avenida que haviam me esnobado anos antes, de repente ficaram bem interessadas em comprar minha empresa. Foi mais uma pessoa excêntrica do mundo da moda que surgiu na minha vida e me salvou. Penso em Carl Rosen como o "Ferretti da Sétima Avenida": um visionário entusiasmado. Carl tinha acabado de fechar contrato com a Calvin Klein para produzir uma linha de jeans. Agora ele queria que eu lhe concedesse uma licença para fazer vestidos Diane von Furstenberg. Não só compraria e usaria meu estoque, como administraria a empresa e me pagaria um royalty mínimo garantido de 1 milhão por ano. Barry negociou o contrato. Barry é conhecido como negociador rigoroso, mas Carl também era. Eles passaram dias negociando. Apenas recentemente foi que Barry me confessou que a uma certa altura ele já tinha forçado tanto a barra que pensou que tinha tudo ido por água abaixo, que Carl ia desistir. Mas ele não desistiu.

Uma vez mais a fé de minha mãe se mostrou verdadeira: o que parecia ser o pior, acabou se transformando em algo positivo. Eu tinha conseguido não só me livrar de um prejuízo tremendo como também fechar um contrato lucrativo.

Meu Sonho Americano ainda estava vivo e indo muito bem, depois que vendi a empresa. Uma vez mais, recorri a minha mãe. "Se uma porta se fechar, outra se abrirá", dizia ela, e se abriu. Minha linha de beleza. Ela estava se saindo muito bem desde que a lancei em 1975, especialmente o Tatiana, a fragrância, mas como a empresa de moda não era mais responsabilidade minha, eu podia agora me concentrar em desenvolver a linha de beleza. Sem nenhum momento de nostalgia me livrei do meu *showroom* no bairro de moda e me mudei para o norte da cidade, para as salas luxuosas da Quinquagésima-sétima avenida, no coração do mundo dos cosméticos. Aluguei o vigésimo-quarto andar inteiro do prédio Squibb antigo e em estilo art decô, no número 745 da Quinta Avenida com vista para o Central Park e com a Revlon e a Estée Lauder do outro lado da rua. Converti o que o inquilino anterior tinha usado como depósito num escritório particular, arejado e cor de rosa para mim, com terraço. Sentia-me feliz, e nas nuvens!

Como eu era presidente e única proprietária da empresa, eu podia fazer dela o que quisesse, acabar com ela ou torná-la ainda melhor. Não pensava muito em investir no negócio de beleza. Todas as minhas licenças, inclusive dos vestidos e de decoração do lar para a Sears, atingiam 150 milhões de dólares em vendas e me proporcionavam uma renda excelente.

Meu novo presidente era Sheppard Zinovoy, e eu contratei um vendedor de produtos de beleza profissional, Gary Savage, que atraí da fragrância Pierre Cardin. Uma mocinha belíssima, Janet Chin, veio trabalhar comigo como desenvolvedora de produto, e eu até construí um laboratório moderno no escritório, dirigido por um químico italiano chamado Gianni Mosca. Tudo parecia muito sério quando eu vestia um jaleco branco para entrar no laboratório e testar as amostras que ele e sua assistente tinham desenvolvido, e para mim era um sonho que havia se tornado realidade.

Sem a empresa de moda, eu tinha tempo para brincar com cores e texturas e com a criação de embalagens. Na década de 1970, nós todas usávamos muita maquiagem de cores vivas, e eu me divertia muito trabalhando com Janet, criando e batizando as cores e criando as embalagens. Por sugestão do Gary, batizamos a linha de "The Color Authority" (autoridade em cores), e na verdade era mesmo isso. Eu fiquei orgulhosa, não chateada, ao ver que outras empresas de cosméticos, da Revlon à Estée Lauder, começaram a comprar e copiar nossas novas cores no instante em que as lançávamos. Para mim, pelo menos, a imitação é a forma mais sincera de elogio. Redesenhamos as embalagens. Nada mais de embalagens baratas para nós; em vez disso, um estojo plástico branco marmorizado lindo que parecia madrepérola com minha assinatura em tinta dourada. Eu sempre tinha dito que a maquiagem é o segredo entre as mulheres e seus espelhos, e que ela reflete nossos humores. Para esse fim criamos estojos que incorporavam todas as cores necessárias, divididas em três humores diferentes: Rosas Paixão Quente, para um humor feminino, sedutor; Vermelho Sinal de Trânsito, para força e autoridade; e Metálico Nova Onda, tons marrons para humores mais neutros e tranquilos.

À medida que as linhas de cosméticos iam crescendo, cresciam também os volumes de frascos, caixas e tampas, diferentes, que tínhamos que estocar no depósito. Era uma repetição do inventário de vestidos, até no caso da quantidade de empregados do depósito de que precisamos para tratar de tudo. Cada produto tinha sua própria embalagem com sua própria lista de ingredientes. As muitas cores que tínhamos nos divertido tanto ao criar exigiam seus próprios rótulos com suas próprias listas de ingredientes. E isso prosseguia sem parar. Supervisionar e manter a linha era uma coisa caríssima.

Por mais que adorássemos trabalhar na linha de cores e a atenção e o sucesso com que ela era recebida, era o perfume Tatiana, como nos conselhos que recebemos, num novo frasco feito por encomenda, desenhado pelo escultor Serge Mansau, que liderava nosso faturamento. Assim, expandimos a fragrância, transformando-a numa linha inteira de produtos para banho.

Também comecei a criar um novo perfume. Queria algo muito especial, com odor forte, um frasco original e uma mensagem bem romântica. Chamei-o de Volcan d'Amour (vulcão de amor). Como tinha sido inspirado por meu romance em Bali com Paulo, dediquei-o a ele.

Decidi não poupar despesas com essa fragrância, e encomendei a um mágico que tinha virado *designer*, Dakota Jackson, o desenho de um frasco especial e caro, encomendando a outro amigo, o artista brasileiro Antonio Peticov, o projeto da caixa do perfume. A Bloomingdale's e a Saks competiram pelo lançamento, que foi um evento superluxuoso no meu escritório, com pirâmides de frangipanis frescos que eu tinha mandado vir do Havaí simbolizando as oferendas aos vulcões de Bali. Do escritório descemos a Quinta Avenida até a Saks, onde vesti as modelos em sarongues azuis que eu tinha criado, e nos quais eu tinha pintado à mão vulcões dourados no mercado de Denpasar.

Que ideia maluca tinha sido essa? Sim, a empresa estava indo muito bem. Em 1981 tínhamos tido um faturamento bruto de 40 milhões, mas nossas despesas eram enormes. Só a folha de pagamento, com 300 funcionários, era de um milhão por mês!

Comecei a me sentir tensa na hora de ter que pagar todos aqueles funcionários e também por causa do estoque cada vez maior de frascos, tampas e caixas. As noites de insônia que eu tinha passado por causa do meu medo do fracasso em 1977 voltaram em 1982 por causa da rapidez do nosso sucesso. À medida que nossa demanda crescia eu tinha que investir cada vez mais dinheiro no estoque e num sistema de apoio, ou seja no quadro de pessoal e em *marketing*. Estava com medo que estivéssemos crescendo rápido demais de novo.

Eu agora sei, naturalmente, que devia ter lido os imensos e pesados relatórios financeiros que Gary Savage e Shep Zinovoy me entregavam toda semana, pontualmente, mas eu não os lia. Na minha cabeça, eles estavam encarregados das finanças da empresa. Eu era a parte criativa da operação.

O dinheiro, aliás, era a coisa em que eu menos pensava, enquanto explorava as ilhas da Indonésia com Paolo para encontrar material promocional para o Volcan d'Amour. Confiava nos homens de Nova York para administrar as finanças. Não fazia ideia de como era imenso o nosso passivo.

O fim veio tão rápido quanto naquele dia de neve em janeiro quando todos os meus vestidos entraram em liquidação de repente. Dessa vez eu estava em Paris com Paulo quando recebi uma ligação de Shep me dizendo que eu precisava voltar para assinar uma nota promissória pessoal, e que o Chemical Bank estava se recusando a me emprestar mais dinheiro até que eu fizesse isso. Uma nota promissória pessoal? Isso podia significar a perda de Cloudwalk, a perda do meu apartamento. Eu não ia correr esse risco de jeito nenhum.

A enormidade da crise se tornou clara quando voltei. Dez milhões de dólares! Era essa a quantia que a empresa devia ao banco. Eu não fazia ideia de que estávamos pedindo tanto dinheiro emprestado para pagar as despesas da nossa empresa. Eu nunca lia os relatórios financeiros. A única saída dessa crise seria vender a empresa. "Se você puder", disse aquele gerentezinho safado.

Levei meses para negociar um contrato que pudesse me livrar do banco: uma venda para a Beecham, a grande empresa farmacêutica inglesa que tinha iniciado o processo de acumular pequenas empresas de cosméticos para poder entrar na indústria. Em Nova York, senti o banco me ameaçando enquanto eu me esforçava e usava ainda mais recursos na fragrância recém-lançada, Volcan d'Amour. Mas em Londres, lembro-me de me sentir muito adulta na minha suíte do hotel Claridge's, falando com o presidente da Beecham sobre o futuro da minha empresa.

Até hoje, o Claridge's é o meu hotel favorito em todo o mundo e me senti honrada quando eles me pediram para redecorar algumas suítes para eles em 2010 e torná-las sensuais, luxuosas e glamourosas. Eles ficaram muito satisfeitos com o resultado, e as suítes nunca ficaram vazias desde essa reforma. Quando vejo minha foto pendurada no saguão deles, com Winston Churchill e Jackie Kennedy, imediatamente me lembro como me senti importante hospedando-me ali, apesar do pânico que estava sentindo devido à minha dívida imensa no meu país.

O NEGÓCIO QUE ACABEI FECHANDO com a Beecham foi excelente. Eles elevaram sua oferta inicial para 22 milhões mais *royalties* e uma taxa anual bem alta de consultoria. Fiquei maravilhada. O gerentezinho asqueroso recebeu seu dinheiro e eu ainda fiquei com 12 milhões de sobra. "Preciso comemorar!", escrevi no meu diário. "Sinto-me livre, rica e aliviada." Mas também me sentia triste. Eu tinha vendido algo que eu achava que realmente tinha alma e estava indo muito bem. Mas não tinha escolha.

E assim foi que a primeira fase da minha vida como empresária, o Sonho Americano, chegou ao fim. Eu tinha alcançado mais do que podia ter imaginado e estava extremamente orgulhosa dos produtos que tinha criado. Eu tinha construído duas empresas e vendido duas empresas. Eu tinha atingido minha meta de independência financeira, e muito mais. Podia me aposentar, viajar pelo mundo e meus filhos estariam sempre seguros.

Por um lado, foi uma sensação de libertação. Eu tinha trinta e seis anos, e pela primeira vez em treze anos não sentia a pressão de administrar uma empresa, e estava empolgada com isso. Por outro lado, me sentia vazia. O que percebi depois foi que eu tinha muito pouca influência no projeto, na qualidade e, o mais importante, na distribuição dos meus vários produtos licenciados. Pouco a pouco, o vestido simples que eu tinha feito havia desaparecido. Nas mãos de Carl Rosen, sua empresa Puritan, e durante a década de 1980, os vestidos receberam ombreiras e perderam sua identidade, pois eu havia perdido o controle sobre eles. Meu nome estava em centenas de produtos, mas eu não estava criando mais nada; eu tinha perdido minha saída criativa.

Sentia falta disso e percebi o quanto sentia essa falta logo depois da venda da empresa de cosméticos para a Beecham quando fui à A La Vielle Russie uma loja de antiguidades maravilhosa no hotel Sherry-Netherland, comprar umas joias para comemorar. (Eu costumo comprar joias para marcar momentos especiais. Significa um comprometimento comigo mesma: um anel, por exemplo, quando rompo um relacionamento com um homem). Dessa vez, enquanto eu estava comprando um lindo conjunto de joias de água-marinha, vi uma loja vazia para alugar do outro lado do saguão. Decidi alugá-la, e *voilá*. Brevemente, pelo menos o Sonho Americano se reacendeu.

Meus instintos me diziam que o elegante Sherry-Netherland na esquina da Rua Cinquenta e Nove com a Quinta Avenida era o lugar perfeito para uma coleção de luxo que eu podia criar para a extravagante década de 1980. Os Carter, gente do povo, tinham deixado a Casa Branca. Os Reagan já tinham se mudado para lá, com todas as peles e roupas de grife da Sra. Reagan. Milhões de pessoas estavam assistindo às séries *Dinastia* e *Dallas* na televisão, e a moda e o estilo mudaram completamente. Os penteados volumosos e as ombreiras grandes estavam na moda, assim como Donald Trump e muitos novos ricos. Não era mais a Nova York pela qual eu havia me apaixonado, mas achei que tinha muito a ganhar com toda aquela nova extravagância, além de voltar a criar algo novo, e meu.

Encomendei ao famoso arquiteto Michael Graves um projeto do que seria sua primeira loja de varejo. Parece-me loucura agora, mas enquanto ele estava convertendo a loja num espaço lindo, eu nem mesmo sabia que roupas eu ia colocar nela! Uma vez mais minha impulsividade havia assumido o controle. Não havia plano de negócio nenhum, só uma visão de criar roupas semelhantes a roupas de grife em tecidos requintados. Pensei que uma linha cara e luxuosa valorizaria o meu nome, e, portanto, ajudaria a vender os outros produtos licenciados sobre os quais eu não tinha controle.

Contratei um francês jovem e talentoso, Stephan Janson, para me ajudar a criar essa nova linha, e Olivier Gelbsmann, para ser o gerente da loja. Dei à loja e à linha apenas o meu primeiro nome, Diane, e a primeira coleção foi muito requintada. Usamos os tecidos mais preciosos e caros: sedas italianas, bordados franceses, caxemira da Escócia, e criamos vestidos de baile elegantes e outros tipos de trajes de noite. Eu tinha muito dinheiro à disposição depois de ter vendido minha empresa à Beecham, de modo que não precisei poupar despesas em nada, inclusive na propaganda anunciando a Diane em 1984. A imagem é tudo em alta costura. Os trajes têm que projetar alta moda, elegância e aspiração, portanto contratei Helmut Newton, o famoso fotógrafo alemão, conhecido por suas fotos muito fortes e eróticas, para tirar as fotos da campanha. Eu sempre tinha sonhado em ser fotografada por ele, e ele adorou a ideia de me usar como modelo. Ele me fotografou numa mansão art decô no Sul da França, e nos divertimos muito. Foram fotos belíssimas, que guardo até hoje: eu com vários vestidos da Diane, e com o meu preferido, um *smoking* preto com véu sobre os olhos.

Os primeiros sinais de aceitação da Diane foram muito encorajadores. Um vestido de baile caríssimo de seda rosa e bordado preto foi comprado pelo telefone e também os *smokings* luxuosos e palazzo pijamas de noite. Brooke Shields, Bianca Jagger e Ivana Trump estava entre minhas clientes mais entusiásticas. Tudo me parecia emocionante.

Os trajes eram bem feitos, belos e absolutamente corretos para a época, mas pensando bem, não gostei desse período da história da moda. Nada me parecia correto. A Nova York de meados da década de 1980 não era a mesma Nova York que havia me seduzido no início da década de 1970, e minha vida pessoal também estava mudando. Meus filhos tinham ido para internatos e, emocionalmente, eu precisava de uma novidade.

Alain Elkann surgiu na minha vida nesse momento: um artista inteligente, atraente, carente, em busca de sua própria identidade como escritor, como homem e como pai de seus três filhos. Em vez de me empolgar construindo uma outra empresa, senti-me atraída pela ideia de ser a musa de Alain e sua parceira conjugal.

Senti-me atraída pela mudança na Europa, também. Foi a promessa de uma Europa unificada que me animou. Comprei montes de bandeiras da União Europeia com suas doze estrelas, para exibi-las no meu apartamento. O presidente francês recém-eleito, François Mitterrand, era um intelectual, e o clima de Paris tinha se tornado muito sedutor para mim. Fiz as malas, negligenciando a empresa em formação, e me mudei para Paris.

Um pouco de Nova York veio comigo: minha assistente, Ellen, que já estava comigo desde os 19 anos, tinha acabado de se casar com um francês e se mudou para Paris ao mesmo tempo que eu. Ter a companhia uma da outra nos fazia sentir menos saudades.

E eu sentia saudades. Eu nunca poderia prever a imensa crise de identidade que teria, tanto pessoalmente como em termos do meu próprio senso de estilo. Eu tinha chegado a Paris com minhas roupas bonitas, recém-criadas, mas Alain não gostou delas. Foi aí que ele comprou para mim as sapatilhas e me mandou comprar ternos de *tweed* do seu alfaiate de Milão. O estilo de uma mulher e o que ela veste reflete muito a sua personalidade, e eu aos poucos comecei a ficar confusa e insegura. Cortei meus cabelos à joãozinho, frustrada depois de ter terminado meu relacionamento com o Paulo, e esse corte exigia visitas frequentes ao cabeleireiro, algo que eu não fazia há anos. Pela primeira vez comecei a me sentir mais velha e comecei a fazer limpeza de pele todas as semanas. Embora eu estivesse em Paris, o epicentro da moda, dei as costas à moda e a tudo que eu tinha construído. A nova linha e a loja do Sherry-Netherland em Nova York não faziam mais sentido para mim. Logo depois da mudança eu a fechei e vendi meu apartamento da Quinta Avenida.

Sentia saudades dos meus filhos e escrevia para eles diariamente, enquanto tratava de criar uma vida agradável em Paris. Passava o dia com escritores, e tive o grande prazer e orgulho de fundar a Salvy, uma pequena editora. Ela foi um aspecto muito positivo durante esse período muito estranho, mas também muito instrutivo da minha vida. Eu adorava ter um salão literário no meu apartamento e ser uma editora, mas, como mulher, eu estava aprendendo o que eu não queria ser.

Com Jas Gawronski, numa festa, em 1975.
(©Ron Galella/Getty Images)

Com Alain Elkann, em Nova York, em 1986.
(©Ron Galella/Getty Images)

Egon e eu, numa festa em Nova York, em 1970. *(©Ron Galella/Getty Images)*

No dia do meu casamento com o Príncipe Eduard Egon von und zu Fürstenberg, em Montfort-l'Amaury, perto de Paris, em 16 de julho de 1969.
(©Berry Berenson Perkins)

Egon, em 1972.

Com meu filhinho, Alexandre, em 1970.

Alexandre e Tatiana durante as férias de inverno em Cortina d'Ampezzo.

Alexandre e Tatiana, em nossas férias de 1977.

Em Cloudwalk, na neve com as crianças, em 1976. *(©Burt Glinn/Magnum)*

Com Barry, em Santo Domingo, em 1977.

Na estreia do filme *Grease: Nos Tempos da Brilhantina*, em 1978.

Com meus filhos, já crescidos, em 1992.
(©Wayne Maser/cortesia do fotógrafo)

Tatiana se formando na Brown University aos dezenove anos!

Manufatura Têxtil Ferretti, na comuna de Parè, próxima de Como, na Itália.

Meu amigo e mentor Angelo Ferretti.

No meu *showroom* da 7ª Avenida, em 1976. *(©Burt Glinn/Magnum)*

Minha foto, tirada por Helmut Newton, para a campanha publicitária da linha de alta-costura. *(©The Helmut Newton Estate)*

Gia Carangi, para a campanha publicitária da grife Diane von Furstenberg, em 1979.
(©Chris von Wangenheim)

Campanha publicitária da linha de cosméticos Color Authority, em 1982. *(©Albert Watson)*

Comercial de TV da fragrância Tatiana, em 1982. *(©Albert Watson)*

Capa da revista *Lear's*, na minha época de QVC, em 1994.

(©Michel Arnaud/cortesia do fotógrafo)

Ilustração de Antonio Lopez para o perfume Volcan d'Amour.
(trabalho artístico de Antonio Lopez)

Esboço do arquiteto Michael Graves para a butique de alta-costura de Diane no hotel Sherry-Netherland.
(Desenho de Michael Graves, cortesia de Michael Graves & Associates)

Vestido envelope para a nova geração. Com minha nora, Alexandra, em 1998.
(©Steffen Thalemann)

A modelo Daniela, fotografada por Bettina Rheims para o relançamento do vestido envelope, em 1997. *(©Bettina Rheims/cortesia da fotógrafa)*

Diane
DIANE VON FURSTENBERG

"Something about you reminds me of my mother."

Fui fotografada por François Nars, num vestido envelope com estampado de camuflagem tipo leopardo, em 1999. *(©François Nars/cortesia do fotógrafo)*

5

A VOLTA TRIUNFAL

Eu desejaria poder dizer que recuperei meu eu confiante e intuitivo rapidamente ao voltar de Paris para Nova York em 1990, mas não é verdade. Eu estava bem perdida. Meus negócios, ou o que tinha restado deles, estavam em pedaços. As licenças tinham sido vendidas e revendidas, e meus modelos tinham perdido o ponto de vista. Minha linha de cosméticos tinha desaparecido numa série de fusões e aquisições, e o único sobrevivente, a fragrância leve e sexy que eu tinha batizado com o nome da minha neta, estava irreconhecível: a nova dona do Tatiana, a Revlon, tinha tingido o perfume de roxo e mudado a fragrância.

Eu não só tinha perdido minha grife como também minha identidade. Não havia percebido até que ponto meu senso de identidade estava ligado ao meu trabalho. Eu não sabia mais quem eu era. Meus filhos estavam ambos na Brown University e tinham se transformado em jovens maravilhosos. Eu estava muito orgulhosa deles. Mas não me orgulhava de mim mesma.

Que tola eu havia sido. Alterando minha personalidade eu havia me perdido. Eu tinha ingenuamente vendido meu nome assinando os contratos de concessão de licenças sem restrições, e negligenciando meus deveres para com minhas empresas para satisfazer meu companheiro, eu havia deixado a marca perder o caráter e grande parte do seu valor. Minha renda proveniente dos *royalties* tinha caído para 75%. Quando visitei alguns dos poucos licenciados restantes nas suas sedes, eles não prestaram quase nenhuma atenção às sugestões que lhes dei sobre os padrões, nem a mim. A seus olhos eu tinha me tornado irrelevante. Eu era apenas alguém que tinha criado uns vestidos muito procurados pelos clientes há algum tempo atrás, e eles mal podiam esperar para que eu saísse e os deixasse em paz.

Aos vinte e cinco anos, eu era um prodígio. Aos quarenta, era uma ultrapassada. Comecei a alisar os cabelos de novo. Detestava o fato de que os licenciados terem me feito deixar de usar as roupas que tinham meu nome. Depois dos vestidos confortáveis de jérsei, os sarongues do período de Bali e os ternos de *tweed* da minha vida em Paris, meu novo uniforme pessoal eram blusões de alta costura da YSL com saias justas Alaïa, ou calças justas Romeo Gigli. Tentando sentir-me moderna, mandei fazer trajes de grife elaborados de Christian Lacroix, o talentoso novo estilista francês: vestidos com grandes saias *pouf* e casacos com bordados elaborados. Essas roupas eram lindas e relevantes para a época, mas não para mim. Eu mal as usava.

Eu pensava que os outros percebiam minha insegurança, mas evidentemente não era esse o caso. Anh Duong, artista que estava trabalhando como modelo para Christian Lacroix na época e depois se tornou muito amiga minha, lembra-se de ter me visto pela primeira vez na *maison* de alta costura dele em Paris. "Eu fiquei impressionada pela sua beleza enquanto você experimentava as roupas do Christian", disse-me ela recentemente. Eu não pude acreditar nos meus ouvidos. Lembro de estar me sentindo particularmente desesperada naquele dia, e longe de ser bonita. Isso provou para mim uma vez mais que "a mulher do outro lado da sala" pode parecer perfeita, mas nem sempre se sente assim. Eu certamente não me sentia. Embora eu passe tanto tempo agora recomendando às moças que elas mesmas sejam suas melhores amigas e que a felicidade está na autoconfiança, eu não estava praticando o que pregava durante aquele período da minha vida profissional em que me senti perdida. Eu não tinha certeza de quem eu era.

Tentei voltar a trabalhar, mas não era hora ainda. Assinei outra licença infeliz em 1990 para criar uma linha de vestidos, dessa vez com uma empresa de preços moderados. A empresa, que estava passando por uma fase ruim, queria melhorar sua imagem e estava contando com meu nome para fazer isso. O presidente tinha um sorriso lindo e olhos azuis, e me convenceu com seu entusiasmo. Fiz isso porque pelo menos o contrato permitiria que minhas roupas voltassem às lojas. E permitiu, mas durante muito pouco tempo. A empresa abriu falência no dia em que a divisão da DVF ia lançar sua segunda estação. A essa altura eu tinha investido muito tempo desenvolvendo aqueles vestidos novos e gostava muito deles, portanto, sem pensar duas vezes, disse à equipe com a qual eu vinha trabalhando no escritório da licenciada que trouxesse os vestidos para a minha sede e viesse trabalhar para mim. Foi uma decisão impensada, sem dúvida, e não durou muito. Entregamos mais uma estação, mas eu não estava equipada, nem tinha vontade de reconstituir uma empresa de vendas no atacado.

"Esqueça as lojas", disse para mim mesma. "Por que não ir direto aos meus clientes originais e leais que não me esqueceram?" Nas asas dessa ideia fui a San Francisco com Barry, visitar a poderosa firma de catálogos Williams-Sonoma. A indústria de catálogos estava prosperando, e eu tinha esperança que a Williams-Sonoma enxergasse o valor de acrescentar um catálogo de Diane von Furstenberg ao seu elenco. Almoçamos com o presidente, e ele nos tratou muito bem, mas a empresa não estava interessada em mim, nem em nenhum nome de grife. Barry e eu saímos nos sentindo derrotados. Agora costumamos rir e compartilhar nossas lembranças daquele dia com prazer, o dia em que nos sentimos dois fracassados, depois que a nossa proposta foi recusada.

Ainda obcecada com vendas diretas, tive uma ideia para criar uma revista-catálogo, meio revista, meio catálogo, e pedi ao jovem artista gráfico Fabien Baron para projetá-la para mim. Ele fez uma boneca magnífica, mas como eu não tinha dinheiro nem capacidade de realizar esse projeto, essa ideia ridícula foi engavetada.

Alguma coisa tinha que acontecer, e aconteceu, no verão de 1991, no saguão Concorde, no aeroporto JFK. Eu estava para ir me encontrar com Tatiana, que na época morava em Veneza e tinha vinte anos, para um baile de debutante que ia ser dado pelo Conde Giovanni Volpi, no palácio dele. No aeroporto, um homem veio correndo falar comigo. "Onde você anda?", indagou ele, e se apresentou como Joe Spellman, executivo de *marketing*. "O mundo da moda precisa de você de novo. Você podia se transformar na maior estrela do novo século." Olhei para ele incrédula, mas certamente gostei daquele reconhecimento. Joe tinha sido um gênio do *marketing* na Elizabeth Arden, e também na Estée Lauder, e além disso era consultor do presidente aposentado da Bloomingdale's, Marvin Traub. Eu me encontrei com ele várias vezes ao voltar de Veneza. Joe me deu uma ideia surpreendente: "Que tal vender seus produtos na tevê?", perguntou.

Eu nunca tinha ouvido falar em compras pela televisão, mas por que não? Claramente, era uma forma de atingir o consumidor diretamente. Algumas semanas depois, numa manhã de sábado, todos tomamos o trem Metroliner para Filadélfia. Depois fomos de carro ao subúrbio de West Chester para visitar uma empresa chamada QVC. Eu não fazia ideia do que me aguardava quando entramos no estúdio de tevê ao vivo e eu vi a estrela de novelas Susan Lucci vendendo centenas de xampus e condicionadores de cabelo numa questão de minutos, vendas que iam aparecendo no computador até atingirem 600 mil dólares! Naquele momento percebi que nós tínhamos chegado ao futuro, o mundo das televendas.

Enquanto eu assistia à apresentação da Susan, falando diretamente com seus clientes pelas telas de tevê, comecei a ficar muito animada. Imaginei que poderia ressuscitar minha linha de cosméticos e vendê-los pela televisão, mas o pessoal da QVC tinha outra coisa em mente. Queriam que eu criasse vestidos para eles.

Hesitei, sem entender exatamente como eu poderia vender vestidos pela televisão, e também, para ser justa, fiquei meio preocupada com a "cafonice" que era aquele tipo de apresentação na época. Eu lhes disse que ia precisar pensar no assunto.

Contei ao Barry como tinha sido a visita à QVC. Por coincidência, ele sabia da rede de televendas por conversas que tinha mantido com a Comcast e a Liberty, as empresas de tevê a cabo que eram donas da estação. A hora era ideal. Barry tinha saído da Fox e também estava procurando para onde ir em seguida. Exatamente como tínhamos sido dois magnatas jovens e bem-sucedidos ao mesmo tempo quando jovens, agora estávamos "desempregados" e procurando nossa próxima oportunidade. Mal sabíamos nós que nossas próximas carreiras começariam ambas no mesmo lugar: a QVC.

De volta ao meu ateliê, com a ajuda das moças que eu tinha herdado da empresa de vestidos por preços moderados, Kathy e Colleen, criamos não vestidos, mas um conceito que chamamos de Silk Assets (Peças Valiosas de Seda) da Diane von Furstenberg. Era uma linha de conjuntos de seda estampada coordenados e laváveis com echarpes. Os modelos eram simples e não precisavam ser experimentados: camisas com corte amplo; calças confortáveis com cinturas elásticas. As cores eram vivas e alegres, os estampados, ousados e bonitos, e as peças podiam ser combinadas de várias maneiras. Cada minicoleção tinha uma história que a havia inspirado. "Giverny" era a história do estampado inspirado pela paleta do pintor impressionista francês Claude Monet. "Pietra Dura" era outra coleção, inspirada pelo mármore florentino. As histórias criavam uma narrativa fácil de ser exposta no ar com entusiasmo.

E lá fui eu, de volta a minhas raízes, criando paletas de cores e estampados. Igualmente emocionante foi o lado financeiro do contrato que assinei com a QVC para que eles comprassem as roupas direto do fabricante em Hong Kong. Minha responsabilidade seria apenas criar a linha, e certificar-me de que fosse bem-feita e chegasse a tempo. Eu aí a venderia pessoalmente na televisão e faria todas as promoções. Por isso a QVC me pagaria 25% dos custos de fábrica. Era um excelente negócio para a QVC e para os clientes, porque não havia atacadista intermediário. Era melhor ainda para mim: eu não tinha que me preocupar com o estoque, porque as roupas seriam enviadas direto da fábrica para a QVC. Esse trato foi um enorme alívio. Afinal, eu já tinha precisado vender minhas empresas duas vezes por não ter administrado os estoques como devia!

No dia em que eu ia apresentar meu primeiro programa dos Silk Assets Diane von Furstenberg, em novembro de 1992, cheguei ao meu quarto de hotel no Sheraton Great Valley, ao lado do estúdio de televisão, e encontrei lindas flores, com um bilhete: "Bem-vinda ao nosso lar, e boa sorte! Eu te amo, Barry". O "Seja bem-vinda ao nosso lar" se referia às negociações secretas e bem-sucedidas de Berry para assumir o controle da QVC, lançando-o no novo mundo da interatividade, uma coisa que ele continuou a desenvolver até chegar onde está hoje.

Dentro de duas horas vendi 1,3 milhão de dólares em Silk Assets enquanto Barry (que me surpreendeu no programa) e a gerência da QVC assistiam aos números das vendas que iam subindo no computador. Estavam todos pulando de tanta felicidade! Kate Betts jovem editora da Vogue, tinha vindo testemunhar o primeiro programa e documentá-lo, maravilhada. "Demonstração e venda", começava o artigo que ela redigiu. "A Vogue testemunha um fenômeno de moda promissor". Da noite para o dia, deixei de ser uma ultrapassada e me tornei uma pioneira de novo.

Não seria mentira dizer que eu e Barry pusemos a indústria das televendas no mapa. O envolvimento do Barry no novo fenômeno de varejo o legitimou, e minha participação como estilista o glamourizou. Um fluxo estável de pessoas começou a aparecer em West Chester para testemunhar a revolução do varejo. Havia muitas, muitas histórias circulando sobre nós e a QVC nas revistas e nos jornais.

Tudo só foi ficando cada vez melhor. Os telespectadores não se cansavam dos Silk Assets da Diane von Furstenberg. Num certo programa de 1993, vendi 2.200 pares de calças de seda em menos de dois minutos!

O sucesso não só é glamouroso, como também dá muito trabalho. Estar na televisão ao vivo, frequentemente no meio da noite, era cansativo, e dirigir para lá e para cá na rodovia com posto de pedágio New Jersey Turnpike me fazia sentir como Willy Loman em *Morte do Caixeiro Viajante*. Mas a exaustão valia a pena: em muito pouco tempo, os Silk Assets geraram um faturamento de 40 milhões em vendas.

Barry vendeu sua parte na QVC em 1996 e comprou uma participação de controlador na Home Shopping Network (rede de televendas). Eu também levei meus negócios para lá, e as vendas continuaram a crescer. O sucesso dos Silk Assets Diane von Furstenberg me restituíram a autoconfiança, só que eu não podia vender na televisão os vestidos simples, colantes e mais sofisticados que eram o meu estilo. Eu sentia falta disso.

O que eu desesperadamente queria era revitalizar minha grife e voltar às lojas finas. Estava vendo sinais de que isso talvez fosse possível. Nos anos 1990 as pessoas começaram a sentir nostalgia pela moda dos anos 1970, uma tendência liderada por Tom Ford, que havia revitalizado Gucci e trazido de volta o clima daquela legendária década.

"Você devia trazer seus vestidos de volta", disse-me Ralph Lauren quando eu estava tentando convencê-lo a vender pela tevê, querendo que outros estilistas fizessem o mesmo. Karl Lagerfeld e Gianni Versace me disseram a mesma coisa: "Adoramos seus vestidos originais. Você devia trazê-los de volta." Rose Marie Bravo, então presidente da Saks Fifth Avenue, concordou, volta e meia me pedindo para relançar os vestidinhos de jérsei. De repente me ocorreu que eu era uma espécie de ícone da década de 1970. Na nova nostalgia, os jovens estilistas pareciam emocionados ao me ver. Lembro-me de um dia estar passando pelo Bar Pitti, no West Village, onde os estilistas *grunge*, modernos e arrojados Marc Jacobs e Anna Sui estavam jantando. Eles acenaram entusiasticamente quando me viram. Fiquei surpresa, para dizer pouco, e muito lisonjeada por aqueles talentos jovens e famosos terem me notado. Outro jovem estilista, Todd Oldham, chamou seu desfile de moda de "Homenagem a Diane von Furstenberg." Uma vez mais me senti lisonjeada e um pouco surpresa. "Não morri ainda", lembro-me de ter pensado.

A NOSTALGIA PELOS ANOS 1970 e meus primeiros modelos continuou crescendo. Em Nova York, mocinhas, contemporâneas da minha filha supermoderna, a Tatiana, estavam procurando nas lojas de roupas *vintage* e nos brechós os vestidos envelope DVF originais. Todos os sinais de que eu devia retornar estavam presentes. A questão era como. A resposta, ao que parecia na época, eram as Federated Department Stores, que, depois de muitas fusões e aquisições, tinham se tornado um dos maiores estabelecimentos de vendas a varejo dos Estados Unidos, dono da Bloomingdale's e da Macy's, entre outras. Eu tomei café da manhã com Allen Questrom, o presidente, que eu já conhecia de outros carnavais, e lhe propus criar uma grife particular exclusiva para suas lojas. Podia começar com vestidos e com o tempo expandir-se para uma série de produtos, inclusive acessórios, roupa de baixo e artigos para o lar. Era meio audacioso tentar vender meus produtos à Federated, considerando que já fazia dez anos que eu não vendia nada no varejo, mas Allen achou interessante a ideia de assinar um contrato de exclusividade com uma estilista.

Ele me apresentou a sua equipe de administração e debatemos o *merchandising* e o aspecto financeiro. Eu queria usar a mesma fórmula de televendas: eu criaria os modelos e eles os comprariam dos fabricantes e se responsabilizariam por administrar os estoques. Como isso exigiria um grande comprometimento e investimento da parte deles, eu sentia que devia mostrar meu comprometimento também. Eu investiria num ateliê profissional com estilistas experientes e talentosos. E esse foi o nosso acordo.

Sem perder tempo, saí do meu escritório na Quinta Avenida com a Rua 57, onde estava desde 1979. Ele tinha encolhido de um andar inteiro para um cantinho que estava antigo, inadequado e caro demais para o que era. Eu precisava de um espaço novo e maior que inspirasse criatividade: algo que pudesse ser ao mesmo tempo um ateliê e um *showroom* onde pudéssemos apresentar os modelos aos compradores e à imprensa.

Aos trinta anos, eu queria um espaço muito adulto e glamouroso no centro. Já perto dos cinquenta anos, queria algo mais boêmio e parecido comigo. Procurei no centro da cidade, e encontrei uma garagem de carruagens de 1858, no Meatpacking District[9], bem a oeste da Rua Doze, muito perto do rio Hudson. O espaço de 15.000 pés quadrados[10] era ao mesmo tempo charmoso e aberto, com uma pequena piscina logo à entrada, traves expostas, e paredes de tijolos. O prédio tinha passado por muitas vidas: um estábulo de cavalos da polícia, o ateliê do pintor Lowell Nesbitt e mais recentemente, a sede de uma agência publicitária.

Apaixonei-me por ele imediatamente, para grande preocupação do Alexandre, que não conseguia entender por que eu compraria uma casa daquele bairro malcheiroso dos abatedouros, processadores de carne e prostitutas. Ele ficou tão horrorizado que ligou para minha mãe para lhe pedir que ela tentasse me convencer a desistir. Mas eles não me demoveram, embora as objeções deles, de certa forma, fizessem sentido. O bairro era malcheiroso, e pela manhã era péssimo pisar nas camisinhas e no lixo espalhado pela rua. Mas mesmo assim eu adorava aquele lugar. As ruas de paralelepípedos me recordavam a Bélgica, e eu não prestava atenção aos pessimistas. Comprei a garagem de carruagens como presente do meu quinquagésimo aniversário.

No West Village havia muita energia, diversidade e um senso de comunidade que nunca senti na Rua 57. Eu estava num bairro

---

9 O bairro, antes ocupado por abatedouros e empresas de processamento de carne (*meatpacking*), está hoje repleto de lojas de luxo. (N.T.)
10 Aproximadamente 1.400 m². (N.T.)

de verdade, e rapidamente estabeleci relações com meus pitorescos vizinhos. O primeiro foi Florent Morellet, o excêntrico filho do famoso pintor francês François Morellet. Florent tinha um restaurante popular perto da rua Gansevoort, que ficava aberto vinte quatro horas por dia e no qual artistas, operários e *drag queens* vinham fazer suas refeições. Ele costumava travestir-se também, e fazia tanta questão de que todos soubessem que ele era HIV positivo que exibia sua contagem de células T ao lado do cardápio sobre o balcão. Florent era um verdadeiro padrinho da comunidade e estava decidido a preservar os edifícios antigos e baixos de tijolos da vizinhança. Será que eu poderia ajudá-lo na sua campanha para tombar a área e transformá-la em bairro histórico, organizando um evento para levantar fundos? "Sem dúvida!"

O evento beneficente, o primeiro de muitos que organizei no segundo edifício pequeno que comprei ao lado do meu ateliê foi como uma feira, com a participação de muitos restaurantes locais. Foi um sucesso enorme e, em 2003, Florent conseguiu que os vereadores aprovassem uma lei declarando o bairro Gansevoort Market um patrimônio histórico. Foi um acontecimento e tanto, que salvou os maravilhosos prédios antigos de tijolos dos demolidores. Florent transformou um sonho em realidade. Alexandre começou a gostar daquele bairro eclético e pitoresco e logo transferiu seu escritório para o meu prédio.

Tudo parecia novo e vital na rua Doze Oeste, inclusive minha empresa nova. A partir do momento em que nos mudamos para lá tudo pareceu desenvolver-se mais rápido e crescer mais rápido; e a pressão e o estresse também.

A equipe era pequena. Kathy e Colleen encarregavam-se de toda a linha Silk Assets que eu ainda estava comercializando com a HSN. A equipe de *design* do meu novo projeto com a Federated era internacional: Christian da Holanda, Evelyn de Porto Rico e Sérgio da Colômbia. Alexandra, a noiva do meu filho, que tinha estudado moda na Escola de *Design* Parsons, veio trabalhar conosco. A primeira coisa que ela fez foi examinar as estampas. Exatamente como eu tinha feito décadas antes na fábrica do Ferretti, ela entrou no ateliê sem dizer nada e começou a selecionar as estampas arquivadas dos meus anos anteriores. Juntas, criamos as primeiras estampas durante os meses em que ainda estávamos em negociações com a Federated.

Eu sentia necessidade de recriar o jérsei que eu tinha usado para meus vestidos na década de 1970. O Ferretti tinha falecido, e suas fábricas tinham sido fechadas, mas eu tinha guardado amostras dos tecidos. Depois que deixei de trabalhar com o Ferretti, em 1979, um certo Sr. Lam de Hong Kong passou a fabricar meus vestidos para Carl Rosen e Puritan Fashions.

Fazia quinze anos que eu não via o Sr. Lam quando o visitei em Hong Kong para conversar com ele sobre a recriação do meu jérsei italiano da década de 1970. Sua fábrica era pequena quando eu tinha falado com ele da última vez. Agora ele tinha fábricas enormes, e minha empresa era muito pequena, mas ele me recebeu de braços abertos. Em retorno pelo investimento que ele teria que fazer para desenvolver o tecido que era minha marca registrada e montar fábricas de estamparia melhores, transferi a produção das peças da linha Silk Assets para as fábricas dele. Ele pôs sua equipe técnica à minha disposição, e juntos desenvolvemos o perfeito tecido de jérsei, tão bom quanto o italiano original, mas dessa vez, 100% seda, e mais luxuoso. Eu também compartilhei com eles meu conhecimento de estamparia à mão, e passei muitas horas com seus técnicos. O processo exigiu muita paciência e determinação, mas sem dúvida valeu a pena. Os resultados foram espetaculares.

Trabalhando pessoalmente nas fábricas do Sr. Lam, sentia-me como se tivesse voltado no tempo, mas só que agora estava na China, comendo miojo com os operários no almoço em vez de na Itália comendo espaguete! Era cansativo me deslocar do escritório do Sr. Lam em Hong Kong para as fábricas da China, e vice-versa, acompanhada por Patso, seu braço direito. Ela trabalhava com tanto afinco quanto eu, totalmente dedicada ao que estávamos tentando fazer.

Outra parte do meu investimento consistiu em escrever as memórias da empresa, como um divisor de águas entre o presente e o futuro, e para me promover junto aos meus clientes. Sem hesitar, procurei minha amiga Linda Bird Francke, que tinha desempenhado um papel importantíssimo na minha vida com seus artigos nas revistas *New York* e *Newsweek*, para me ajudar a escrever o livro. Resolvi lançar o meu livro *Diane: A Signature Life* ao mesmo tempo que lançasse minha primeira coleção para a Federated. O plano era aparecer pessoalmente nas lojas deles em todo o país, promovendo o livro e as roupas. Eu estava quase terminando o livro no verão de 1996 quando recebi uma notícia que fez meu mundo cair: o contrato com a Federated tinha sido cancelado.

Recebi a ligação no meu carro, numa tarde de sexta-feira, enquanto ia para o campo. Allen Questrom, o presidente, tinha saído da empresa. A colaboração não parecia mais ser vantajosa para eles. Eles sentiam muito. Tenho certeza que também houve outros motivos, mas se eles me disseram quais foram, eu me esqueci deles. Fiquei absolutamente chocada. Arrasada. Eu estava contando muito com aquele contrato. O que ia fazer agora?

Barry veio passar aquele fim de semana comigo em Cloudwalk. Como sempre, ele me tranquilizou e me incentivou a prosseguir. Na manhã de segunda-feira eu já tinha um novo plano. Um plano óbvio. Um que estava bem debaixo do meu nariz o tempo todo. O vestido envelope. Minha quintessência e símbolo dos anos 1970. Eu ia relançar o vestido envelope e uma vez mais faria isso sozinha.

Havia muitos sinais positivos. O sucesso da QVC tinha tornado meu nome extremamente conhecido outra vez; eu me surpreendi por ver minha classificação excelente numa pesquisa sobre reconhecimento de marcas publicada no *Women's Wear Daily* naquele ano. Portanto eu estava com tudo, meu nome reconhecido pelo público, a demanda pelo vestido e o tecido perfeito à minha disposição.

Liguei para a Rose Marie Bravo, e o adágio da minha mãe demonstrou ser correto uma vez mais. Uma porta havia se fechado. Outra havia se aberto. "Que sensacional", disse Rose Marie. "Ficaríamos orgulhosos por lançar seus vestidos envelope na Saks."

Eu tinha me aposentado aos 36 anos, e aqui estava eu, recomeçando, aos cinquenta anos. Estava nervosa, mas era uma emoção incrível. Reintroduzir minha grife com sucesso numa loja de departamentos de primeira classe como a Saks provaria ao mundo e a mim mesma que a primeira vez não tinha sido apenas um acidente. Mas primeiro eu tinha que concretizar essa ideia.

Decidi chamar a nova linha de "Diane" o mesmo nome que eu tinha usado com uma etiqueta com minha caligrafia, para minha linha de alta costura de curta duração. Essa etiqueta também virou a primeira estampa que criei: uma assinatura minha em todo o tecido. A ideia tinha nascido quando eu estava ao telefone, olhando a etiqueta e desenhando numa folha de papel. Todos aqueles "Dianes" entrelaçados pareciam-se muito com as estampas originais e me pareceram perfeitos. Eles me levaram a redesenhar o estampado original de gravetos acrescentando mais cores. Relancei o estampado de madeira original e acrescentei mais algumas estampas, todas geométricas e ousadas, bem no estilo anos 1970.

O anúncio do meu contrato exclusivo com a Saks causou um enorme zum zum zum em torno da volta do vestido envelope e sobre mim! Os jornais e revistas revisitaram meu casamento com Egon, nossos filhos e o fenômeno do vestido envelope. O *International Herald Tribune* descreveu o vestido como "A Imagem de Uma Era" acima do subtítulo: "As Vidas Encantadas e o Espírito Livre de Diane von Furstenberg." O *New York Times Magazine* me considerou um conto de fadas: "Era uma vez uma princesa que teve uma ideia. A ideia era um vestido". E o *Women's Wear Daily* usou uma metáfora perfeita: "A Montanha Russa da Diane".

Começar de novo me fazia sentir jovem e corajosa, mas pensando bem meu diário daquele ano revelou muitos temores.

Como sempre, eu não demonstrava minhas inseguranças. Eu parecia cheia de autoconfiança em todas as entrevistas que dei, mas foi uma época complicada para mim. Por um lado, me sentia animada e rejuvenescida, recomeçando a aventura do vestido envelope, lisonjeada pela reação das moças por ele e pelo entusiasmo de Rose Maria Bravo. Por outro lado, eu estava assustada, questionando-me sem parar. Eu não estava me sentindo segura. Eu estava avançando, porém com medo de fracassar. Minha rejeição pela Federated tinha me desequilibrado na minha vida de empresária e eu também estava enfrentando uma rejeição enorme na minha vida pessoal: Mark Peploe tinha me deixado por outra mulher, e eu estava sofrendo. Que época estranha foi aquela... Uma parte de mim se sentia velha, e, pela primeira vez, numa viagem a Los Angeles, consultei alguns cirurgiões plásticos. Aquelas consultas me fizeram sentir ainda mais assustada, insegura e confusa, embora soubesse que a cirurgia plástica não era a solução. No entanto, o que eu realmente fiz foi ir ao dentista e mandar alinhar meus dentes; tinha problemas desde que era pequena por causa de uma queda de mau jeito aos dez anos, e minhas sete semanas de radioterapia tinham piorado muito a situação. Alexandra me apresentou ao dentista dela, o Dr. Irwin Smigel, e depois de meses de trabalho ele me proporcionou dois presentes: um belo sorriso pela primeira vez na minha vida, e o número do telefone de Tracie Martyn.

O LANÇAMENTO NA SAKS ESTAVA MARCADO para setembro de 1997, e durante a contagem regressiva no verão houve algumas coisas inesperadas e muito bem-vindas que aumentaram minha confiança. Fui a um casamento elegante de amigos dos meus filhos na Virgínia, onde todas as moças estavam usando vestidos da linha Tocca, que eram o último grito em matéria de moda: vestidos tubinho simples e coloridos, da então muito popular estilista holandesa Marie-Anne Oudejans. Porém, a jovem e moderna Marie-Anne tinha pedido emprestada uma amostra de um novo vestido da DVF com o estampado de assinatura bege e branco, e para meu encanto, ela estava usando aquele modelo no casamento. Isso significou muito para mim.

Recebi outro incentivo em julho no desfile de alta moda da Dior em Paris. Eu tinha trazido um novo vestido envelope comigo, que estava usando, uma escolha que foi igualmente ousada e temerária. Ali estava eu nas mais sofisticadas circunstâncias, num desfile da Dior numa estufa elegante, usando um vestido que era basicamente o mesmo que eu teria usado vinte anos antes. Porém, surpreendentemente, foi aquele vestidinho que começou o zum zum zum em Paris e chamou a atenção de Amy Spindler, a talentosa e jovem editora de moda do *New York Times*.

"Ela estava usando um por cima de um maiô no desfile da Christian Dior de John Galliano em Paris", disse Amy no seu artigo para o *New York Times Magazine* de domingo. "Quando o sol começou a brilhar, atravessando o teto, todos os que estavam ao redor dela ficaram com inveja do vestido envelope que ela trajava: ela abriu a saia, revelando uma parte da perna, e arregaçou as mangas, também descobrindo os braços, e ficou com um vestido do tamanho do maiô que estava usando embaixo dele. As atrizes Rita Wilson e Kate Capshaw, sentadas em frente a ela, adoraram o visual. Assim também as modelos nos bastidores. E foi aí que ela soube." Eu realmente sabia o que estava acontecendo, mas mesmo assim era incrível. "Ah, eu adoraria ter um vestido como esse", as modelos me disseram uma após a outra, ali vestidas com aqueles vestidos lindos de baile, quando me levaram aos bastidores para falar com John Galliano. Houve tamanho entusiasmo pelo vestido em Paris que eu liguei para meu escritório em Nova York para combinar que um amigo me trouxesse mais amostras, de modo que eu pudesse usar outro vestido envelope no desfile da Chanel. Eu usaria um estampado diferente a cada dia.

Amy continuou entusiasmada em Nova York, pelo primeiro desfile anticonvencional que eu preparei na Rua Doze Oeste em setembro. Foi apenas para mostrar os vestidos envelope e algumas blusas estampadas com contas sobre calças brancas. As modelos vinham descendo pela escadaria íngreme e estreita da garagem de carruagens e pisavam num tapete que eu tinha criado para revestir a pequena passarela, estampado com a assinatura "Diane" em preto e branco. Não consigo acreditar que aos cinquenta eu estava uma vez mais começando uma pequena empresa. Não foi tão diferente do meu primeiro desfile no Gotham Hotel. Eu estava seguindo meus instintos, decidida a fazer tudo funcionar. A imprensa adorou o desfile, inclusive Amy.

"Sim, sim, sim, o ousado vestido envelope de corte enviesado de Diane Von Furstenberg voltou", disse ela num artigo do *Times*. "Redesenhado para a década de 1990, é esguio e sensual mas ainda comportado, tipo mãe assanhada." Não dá para calcular o quanto eu devo à Amy. A repórter de moda influente, que usava os vestidos ela mesma, foi um apoio editorial tão grande que se tornou igualmente importante para a nova linha quanto Diana Vreeland havia sido para o vestido envelope original. (Infelizmente, Amy morreu de câncer, em 2004, com apenas 40 anos.)

Precisei encontrar a imagem adequada com o espírito adequado para a primeira campanha publicitária da Saks. Falei com minha amiga, a fotógrafa francesa Bettina Rheims, que é mestra em fotografar mulheres, e escolhemos Danielle Zinaich como nossa modelo. Danielle tinha vinte e tantos anos, pernas belíssimas e uma linguagem corporal perfeita. Seus cabelos castanhos eram cortados à altura dos ombros, e seu rosto era comprido e peculiar, mas o que adoramos mais nela foi sua personalidade e sua risada escandalosa que revelava suas gengivas proeminentes sem vergonha nenhuma. Danielle e eu pegamos um voo para Paris e fizemos a sessão fotográfica do relançamento do vestido envelope no meu apartamento da Rive Gauche. A maior parte das fotos da sessão foi tirada em cores vívidas, exceto por um vestido, que fotografamos em preto e branco. Eu não fazia ideia da sorte que isso ia me trazer.

O problema surgiu quando orgulhosamente liguei para a Rose Marie Bravo para vir ao meu ateliê ver as fotos audaciosas que Bettina e eu tínhamos tirado em Paris. Ela e eu éramos cúmplices neste empreendimento do relançamento do vestido envelope, mas Rose detestou as fotos. Achou-as ásperas demais, decadentes demais, lembrando demais uma controvérsia recente: imagens do tipo "heroína chique" de modelos pálidas de aparência doentia. Fiquei arrasada. Todas aquelas belas fotos em cores vívidas foram rejeitadas. Rose Maria deve ter sentido pena de mim, porque quando já estava se retirando, ela apontou para as fotos em preto e branco da Danielle, uma séria e outra rindo, mostrando-me as gengivas exageradas dela, e declarou: "Use essas. Ela parece superfeliz!"

Olhei para aquelas duas fotos em preto e branco durante horas depois que Rose Marie saiu. Eu não sabia o que fazer depois de gastar tanto tempo e dinheiro com a Bettina tirando centenas de fotos para os belos anúncios a cores, mas precisava fazer alguma coisa. E foi aí que eu entendi. "Vou colocar legendas nelas", disse comigo mesma, "e inventar uma justificativa para elas." E as coloquei uma ao lado da outra e, embaixo da foto da Danielle séria, escrevi: "Ele ficou me olhando a noite inteira"; e embaixo da foto da Danielle risonha: "E aí ele me disse, 'Alguma coisa em você me faz lembrar da minha mãe.'"

Aquela ideia para a propaganda foi engraçada, mas também arriscada, levando os meus funcionários a chamá-la de ridícula. "Ninguém quer se parecer com a mãe", disseram todos. Mas achei aquilo provocador e gostei da ideia; e, o que era mais importante, Rose Maria também achou, e concordou em endossar a campanha, que acabou sendo muito bem-sucedida.

Lançamos os vestidos na Saks de Nova York no dia 9 de setembro, com grande pompa e circunstância. Câmeras de televisão e fotógrafos de jornais e revistas se aglomeravam em torno das mulheres que estavam em fila no departamento de vestidos, muitas com as filhas, para comprar os novos vestidos. A demanda foi tão grande que os vestidos acabaram depressa, e as mulheres que tiveram que voltar para casa sem um vestido deixaram seus nomes em listas de espera para a próxima remessa. "Parece déjà vu", eu dizia o tempo todo às hordas de repórteres. Eles viram um sucesso explosivo que parecia familiar, mas eu também quis dizer que ainda não tinha aprendido a lição.

Uma vez mais eu estava num trem sem freios sem plano de negócios nem estratégia. Eu nem mesmo tinha um presidente para administrar a nova empresa. Não tinha tido tempo para isso. Nosso novo ateliê na rua Doze Oeste ainda estava desorganizado. Eu não tinha terminado a reforma, não havia linhas telefônicas suficientes, e os computadores viviam caindo. Eu me lembro de ter me sentido distraída e exausta durante o desfile da Saks, um esteado exacerbado pela minha volta aos provadores com as clientes e vendo meu rosto vinte anos mais velho em todos os espelhos. Ainda assim, a volta do vestido envelope foi um sonho que se realizou.

Alexandra e eu viajamos pelo país, aparecendo em pessoa nas lojas Saks de costa a costa para vender os vestidos, com muita publicidade. Conseguimos muita cobertura da imprensa: uma bela nova princesa von Furstenberg trajando um vestido envelope e a sua sogra trajando outro, ilustrando como aquele vestido era eterno. Os vestidos saíam bem quando estávamos nas lojas, mas a animação e as vendas não continuavam depois que íamos embora. A reintrodução do vestido começou a parecer um grande suflê, e o suflê murchou. Eu não sabia o que fazer. "Vendas difíceis, prejuízo, nenhum plano", anotei no meu diário.

Eu já estava longe das lojas fazia tanto tempo que não sabia da nova realidade: as jovens dos anos 1990 raramente compravam vestidos, e era na seção de vestidos que os vestidos envelope estavam na Saks. A velha geração ainda ia a esse departamento, mas a Alexandra e suas amigas compravam suas roupas em butiques menores. E foi aí que o vestido envelope, com um modelo novo, mais moderno, realmente renasceu.

Scoop. O que seria de nós sem a Scoop? Scoop era uma nova lojinha bem moderna, de uma amiga da Alexandra, que ficava na Broadway, bem no centro, no SoHo, onde praticamente tudo que vendiam era preto, inclusive os coturnos. Mas a dona da Scoop, Stefani Greenfield, adorou os novos vestidos envelope coloridos, e simplesmente pendurou os vestidos em cabides na vitrine. Os clientes os compravam em meia hora. Ela não conseguia mantê-los em estoque porque a demanda das moças do centro da cidade era muito grande, e logo das moças da parte elegante da cidade, quando a Scoop abriu outra loja na Terceira Avenida, na década de 1970. Onde gente jovem comprava, os vestidos saíam a uma velocidade meteórica, mas isso simplesmente não acontecia nos departamentos de vestidos ultrapassados com os quais também estávamos contando.

No início de 1998, contratei Susan Falk, ex-presidente da Henri Bendel, para ser minha presidente. Também contratamos uma empresa de consultoria famosa para nos aconselhar sobre o canal de distribuição que devíamos adotar. Susan me apresentou a Catherine Malandrino, uma talentosa estilista francesa jovem, com quem ela havia trabalhado anteriormente. Catherine veio falar comigo no Carlyle, onde eu estava morando na época. Nós conversamos sobre sua carreira de estilista e eu lhe mostrei meu mais novo modelo de vestido envelope, estilo camuflagem verde-escura, com estampado de leopardo. Ela adorou o vestido e concordou em trabalhar na minha empresa.

Apresentamos novos vestidos envelope e alguns vestidos de uma só cor com leve drapeado para os compradores, montando uma apresentação inspirada nas tradicionais casas de moda parisienses. Transformei o ateliê numa sala de visitas, decorando-o com o sofá, alguns quadros, um espelho imenso e um piano do meu antigo apartamento na Quinta Avenida. A cada quinze minutos, mais ou menos, modelos apareciam usando estilos diferentes de vestidos e ficavam paradas, em poses estáticas, ao lado do piano, ou em torno da piscina interna, enquanto o pianista tocava Gershwin ou Joplin.

Catherine trouxe muito valor para a minha nova empresa. Usei um de seus modelos eu mesma no ano seguinte quando posei para o retrato de Francesco Clemente no dia em que Talita nasceu. Eu me lembro de ter brincado, dizendo que eu era uma vovó sexy ao posar para Francesco naquele dia. Aquele quadro agora está pendurado no saguão do meu ateliê na Rua 14, e me lembrarei para sempre daquele dia como o dia em que me tornei avó pela primeira vez. Aquele modelo chamava-se Angelina, e era muito bem drapeado, realçando a silhueta de um jeito maravilhoso, com todos os tipos de detalhes da antiga arte da confecção de vestidos. Angelina provou ser um vestido muito bem-sucedido.

Alexandra estava se envolvendo cada vez mais na empresa proporcionando-lhe uma imagem maravilhosa. Embora ela gostasse dos novos vestidos drapeados ainda se preocupava com a direção que devíamos seguir. Ela tinha razão. Entre os vestidos envelope e os novos vestidos drapeados, nós claramente tínhamos uma coleção viável, mas não sabíamos bem como distribuí-la e fazer a empresa avançar. Os consultores que tínhamos contratados nos aconselharam a entrar no mercado de classe média, mas isso não combinaria com a sofisticação nos estilos. Eu estava confusa e estressada.

Naquele verão, enquanto eu ia de carro para o Aeroporto de Teterboro em Nova Jérsei, para me encontrar com o Barry para viajarmos para o Alasca, sofri um acidente grave. Depois de ter passado da saída para o aeroporto, dei um golpe de direção, bati em alguma coisa, e o carro girou, voltando para a pista e colidindo com uma carreta. Senti uma dor insuportável no peito, e me lembro de ter perguntado ao pessoal da ambulância: "A gente pode viver com um buraco no coração?" Mas acontece que além dos dezoito pontos que levei na cabeça, eu tinha quebrado cinco ou seis costelas e perfurando um dos pulmões. (Também destruí o BMW do Barry).

Passei as próximas duas semanas sofridas, porém pacíficas, num hospital pequeno em Hackensack, em Nova Jérsei, com excelentes médicos e um esquema de segurança tão forte que fiquei convencida que havia algum chefe de quadrilha no meu andar.

Barry e meus filhos queriam desesperadamente me transferir para um hospital de Nova York, mas eu me recusei a ir para lá. Adorei aquele hospitalzinho e o tempo que passei sozinha, pois Hackensack era distante de Manhattan o suficiente para que ninguém quisesse vir me visitar. Eu precisava de um tempo. Sabia que estava exausta e confusa, e Alexandre também. "Você sofreu esse acidente porque não sabe o que está fazendo", disse ele, não para me recriminar, mas por preocupação. Esse talvez tenha sido um comentário meio brusco da parte dele, mas acho que ele estava totalmente certo. Exatamente como alguns anos antes eu tinha pensado que meu câncer na língua tinha simbolizado minha incapacidade de me expressar, eu via esse acidente como um sintoma da minha falta de planos para minha empresa.

As noites demoravam a passar, e eu sentia muita dor no hospital, apesar da maravilhosa enfermeira que se tornou minha amiga. Eu me lembro muito pouco dessas duas semanas numa terra de ninguém, porque nunca escrevi sobre elas nos meus diários. Eu só sei que inseriram um tubo no meu pulmão, que eu não lia nada nem assistia à televisão e esperava, imóvel, que meu corpo se curasse. E ele se curou. Devagar, e com perseverança, consegui me livrar de todas as más consequências daquele acidente.

EU SABIA QUE PRECISAVA DE UMA MUDANÇA, e o catalisador apareceu no momento em que voltei ao meu apartamento de Carlyle e descobri água pingando no meu quarto, por causa de um vazamento no teto. "Chega", disse comigo mesma. "Vou me mudar para o centro da cidade."

E uma outra nova vida começou.

Criei um maravilhoso espaço para morar ao lado do meu escritório privativo no último andar da garagem de carruagens da Rua Doze Oeste, onde ficava o meu ateliê. Decorei a minha casa com artefatos de Bali e pus uma cama com dossel de ferro contra a parede de tijolos expostos. Criei um quarto de vestir grande que também funcionava como meu estúdio de ioga. Adorei a decoração do meu novo estilo de vida boêmio, tão diferente do quarto do hotel Carlyle. De manhã eu fazia uma xícara de café e atravessava a estrada praticamente de pijama para dar uma caminhada ao longo do rio. Eu tinha um quartinho de hóspedes onde minha mãe ficava quando vinha me visitar. Ela nunca se sentiu lá muito à vontade ali; anos depois, me ocorreu que os tijolos aparentes a faziam se lembrar dos campos de concentração.

Por outro lado, Christian Louboutin adorava se hospedar naquele quartinho de hóspedes e praticamente morou ali enquanto mostrava suas primeiras coleções de calçados na mesa da minha sala de jantar. Na época, ele tinha acabado de vender seus sapatos de salto sensuais de sola vermelha para a Barneys, a Jeffrey e a Neiman Marcus. Enquanto eu o via desenvolver sapatos novos e espetaculares a cada estação, vendendo apenas alguns estilos de cada vez, sugeri que ele constituísse uma linha núcleo, que pudesse oferecer todas as estações, e fiquei orgulhosa de ter sido capaz de ajudá-lo a transformar seu talento numa marca global importantíssima. Nós nos tornamos muito amigos, viajando juntos para promover nossos produtos pelo país, e começamos a sair para passar inúmeras férias juntos. Percorremos de carro e a pé a poeirenta Trilha da Seda, no Uzbekistão, de Tashkent a Samarkand, Bukhara, Khiva e Fergana, e terminamos na fronteira do Afeganistão. Christian e eu somos ambos capricornianos, e como dois cabritinhos adoramos escaladas. Escalamos as colinas do Egito e as íngremes montanhas do Butão.

O que eu mais adorava na minha garagem de carruagens da Rua Doze Oeste era a sensação de que eu pertencia àquele lugar. Meu estilo pessoal e meus modelos eram de novo uma e a mesma coisa: simples, felizes, sensuais; e tudo na minha vida estava começando a se tornar coerente pela primeira vez em muitos anos. Tudo isso, inclusive os personagens criativos do meu bairro pitoresco, me faziam sentir como uma jovem e nova Diane. Uma vez mais eu estava dando muitas festas animadas, inclusive uma para comemorar a publicação do meu livro *Signature Life*. Tatiana pediu ao amigo de uma amiga para cuidar da seleção musical para a festa, e foi aí que todos conhecemos Russell Steinberg, que logo depois se tornou o pai da minha segunda neta, Antonia.

A empresa ainda estava engatinhando, mas aos poucos estávamos entrando no embalo e eu estava certamente mais feliz do que tinha sido durante muito tempo. Fiquei muito emocionada e orgulhosa quando a CFDA me pediu para fazer parte da sua diretoria em 1999. Ser reconhecida pelos meus colegas me deu muita tranquilidade. Pela primeira vez em anos, deixei de sentir como uma deslocada. Eu estava de volta ao mundo da moda.

O que eu não tinha previsto era um desentendimento que tive com Alexandre no que iria se tornar conhecido como "a intervenção familiar". "A família inteira estava reunida no escritório de Barry em Nova York onde estávamos debatendo a criação da organização beneficente Fundação da Família Diller-von Furstenberg. Depois desse debate, Alexandre, que administra o dinheiro da nossa família, resolveu confrontar-se comigo. "Você tem que concentrar suas energias na preparação de um plano para a empresa e estancar a hemorragia de dinheiro" disse ele. "Senão é melhor fechar a butique."

Eu fiquei muito zangada por ele estar me questionando dessa forma, ou, antes de mais nada, por alguém estar me questionando. Afinal de contas, o dinheiro era meu, e estávamos progredindo. Eu entendia a preocupação do Alexandre, claro, mas na minha cabeça, dessa vez a empresa não era tanto para ganhar dinheiro, mas para me dar satisfação pessoal. Quando eu tinha começado a trabalhar como empresária meu objetivo tinha sido obter independência financeira e eu o havia atingido. Agora eu queria provar para mim e para o mundo que a primeira vez não tinha sido um fracasso. Meu orgulho era mais importante do que o custo para atingir essa meta. Também era preciso revitalizar o vestido envelope, o estilo que era meu e que tinha um lugar no guarda-roupa das mulheres outra vez. Fechar a empresa? Logo agora?

Dei um soco bem forte na mesa. "Preciso de seis meses! Pode deixar comigo, que eu viro esse jogo. Você vai ver." Alex recuou e todos concordamos com o prazo de seis meses.

Ele estava certo, é claro. Eu não podia simplesmente gastar dinheiro sem ter um plano. Mas eu sentia que talvez estivesse recuperando o entusiasmo que tinha sentindo na mocidade pelos vestidos, e era com base nisso que eu queria trabalhar. Porém, eu precisava de ajuda profissional com as vendas.

E foi aí que a Paula Sutter entrou na minha vida.

Stefani da Scoop me apresentou à Paula, sua amiga e ex-colega, durante um almoço no Balthazar, um bistrô francês no centro da cidade. Paul, que na época estava com um barrigão de grávida, tinha sido presidente de vendas e *marketing* da DKNY. Ela e Stefani tinham ambas feito parte da equipe ideal da Donna Karan que tinha sido tão bem-sucedida na década de 1980 lançando a DKNY. Muitas das mulheres daquela equipe tinham se dado muito bem nas suas carreiras. "Você devia contratá-la", disse Stefani. Fui eu que precisei convencê-la quando Paula veio ao meu escritório me visitar. Ela não queria se comprometer com um emprego de tempo integral por estar quase dando à luz, mas eu consegui persuadi-la a trabalhar como consultora em meio-período. Isso foi em 1998. Quando Susan Falk, que queria voltar à vida empresarial, saiu da minha firma no ano seguinte, a Paula se tornou presidente do Ateliê Diane von Furstenberg. Ela continuou sendo a valiosíssima presidente da empresa durante quatorze anos.

Foi uma luta para ela a princípio, acentuada quando Alexandre veio falar com ela para voltar a lançar aquele seu ultimato familiar. "Você tem seis meses para apresentar lucros, senão vamos fechar a empresa", disse-lhe ele. Não foi lá uma recepção muito calorosa. Paula, porém, estava do meu lado.

Com suas credenciais ela podia ter ido trabalhar para nomes maiores e mais bem-sucedidos na época, mas ela via que nossa empresa tinha um DNA muito bom e muito bons ossos, mas precisava de uma "boa limpeza com Windex" como ela explicou na época, para se livrar da desorganização. Estava tão animada quanto eu sobre as possibilidades junto aos consumidores jovens, não às pessoas de meia-idade. O modelo demográfico estava errado desde o início, portanto mudamos o curso.

A experiência com vendas a varejo estava com a tendência de se transformar numa abordagem nova e mais moderna. As lojas de departamento estavam começando a criar divisões contemporâneas ou de "luxo a um preço acessível", e era aí que Paula achava que podíamos nos encaixar. Seria uma ótima oportunidade para nós atrairmos consumidoras jovens e tornar a contar nossa história de forma inusitada e moderna; mas, para chegar lá, precisávamos primeiro reposicionar a marca como universalmente avançada.

Paula era entusiasmada e decidida. Dialogava com muita energia com lojas finas, como a Bergdorf Goodman, mas estava sendo difícil entrar nelas. Meu nome estava "poluído", alegavam eles, porque ainda estávamos fazendo vendas pela televisão e alguns compradores ainda me viam como uma marca antiga, muito embora, naquela época, nós tivéssemos um inevitável histórico com as moças contemporâneas. A etiqueta carro-chefe, Diane, também era problemática. Eles a consideravam ultrapassada. Felizmente um ex-namorado, Craig Brown, o *designer* gráfico que havia feito o logotipo dos Rolling Stones com a língua do Mick Jagger de fora, reapareceu na minha vida, naquele momento, e redesenhou a etiqueta com "Diane von Furstenberg" em caracteres tipográficos.

Também demos outros passos. A linha "Silk Assets da Diane von Furstenberg" passou a chamar-se apenas "Silk Assets". Aos poucos, fui parando de apresentar os programas da HSN, e Alicia, uma moça do escritório, me substituiu.

Paula marcou entregas mensais para gerar um fluxo de mercadorias novas nas lojas. Para nossa próxima mostra para os compradores e a imprensa, tive a ideia de criar quadros vivos evocativos em torno da piscina interna do meu ateliê, ilustrando os temas dessas entregas mensais: as plantas, as flores, o mar. As modelos ficaram encantadoras naquela coleção pequena e focada de chifon esvoaçante como uma pluma e trajando vestidos de jérsei com estampados que eram nossa marca registrada, em cores que combinavam entre si. Os compradores e repórteres entravam numa pintura viva. O desfile foi multicolorido, sensual, ousado e diferente de tudo que os outros estavam fazendo na época.

Continuamos nossa propaganda em Paris. Fizemos as malas e conseguimos um stand na Tranoï, uma feira de moda internacional para jovens estilistas no Carrousel du Louvre, durante a Semana do Mercado francesa. As melhores lojas especializadas do mundo participam dessa feira. Essas lojas estabelecem as tendências para todas as outras. Nós estávamos esperando uma oportunidade de exibir nossos produtos nessas lojas, e isso aconteceu quando a Colette, uma das lojas mais modernas, fez um pedido de nossos vestidos estampados e sensuais para sua loja de Paris. Foi nessa época que Betsee Isenberg, a quentíssima representante do *showroom* de Los Angeles, também resolveu levar a linha para vender na Costa Oeste americana.

Alexandre ainda estava cético. Não estávamos ainda obtendo lucros, mas definitivamente, estávamos avançando nesse sentido. Paula fez algumas projeções e um pequeno plano de negócios quando voltamos a Nova York. Ela mostrou o seu trabalho ao Barry e ao Alexandre. "Entendi", disse Barry, rindo, quando ela terminou sua apresentação. "Vocês querem dar uma transfusão de sangue na empresa." Adotamos essas palavras porque era exatamente o que estávamos tentando fazer; e seis meses depois, voltamos a Paris com a coleção seguinte.

Lembro-me daquela época com imenso carinho. Cinco ou seis de nós, do estúdio de Nova York, nos reuníamos no meu apartamento na Rue de Seine, junto com todas as roupas, essencialmente acampando lá durante a feira toda. Nós éramos uma equipe bem pequena: a Paula, é claro, e Astrid, a melhor vendedora do mundo, que falava todos os idiomas e experimentava os vestidos ela mesma. Também contávamos com Maureen do *marketing* e Luisella, a inteligente italiana que na época era minha assistente. Nós ríamos muito e tínhamos muito sucesso em conseguir pedidos nas melhores lojas internacionais.

Eu me sentia rejuvenescida, impulsionada pelas moças em torno de mim e compartilhava do seu entusiasmo e da sua animação. Eu me sentia como se fosse da idade delas. Não houve grandes reuniões de negócios, nem grandes planos de *marketing*. Nada disso. A minha segunda vez começou tão organicamente quanto o primeiro. Afinal de contas, a nossa era uma pequena empresa. Era realmente como incubar uma marca nova e jovem, e fizemos isso com poucos recursos, vivendo dos meus lucros provenientes da HSN.

Logo estávamos vendendo, vendendo, vendendo sem parar, para lojas especializadas na Inglaterra, França, Itália, Espanha, na Europa inteira, bem como em lojas nos Estados Unidos. A Scoop era, é claro, nossa principal loja em Nova York, e em Los Angeles havia a Fred Segal, aquela cadeia varejista brilhante que tinha sido a primeira, nos anos 1960, a abrir uma loja só de jeans. Ambas as lojas eram fãs de carteirinha da marca e a estavam divulgando junto a sua clientela muito fiel. O relançamento aproveitando a onda da nostalgia dos setenta acabou sendo a estratégia perfeita. A Colette adorava homenagear os anos 1970 de forma glamourosa, assim como a Studio 54, tudo aquilo que eu tinha vivido de maneira intensa. O fato de eu ter vindo daquela época dava autenticidade a minhas roupas, entrevistas, e a minhas aparições pessoais. Estávamos ali no meu stand da feira, logo ao lado dos jovens e descolados estilistas, e tudo era encorajador, mas ainda não estávamos obtendo grandes lucros.

Procurei um atalho. Num voo de Londres a Nova York, sentei-me ao lado do Tom Ford, e ele expressou grande interesse no que eu estava fazendo. E aí passou uma ideia pela minha cabeça: Por que não vender uma parte da empresa para a Gucci, para levantar algum capital de modo a podermos continuar sem sobressaltos? Alguns meses depois, fui a Londres com o Barry e o Alexandre, e a Paula nos encontrou lá. Era o verão de 1999, e o Barry estava envolvido numa negociação enorme tentando comprar a Universal, mas ele mesmo assim tirou uns dias de folga para vir conosco à Gucci. Nossa reunião não começou muito bem. Tom e seu sócio Domenico De Sole se atrasaram, e Barry ficou chateado. Contudo, insistimos em fazer nossa apresentação e eles pareceram interessados. Nós tivemos várias reuniões com eles em Nova York durante os meses seguintes, mas acho que os atalhos não funcionam muito bem no meu caso. No final eles não estavam mesmo interessados, e investiram na Stella McCartney em vez de investir em mim. Fiquei decepcionada.

Em meio a tudo isso, Catherine Malandrino saiu da empresa para começar sua própria linha e abriu sua própria loja. Contratamos Nathan Jenden em 2001. Ele ficou conosco quase dez anos.

Nathan era inglês, tinha trinta anos na época, acho eu, e tinha trabalhado com John Galliano e Tommy Hilfiger, portanto entendia tanto de alta-costura quanto de Main Street[11], e tinha um lado meio anticonvencional. Gostei dele desde o início, quando lhe pedi para fazer uma apresentação (que ele imediatamente perdeu mas depois achou de novo), e ele voltou com um esboço de uma menina de vestido de palavras cruzadas que chamou de "A Princesa Rebelde." Quando ele entrou no meu escritório, ficou impressionado com o número de livros que me cercavam, e eu fiquei impressionada por ele tê-los notado.

Nathan trouxe muito *feng shui* e um pouco de *rock and roll* para as roupas, e nosso trabalho juntos foi fantástico. Nathan era incrivelmente talentoso e capaz de fazer mágica durante as provas com suas tesouras agressivas. O primeiro desfile que fizemos juntos foi dois dias antes do 11 de setembro de 2001, o que nos deixou todos em estado de choque e desarvorados. O trabalho

---

11 Moda para as massas, em oposição à alta-costura. Termo derivado da área financeira onde "Main Street" é o oposto de "Wall Street". (N.T.)

do Nathan era tão aguçado que conseguiu manter a empresa faturando normalmente enquanto a economia da cidade sofria um tremendo impacto. Naquele ano em que ele chegou também abrimos nossa primeira loja em Nova York ao lado da garagem de carruagens. Era uma butique minúscula que mal se podia encontrar. Calvin Kein veio à inauguração da minha loja escondida e apreciou meus vestidos. "Que conceito maravilhoso", elogiou ele. Vindo do Calvin, que não gosta de cor nem de estampados, esse foi um grande elogio. Eu estava mesmo começando a sentir-me eufórica, embora o Gucci houvesse me rejeitado.

A euforia continuou em Los Angeles na cerimônia de entrega dos prêmios Oscar, da Academia de Cinema. Barry e eu sempre demos um almoço tipo piquenique de domingo para nosso amigo Graydon Carter, editor da *Vanity Fair* e anfitrião da festa de entrega das estatuetas Oscar dessa revista, que já existia há muito tempo. Muitas estrelas e astros lindos vêm ao nosso almoço, e cada vez mais gente bonita começou a vir à DVF. Agora estávamos definitivamente ganhando terreno!

De alguns vestidinhos, nós nos expandimos até termos uma coleção inteira. Duas vezes ao ano organizamos desfiles no nosso estúdio. Os nomes: Mulher Trabalhadora, No Sopé do Vulcão, Princesa Rebelde, refletiam a mulher descontraída, sensual, independente, dinâmica, ligeiramente maliciosa para a qual nós criávamos nossos modelos. Depois do desfile Dolce Diva, muito bem-sucedido, um refletor caiu e machucou duas editoras de moda. Eu me senti terrivelmente culpada. Visitei Hilary Alexander, a altamente respeitada editora do *Daily Telegraph* no hospital, e ela demonstrou um incrível espírito esportivo. Apesar da lesão que sofreu, ela publicou uma resenha fantástica sobre o desfile, mas já havia chegado a hora de entrar na primeira divisão e desfilar nas tendas oficiais da Semana de Moda de Nova York.

Em 2002, nós já estávamos em praticamente todas as lojas de departamento de qualidade, inclusive a maior de todas, Bergdorf Goodman. Deixei meus cabelos ficarem encaracolados de novo.

Essa era definitivamente minha Volta Triunfal! Em três incríveis anos, eu tinha virado o jogo e ido do prejuízo, quando minha família preocupada havia me aconselhado a fechar a empresa, ao sucesso total, obtendo agora lucros excelentes. Ninguém na indústria podia acreditar. Ninguém esperava que nós fizéssemos o que fizemos, e muita gente se surpreendeu por nós termos reinventado a marca. A Paula e eu posicionamos a empresa de forma bastante moderna, e agora ali estávamos, uma empresa da década de 1970 que havia feito uma transição com êxito para o século 21 tendo o nosso vestido original como carro-chefe, cercado de novos modelos globais e multigeração.

Nós crescemos à medida que as oportunidades iam se apresentando, sem um plano mestre. Abrimos uma loja em Miami em 2003, e no ano seguinte em Londres, numa pequena butique em Notting Hill, onde nós éramos super, mas superquentes mesmo. No ano seguinte, foi a vez de Paris, com um lançamento espetacular. Madonna, por coincidência, estava em Paris, portanto lhe enviei uma mensagem de correio eletrônico. Ela veio à inauguração com sua filha, e um cortejo de *paparazzi*, e comprou um vestido envelope que usou numa coletiva que concedeu em Israel. Não há como pedir uma amiga melhor ou uma publicidade melhor do que essa!

A Madonna nos ajudou outra vez alguns anos depois, em Los Angeles, na festa pós-Oscar da qual ela foi coanfitriã com Demi Moore. Elas me surpreenderam usando o mesmo vestido envelope dourado que a figurinista Rachel Zoe tinha pedido para elas para meu desfile de primavera! Eu realmente me senti realizada como estilista. Fiquei entusiasmada, naquela mesma noite, pelo comercial que a American Express passou duas vezes durante a transmissão da cerimônia de entrega dos prêmios Oscar. A empresa havia contratado Bennett Miller, o diretor cujo nome havia sido indicado pela Academia, para fazer o comercial, e nós tínhamos feito a filmagem em Cloudwalk e no estúdio. Bennett se recusou a me mandar ler um roteiro; em vez disso, ele me entrevistou e usou essa entrevista como narração do anúncio. Naquela noite milhões de pessoas me ouviram dizer: *Eu não saiba exatamente o que queria fazer, mas sabia a mulher que queria ser.* Muito embora eu deva ter dito essa frase várias vezes antes, ouvi-la na televisão me fez entender seu poder. Esse desejo é o espírito da minha grife.

Durante os anos seguintes, abrimos lojas em Tóquio, Jakarta, St. Tropez, Bruxelas, Xangai, Hong Kong, Moscou, Madri, segundas e terceiras lojas em Paris, São Paulo e em Beijing. Abrir a loja de Antuérpia, cuja gerente é minha cunhada, foi particularmente gratificante porque foi minha primeira loja na Bélgica. Axel Vervoordt, o renomado arquiteto e projetista de interiores, me ofereceu um grandioso e belo jantar no seu castelo; pela primeira vez na minha vida, eu me senti reconhecida como estilista no meu próprio país.

Moscou representou outra oportunidade maravilhosa. Nossa coleção de 2005 era inspirada na Rússia, e era vendida numa loja chamada Garderobe que me convidou para ir a Moscou. Eles organizaram um desfile com jantar para mim na casa de Tolstoy, na Ulitsa Lva Tolstogo! Depois do desfile, sentada no jardim de Tolstoy sob os lilases, bebendo champanhe e dando entrevistas, pensei em como meu pai russo teria ficado encantado com isso.

Uma outra grande lembrança é a da visita que me fez em Cloudwalk, o Roberto Stern, o *designer* de joalheria brasileiro que é coproprietário e diretor-presidente da empresa H. Stern. Eu sempre quis criar joias finas e tinha abordado seu pai, Hans, trinta anos antes para colaborar comigo. Adorava a qualidade das joias dele, mas Hans recusou meu pedido.

Eu tinha tentado de novo, falando dessa vez com o filho, em 2001, mas uma vez mais, quase nada aconteceu. Roberto, segundo descobri depois, tinha se sentido meio intimidado por mim nas nossas primeiras reuniões, mas a intimidação virou inspiração durante sua visita a Cloudwalk, e começamos uma colaboração maravilhosa. Ele conseguiu interpretar minha visão de uma forma fenomenal, e não teve medo de confeccionar as joias realmente ousadas que eu adoro: imensos anéis de cristal e uma pulseira de sutras consistindo numa corrente pesada de ouro amarelo de 18 quilates que uso todos os dias, cada elo gravado com um dos meus sutras prediletos: Harmonia, Integridade, Paz, Abundância, Amor, Conhecimento, Riso e Criatividade.

A empresa estava crescendo tão depressa que a garagem de carruagens na Rua Doze Oeste ficou cheia, depois transbordou de tantos funcionários. A família DVF tinha ficado maior que a nossa casa, e precisávamos de mais espaço.

Comprei dois prédios históricos na esquina da Washington com a Rua 14, ainda no Meatpacking District. Parte dos prédios tinha sido usada por John Jacob Astor como residência para seus empregados. Levei três anos para construir uma nova sede e ateliê de seis andares, porque nós estávamos num bairro histórico que eu tinha ajudado a criar através da primeira festa beneficente que eu tinha organizado na Rua Doze Oeste seis anos antes. Em vez de demolir logo os prédios para criar minha sede, eu precisei falar com a comissão de patrimônio histórico e apresentar um plano extremamente caro para preservar as duas fachadas de tijolos, reformar o interior, e construir de dentro para fora. Eu até criei um quarto de dormir, por mais excêntrico que possa parecer dormir numa casa de vidro no telhado de um prédio. A Rua Doze Oeste acabou provando ser um investimento sábio, apesar de toda a resistência que enfrentei. Eu tinha comprado as duas garagens de carruagem por cinco milhões de dólares em 1997. Eu as vendi em 2003 por 20 milhões.

Todo esse crescimento estava aumentando minha autoconfiança, o que é vital para a forma como se enxergam as oportunidades. Minha autoconfiança se reforçou em 2005 quando recebi o Lifetime Achievement Award da CFDA, e também no ano seguinte, quando fui eleita presidente da CFDA. O reconhecimento pelos nossos iguais é o mais valioso, e sem ele duvido que tivesse aceitado o desafio mais audacioso de todos: a China.

Natalia Vodianova, fotografada por François-Marie Banier, em 2008.
(©François-Marie Banier/ cortesia do fotógrafo)

Elisa Sednaoui posa para a campanha de 2011 da DVF.
(©Terry Richardson/ cortesia do fotógrafo)

Ali Kay, fotografada por mim, para a campanha de 2010 da DVF.

Com Barry, em Sun Valley, em 2013. *(©Jonas Fredwall Karlsson)*

Cercados pelos filhos e netos em nosso casamento, eu e Barry, no dia do aniversário dele, em 2 de fevereiro de 2001. *(©Annie Leibovitz/cortesia da fotógrafa)*

Com Barry, no baile de gala da Biblioteca Pública de Nova York, em 2007.

Eu e Barry nas geleiras da Islândia.

Caminhada com Barry.

Tatiana, em toda a sua beleza, fotografada por mim, em 2011.

Alexandre e seu filho, Leon, comendo pêssegos.

Meu neto, Tassilo.

Minha neta Talita, de vestido envelope com estampa de Andy Warhol, na abertura da exposição *A Jornada de um Vestido*
(Cortesia da Getty Images)

Com minhas duas netas, Antonia e Talita.

Antonia, filha de Tatiana.

Atrás da minha escrivaninha, cercada de fotos dos meus entes queridos.
(©Thomas Whiteside)

Cortando a fita em 2011, na inauguração da segunda parte de High Line, em Nova York. *(©Joan Garvin/cortesia da fotógrafa)*

Cerimônia de premiação da Vital Voices, em 2011. *(©Joshua Cogan/cortesia do fotógrafo)*

Apresentadoras e homenageadas do Prêmio DVF 2016.

Fazenda Cloudwalk.

Meu irmão, Philippe, sua esposa, Greta, e suas duas filhas, Sarah e Kelly.

Sede da DVF. *(©Elizabeth Felicella/cortesia da Work AC)*

Praticando ioga de cabeça para baixo e falando ao telefone.

Diane e o joalheiro Roberto Stern no lançamento da parceria entre ambos, em 2005, no Rio de Janeiro.
(©Dean Kaufman/cortesia da H.Stern)

Com o cofundador do Google, Sergey Brin, na primeira apresentação do Google Glass.
(©Greg Kessler/cortesia do Kessler Studio)

O espetacular Baile Vermelho, no estúdio Zhang Huan em Xangai, em 2011.

Entrada da exposição *A Jornada de um Vestido*, em Los Angeles, em 2014. (©Fredrik Nilsen/cortesia do fotógrafo)

Momento de alegria, durante a coletiva de imprensa, na exposição *A Jornada de um Vestido*. (Cortesia da Getty Images)

O "exército" de vestidos envelope exibidos na mostra. *(©Fredrik Nilsen/cortesia do fotógrafo)*

Coletiva de imprensa, na abertura de *A Jornada de Um Vestido*, no dia 10 de janeiro de 2014. *(Cortesia da Getty Images)*

Meu primeiro "Amor é Vida" num cartão postal de 1991.

"Quero ser 'conhecida na China'". Essas palavras foram as primeiras da lista das minhas Resoluções de Ano Novo em 2010, e eu levo minhas resoluções a sério, porque a Véspera do Ano Novo é também o dia do meu aniversário. Naturalmente, era uma meta gigantesca, mas era uma meta a realizar.

Eu sempre fui fascinada pela China. Eu já tinha visitado aquele país muitas vezes, a partir de 1989, quando não havia quase nenhum automóvel nas ruas. Eu tinha feito amizades em Beijing e em Xangai com o passar dos anos, com artistas, escritores, empresários. De repente, todos estavam vendo a China como uma grande oportunidade de negócios, mas eu não queria ser apenas mais uma marca oportunista. Eu queria entender a cultura deles, bem como explicar a minha. Sendo a face da minha marca desde o início, eu sempre tinha estabelecido um relacionamento com meus clientes e compreendido sua cultura, e queria fazer o mesmo na China.

Eu tinha uma maneira de fazer isso: a mostra do meu trabalho, vida e arte que eu já tinha montado em Moscou e em São Paulo para me apresentar aos mercados de lá. Bill Katz, que cria interiores e exibições e é amigo meu há muito tempo, sugeriu um lugar extraordinário: a Pace Beijing, a maior galeria de arte particular do mundo. Arne Glimcher, o dono da galeria, entusiasticamente concordou em ser o anfitrião da minha mostra.

Fiquei empolgadíssima. Outros, nem tanto. Paula era contra minha campanha na China; a essa altura Nathan já tinha saído da empresa, e Yvan Mispelaere tinha entrado como diretor de criação. Havia muita coisa a fazer, e ele precisava receber instruções detalhadas e se integrar na empresa. Além disso, argumentou ele, de forma legítima, seria prematuro fazer uma exibição na China. Nossa presença na China continental limitava-se a duas lojas em Beijing e uma em Xangai; e, do ponto de vista empresarial, não se justificaria o imenso gasto em termos de dinheiro, tempo e esforço por parte da empresa para montar a exibição. "Espere alguns anos até estarmos melhor estabelecidos na China", disse Paula. Mas minha intuição me dizia que a hora era aquela, e eu insisti em levar a cabo o meu plano. A exposição de seis semanas foi marcada para o dia 4 de abril de 2011.

Expliquei a mostra de Beijing a alguns amigos num jantar que Pearl Lam, a excêntrica dona de galerias de arte, deu para mim em Xangai. "E Xangai?", indagaram eles. Estavam ansiosos para que eu fizesse algo na cidade deles. "Dê um baile" sugeriu Wendi Deng Murdoch, que na época era esposa do magnata dos meios de comunicação Rupert Murdoch. "Ninguém na China dá bailes". Meus amigos chineses adoraram a ideia, e eu também. "Vamos chamá-lo de Baile Vermelho", decidi.

No dia seguinte visitei o famoso artista Zhang Huan em seu ateliê cavernoso, instalado numa fábrica de tubos, num subúrbio industrial de Xangai. Desde o primeiro momento, vi que aquele seria o lugar perfeito para o baile, muito mais interessante do que qualquer hotel de luxo. Zhang adorou a ideia, o que por sua vez deixou os xangaineses encantados, pois eles têm uma rivalidade informal com seus iguais de Beijing. O Baile Vermelho seria no dia 31 de março, quatro dias antes que da abertura da retrospectiva.

Esperávamos que setecentos convidados viessem ao baile, porém mais de mil pessoas compareceram. Foi um quem é quem dos talentos chineses, incluindo o compositor vencedor de Oscar da Academia Tan Dun (*O Tigre e o Dragão*) a atriz vencedora de vários prêmios Zhang Ziyi (*O Tigre e o Dragão*; *2046: Os Segredos do Amor*), a bela modelo chinesa internacional Du Juan, e inúmeros outros. Usei um vestido todo coberto de lantejoulas com o ideograma chinês que representa o amor no corpete, e realmente adorei aquela noite espetacular. As hordas de repórteres chineses também. Meus sócios chineses, David e eLinda Ting e Michael e Jess Wang, ficaram extasiados.

As pessoas na China ainda falam sobre o Baile Vermelho da DVF até hoje, disse-me meu amigo Hung Huang, o altamente influente autor, *blogger*, fundador da revista *iLook* e da primeira loja de alta moda chinesa, BNC. Montes de homens mascarados vestidos de preto manipulando raios laser por todo o ateliê de dez metros de pé direito, o templo da Dinastia Ming de Zhang Huan flutuando na névoa vermelha, o corpo de balé moderno de Jin Xing brandindo leques vermelhos gigantescos no templo e dançando ao som de tímpanos, a discoteca depois do jantar, entre luzes rodopiantes, e um piso vermelho faiscante: tudo criado de forma brilhante por meu amigo Alex de Betak, o mágico que projeta os cenários dos meus desfiles.

Fiquei orgulhosíssima daquela noite, principalmente porque minha família inteira estava presente: meus filhos e netos, primos e Philippe, que veio da Bélgica com a família. "Do que você mais gosta no seu trabalho, Didi?", perguntou-me a filha da Tatiana, a Antonia, um dia antes do Baile Vermelho. "O que eu gosto mais no meu trabalho é poder realizar os sonhos que tenho", respondi. Aquela viagem foi ainda mais especial porque Tatiana fez as fotos da campanha da DVF e um filme espetacular, ambos intitulados "Rendezvous" no ateliê de Zhang Huan, em Xangai.

Quatro dias depois do baile, mil pessoas vieram à abertura da Pace Beijing. Os chineses ficaram fascinados pela minha jornada em Nova York nos anos 1970 e com os retratos de Andy Warhol, um contraste com a situação na China dos anos 1970. Também encomendei quatro novos retratos de artistas de vanguarda, ideia do Arne Glimcher.

Cada vez que entro no meu escritório e vejo o meu retrato pintado com cinzas feito por Zhang Huan, ou na minha biblioteca de Cloudwalk, onde há um meu feito por Li Songsong, fico feliz por ter seguindo minha intuição; esses retratos são obras-primas. Também consegui cumprir minha resolução de Ano Novo. Temos vinte e uma lojas na China e planos para abrir mais quatorze nos próximos quatro anos. E sou certamente "conhecida" por lá. Quando comecei a trabalhar no projeto da China, eu não tinha seguidores no Sina Weibo, a versão chinesa do Twitter. Depois do Baile Vermelho e da mostra, o número cresceu para trezentos mil. E enquanto escrevo este livro, meus seguidores já atingiram dois milhões!

Estávamos todos eufóricos quando saímos da China. Nosso sucesso tinha sido muito maior do que podíamos ter imaginado, e a equipe da DVF tinha trabalhado de maneira magnífica. Mal sabia eu que dentro de três anos nós estaríamos montando a mostra de novo, dessa vez em Los Angeles. Porém, dessa vez seria diferente. Eu tinha ido contra a resistência da minha equipe para realizar a campanha da China. Quando voltamos a Nova York, percebi que tomar essas decisões sozinha era um mau hábito meu. Muitas coisas precisariam mudar. Era hora de a empresa partir para uma terceira fase, uma fase que eu chamaria de Nova Era. A mudança não foi fácil para nenhum de nós.

6

A NOVA ERA

Eu tinha começado a perceber isso antes de viajar para a China. A mudança, ao mesmo tempo empolgante e dolorosa, estava no ar. Paula e eu tínhamos sido como Thelma e Louise, atravessando o país precipitadamente, mas com muito charme durante dez anos. Éramos as gatas do pedaço. A marca era jovem outra vez, uma estrela cintilante em cinquenta e cinco países. Nós tínhamos aberto cinquenta lojas só nossas. Tínhamos trazido a empresa de volta do nada para um faturamento de vendas de 200 milhões de dólares. E agora?

Minhas metas haviam mudado. Eu não estava mais lutando para ser financeiramente independente. Eu já era. Eu não precisava mais provar que a primeira vez não tinha sido um acidente. Eu tinha. O que eu queria agora era transformar uma empresa boa numa empresa fantástica, deixar um legado, algo que pudesse ficar para a posteridade. Eu tinha atingido a idade onde se começa a pensar no que deixar para os netos e os filhos deles.

Eu já estava construindo um legado fora do meu negócio. Depois de ter empoderado a mim mesma, era meu dever empoderar outras mulheres. Por isso me envolvi com a Vital Voices e fundei a DVF Awards. Era também a minha vez de apoiar a comunidade da moda e de Nova York que tinham me dado tanto. Na moda, a oportunidade veio da CFDA. Nunca poderei expressar de forma adequada como me senti honrada por ter sido eleita a presidente dessa associação em 2006. O *Women's Wear Daily* publicou a notícia da minha eleição na primeira página: "Von Furstenberg Eleita: Traz Contatos Poderosos, Experiência do Jet-Set para a CFDA." Steven Kolb, o novo diretor executivo e eu nos tornamos uma equipe. Minha primeira meta foi transformar a organização numa família, trazer gente nova, e certificar-me de que os estilistas mais bem estabelecidos ajudassem os mais novos e funcionassem como seus mentores. Juntos teríamos mais poder, mais alavancagem, do que sozinhos. No primeiro mês depois que fui eleita, Steven e eu pegamos um avião para Washington, DC, para defender nossos interesses junto ao Congresso, pedindo proteção para os nossos direitos de reprodução, para acabar com a pirataria na criação em moda. Quando chegamos naquela manhã, nossa lobista, a Liz Robbins, nos disse que aquele dia ia ser fogo. Todos estavam ocupados, e provavelmente passaríamos horas esperando sem conseguirmos falar com ninguém. Para surpresa dela e encanto nosso, acabamos descobrindo que tínhamos mais força do que ela imaginava. Nós nos reunimos com os senadores Hillary Clinton, John McCain, Olympia Snow, Charles Schumer, Dianne Feinstein e a Representante Nancy Pelosi, a futura presidente da Câmara dos Deputados. Explicamos a necessidade urgente de proteger nossos projetos, posamos para fotos e saímos muito animados. A lei ainda não foi promulgada, mas certamente elevamos o perfil do *design* de moda e mostramos aos comerciantes que vendem para as massas o valor de contratar estilistas em vez de simplesmente copiar os modelos deles.

    Depois da catástrofe do 11 de setembro e de seu efeito na economia de Nova York, minha amiga Anna Wintour, poderosa editora da *Vogue*, teve a ideia de criar um fundo para identificar e promover jovens estilistas americanos. O Fundo de Moda CFDA/Vogue foi criado, e participar dele é um dos meus maiores orgulhos. Alguns dos talentos mais brilhantes e algumas das empresas mais bem-sucedidas de hoje surgiram desse fundo: Alexander Wang, Proenza Schouler, Rodarte, Rag and Bone, Prabal Gurung, Joseph Altuzarra, Jennifer Meyer, para enumerar apenas alguns, todos eles se beneficiaram da ajuda do fundo.

A CFDA está comprometida com a promoção da diversidade e a proteção da saúde e do bem-estar das modelos. Nossa Associação apoia o Made in NY, uma iniciativa liderada por Andrew Rosen (filho de Carl, que salvou minha empresa em 1979) para reenergizar a indústria de vestimentas local. A CFDA ajuda a desenvolver os talentos americanos no campo da criação de moda com muitos programas de bolsas de estudos. Também oferece ajuda em momentos de crise. Nós levantamos mais de um milhão de dólares para socorrer as vítimas do terremoto do Haiti, e apoiamos a campanha "Born Free", para eliminar a transmissão de HIV das mães para os seus filhos.

Steven e eu jamais esqueceremos do dia em que fomos à prefeitura nos encontrar com o recém-eleito Michael Bloomberg. "O que a cidade pode fazer pela moda?", indagou ele. "Nós precisamos de um lugar para nossos desfiles, precisamos de um centro de moda. Eu adoraria conseguir um dos píeres ao longo do Rio Hudson", disse-lhe eu, com ousadia.

Dan Doctoroff, o vice-prefeito, não se esqueceu do meu pedido. Nós vamos conseguir uma sede para a Semana da Moda no Culture Shed (Celeiro da Cultura), uma instituição nova, de duzentos mil pés quadrados[13], altamente flexível, concebido para ser o ponto de encontro de todo um espectro de indústrias criativas. Entrei na diretoria do Celeiro da Cultura, que ficará na extremidade norte da High Line[14] (Via Elevada), o frequentadíssimo parque que é o orgulho da minha família.

O High Line era o sonho de Josh David e Robert Hammond, jovens vizinhos de Chelsea e do West Village, que tiveram a ideia

---

13 Cerca de 18.500 metros quadrados. (N.T.)
14 Essencialmente, um minhocão abandonado que foi transformado numa mistura de passarela para pedestres e parque urbano. (N.T.)

audaciosa de reverter um dos últimos atos do prefeito Giuliani, assinado alguns dias antes de ele ter deixado a prefeitura; uma ordem de demolição da velha ferrovia elevada que vai da rua Gansevoort à rua Trinta e Quatro. Eles queriam reciclar aquela área, transformando-a num parque. Minha família quis participar da realização desse sonho, e conseguimos fazer isso, com a ajuda de muitas pessoas. A velha ferrovia foi transformada pela obra magnífica de desenho arquitetônico das firmas James Corner Field Operations, Diller Scofido + Renfro e Piet Oudoulf, e inaugurada em 2009. Milhões de visitantes e nova-iorquinos adoram passear por essa faixa verde belíssima, margeada por flores silvestres, arbustos e gramíneas acima das ruas urbanas. Eu sou uma delas.

Por tudo isso a revista *Forbes* me indicou como uma das mais poderosas empresárias do mundo! No entanto, meus negócios estavam seguindo um caminho indeterminado, indo de uma oportunidade para outra sem um conjunto claro de metas, nem muita disciplina. Embora estivéssemos numa posição tranquila por causa do nosso incrível crescimento, empresas que tinham começado apenas alguns anos antes mas tinham um plano bem traçado e um *marketing* bem feito de repente haviam passado a valer muito mais.

Nosso novo diretor de criação, Yvan Mispelaere, tinha acabado de começar, entrando com grandes credenciais da Gucci, onde ele era estilista chefe de trajes femininos. Os modelos da Gucci e os nossos têm o mesmo estilo sexy dos anos 1970, portanto parecia uma parceria perfeita. Ele veio para Nova York em 2010 para conhecer Paula e eu e nós o contratamos ali mesmo.

Tudo começou bem, com uma primeira caminhada de "inspiração" pelas ruas de Paris. Levei o Yvan para ver uma mostra sobre Isadora Duncan no Musée Bourdelle no 15º Arrondissement e decidi basear nossa próxima coleção de primavera nessa mostra. Nós a chamamos de "Deusa". Era moderna mas eterna, e muito sensual. As estampas eram ousadas, as cores, luminosas, e eu a adorei. Nossa colaboração foi bem recebida, e parecia um par ideal. Depois dessa primeira coleção, que fizemos juntos, renunciei a toda a autoridade na área de *design*. Precisava cuidar da China e de muitos projetos que exigiam muito tempo e energia.

Como eu passava mais tempo trabalhando fora do ateliê, Yvan ficou dirigindo o departamento de *design*. Um perfeccionista, ele assumiu esse papel com a máxima seriedade. Todos se intimidaram com esse estilista europeu que tinha vindo da Gucci e estava mudando tudo. A ideia do Yvan era dividir a coleção, num grupo "vintage" saudosista chamado "DVF 1974", adicionando acessórios a ele; e criar um outro, mais elevado, com uma linha mais refinada, para existir paralelamente ao primeiro.

Tudo parecia ótimo a princípio, mas o problema foi que absolutamente todas as ideias dele eram produzidas, resultando em produtos demais e uma eventual falta de foco. Comecei a sentir isso quando fui a Honolulu logo antes do feriadão de Ação de Graças de 2011 para a inauguração de minha primeira loja do Havaí. A gerente, Marilee, e minha velha amiga, a princesa Dialta di Montereale, tinham organizado uma festa fantástica com a elite de Honolulu. Foi uma noite glamourosa, vendemos muitas roupas, e todos ficaram felizes. Mas senti que havia algo errado... A variedade de produtos era excessiva, e embora tudo parecesse bom e colorido, fiquei preocupada, imaginando se esse nível de produção poderia se manter durante muito tempo.

Além disso, quando voltei para Nova York, encontrei muita confusão. O departamento de *design* tinha assumido tanto controle que em menos de um ano estava causando problemas no *merchandising* e na produção. Estávamos começando a desrespeitar cronogramas e datas-limite, o que estava deixando todos nervosos. Eu gostava do Yvan, respeitava seu talento e sabia que ele dava um duro danado. Portanto, eu só entrava e saía, não para investigar os problemas, mas para passar o tempo tranquilizando a todos e dando cada vez mais autoridade a ele. O meu pior erro foi que eu também ignorei a Paula quando ela disse que as roupas estavam ficando diferentes da marca, confundindo os compradores e os nossos clientes.

Embora eu não tivesse percebido isso ainda a importância total do DNA e da adesão à marca, nós começamos a fazer um inventário do patrimônio da DVF, sendo que nosso primeiro projeto foi reexaminar o monograma DVF. Com o passar dos anos, essas três letras tinham se tornado tão familiares que até mesmo a minha família me chama de DVF agora! Nosso novo e brilhante projetista gráfico, Diego Marini, brincou o com V e o F, abrindo as letras e criando um fluxo que o monograma nunca tinha tido. Ele colocou o logotipo entre muitas marcas de lábios espalhados no nosso saco de compras e no papel para correspondência. Adorei essa nova imagem ousada e elegante que representa tudo que eu endosso: força, amor e liberdade.

Lembro-me de ter pegado um helicóptero bem cedinho de Cloudwalk, que me levou a uma pista de aterrissagem fustigada pelo vento num aeroporto deserto em Long Island no verão de 2012. Quando nos aproximamos, olhei para baixo e vi nosso novo monograma, brilhante, com cinco metros de altura, cercado pela equipe imensa de Trey Laird, o guru da propaganda que eu tinha contratado para preparar nossa nova campanha. Projetado para parecer metálico e tão alto quanto uma casa, sem nada a não ser céu azul acima dele e espaço além dele, o logotipo parecia quase surreal por causa da água que mantínhamos escorrendo pelo chão com mangueiras. Adorei aquele logotipo gigantesco, e as imagens de nossa modelo da estação, Arizona Muse, posando encostada nele e ao seu redor. Depois da sessão fotográfica, caí morrendo de rir no ângulo formado pelas pernas do vê, e alguém tirou uma foto. Adorei tanto essa foto que até tentei convencer o editor a colocá-la na capa deste livro!

Foi um dia divertido. O que não foi nada engraçado foi o processo disciplinado de criar um "manual de marca", uma tarefa que Paula e Trey estavam insistindo que era necessária. A meta de um manual de marca é esclarecer o que uma marca representa, definir uma visão que todos possam seguir. A princípio achei esse projeto um trabalho chato e desnecessário. Mas logo entendi que eu estava errada, quando precisei me esforçar para responder às perguntas propostas. Qual é a marca? O que ela representa? Que mensagem a marca projeta? A mensagem é coerente? Em que consiste o *design* corporativo essencial? Quais são as cores corporativas essenciais? Quem é a/o cliente? Descreva-a/o. A resposta a essa última pergunta devia ser resumida em poucas palavras, segundo Trey. Poucas palavras? Como poderiam quarenta anos de moda e milhões de clientes ser descritos em poucas palavras? O gênio do *marketing*, Lapo Elkann, o filho do Alain, refere-se à minha marca como a Marca do Amor por excelência. Como poderíamos explicar isso? A empresa inteira estava sendo submetida a terapia, e eu estava muito estressada.

Só que o Trey estava empolgado. "A marca é você, é a sua história. A princesa europeia que vem para os Estados Unidos com alguns vestidos de jérsei e os transforma num Sonho Americano. Quem mais pode contar uma história dessas? E seu imenso arquivo de estampas, isso também precisa fazer parte do manual de marca, é exclusivo." Decidi deixá-lo cuidar disso.

Os problemas eram mais profundos do que apenas melhorar o *branding* e o *marketing*. Eu não era uma boa administradora, e nunca serei. Isso ficou claro quando o Alexandre começou a fazer uma auditoria detalhada e elaborar uma visão geral da empresa. Ele ficou chocado ao descobrir que estava tendo dificuldade para verificar a contabilidade e o balanço da empresa. Ficou pasmo ao constatar que a empresa tinha uma estrutura informal e ineficiente, sendo administrada como uma só entidade, sem que cada divisão, atacado e varejo, tivesse sua própria contabilidade e transparência. Nós tínhamos crescido rápido e a empresa tinha se tornado lucrativa, mas ainda não tínhamos investido na infraestrutura. Nem mesmo tínhamos um diretor financeiro adequado.

A lista de insatisfações do Alexandre era interminável, porém ele não expressou algumas delas, porque não queria me contrariar. Ele vivia falando em transparência e prestação de contas. Eu não gostava de ouvir essas palavras, mas sabia que ele estava certo.

Em todos os meus anos de empresária eu nunca tinha seguido um plano de negócios. Eu sempre seguia minha intuição e transformava essas intuições em negócios. Algumas ideias eram muito bem-sucedidas, algumas eram mal executadas e falhavam. Esse tipo de energia dá autenticidade e acrescenta um fator humano a uma empresa, mas gera muita confusão, e a empresa estava caótica mesmo! Paula e eu sabíamos que para nosso time poder entrar na primeira divisão íamos ter que remodelar a estrutura toda, investir em chefes de divisão experientes e dar-lhe autoridade, acrescentar um diretor financeiro e expandir nossa diretoria familiar acrescentando pelo menos um diretor com excelente experiência em administração de empresas e varejo.

Uma vez que percebi que precisávamos desesperadamente de ajuda em todos os níveis administrativos, procurei essa ajuda sem vergonha nenhuma. Almocei com os presidentes de meia dúzia de empresas com marcas de peso. Todos eles me disseram a mesma coisa: seu nome e sua marca são muito maiores que a sua empresa. O potencial de crescimento é imenso. Foi ao mesmo tempo frustrante e instrutivo; frustrante, porque eles achavam que eu era muito maior do que eu realmente era; instrutivo porque eu, mesmo tendo atingido um nível impressionante de sucesso e reconhecimento, ainda estava agindo como uma iniciante.

"Invista em acessórios", aconselharam-me eles. "É fundamental para seu crescimento e lucratividade." No momento, os acessórios representavam 10% das nossas vendas, e os vestidos *prêt-à-porter*, 90%, o que tornava nosso sucesso até ali ainda mais incrível. Mesmo assim, para progredir para o mundo seguinte, nós teríamos que preencher essa lacuna.

Convidar aqueles peritos em varejo para o almoço não foi suficiente. Eu precisava de alguém na minha equipe e na minha diretoria. Durante minha busca, percebi que conhecia o rei de todos eles, o Silas Chou. Silas é um superastro ricaço, investidor do ramo da indumentária, que mora em Hong Kong, e que tinha comprado a Tommy Hilfiger alguns anos antes, quando a empresa estava passando por uma fase ruim, ajudando-a depois a se recuperar antes de oferecer ações dela na bolsa. Mais recentemente, Silas tinha comprado a Michael Kors e feito uma IPO (oferta pública inicial) de ações da empresa na bolsa em 2011, por bilhões de dólares.

Eu conhecia o Silas socialmente, e quando parti para meus eventos na China ele tinha se oferecido para dar uma festa para mim na sua casa em Beijing, para me apresentar a todos. Foi um jantar memorável na sua cobertura, que era uma réplica de uma casa colonial com pátio interno e uma vista sensacional do estádio Bird's Nest e de Beijing inteira. Ele tinha enchido o apartamento de celebridades e trazido dançarinos para se apresentarem naquela ocasião. Silas também compareceu ao Baile Vermelho em Xangai. Ele veio à mostra de Beijing, e, em Nova York, veio almoçar no meu ateliê. Eu admirava demais o êxito do Silas nos negócios, mas ele vivia ocupado demais para participar da minha diretoria. Mesmo assim, me incentivou demais: "Você não faz ideia do valor que tem a DVF", disse-me ele. "Para crescer de verdade, Diane, você precisa de uma máquina que a apoie. Você poderia se tornar monstruosa."

"Tenho uma ideia", disse-me o Tommy Hilfiger durante um outro almoço. "Joel Horowitz. Ele foi meu sócio, e lhe devo tudo que tenho. Você devia conhecê-lo."

O que eu não sabia sobre Joel quando ele entrou no meu escritório algumas semanas depois em fevereiro de 2012 era que ele tinha rejeitado uma ideia de negócios depois de outra que Tommy havia lhe proposto. Ele tinha trabalhado com afinco e com grande sucesso durante toda a sua vida, se aposentado e agora estava curtindo jogar golfe e viver uma vida sem pressão sob o sol da Flórida. O que eu sabia era que tinha gostado dele de cara, tão instantaneamente que a primeira coisa que fiz foi abraçá-lo. Eu nunca o tinha visto mais gordo na vida, mas havia algo positivo naquele seu sorriso franco e naqueles olhos azuis dele. Como os outros profissionais da indústria, ele ficou chocado quando lhe mostrei nosso balanço patrimonial. Ele o considerou "inimaginavelmente baixo" para uma estilista de "estilo de vida", como ele me denominou, um reconhecimento e tanto. "A sua devia ser uma empresa de dois bilhões de dólares", afirmou ele.

Foi o Silas que acabou com minhas dúvidas sobre o Joel quando ele convidou Barry e eu para jantar na sua casa em Nova York. Barry e eu íamos viajar para a Índia naquela noite, e eu disse a Silas que não podia ficar para jantar, mas que nós passaríamos pela casa dele no caminho para o aeroporto. Silas nos levou para uma sala lateral. "Eu sei que você conheceu o Joel Horowitz", disse ele. "Ele é o cara que você está procurando. Você devia incluí-lo na sua diretoria e fazer dele um sócio da sua empresa." "Verdade?", disse eu. Silas confirmou, balançando a cabeça. "Verdade", disse ele. "Vou falar com ele no fim de semana que vem e lhe dizer isso." E foi assim que o maravilhoso Joel entrou na diretoria e na minha empresa.

Nós ficamos muito animados com a perícia do Joel nos negócios, mas o que ele encontrou ao chegar à DVF em agosto de 2012 foi uma verdadeira mixórdia. Até mesmo pensar nisso é difícil para mim, e a culpa é toda minha. Só minha. Todos estavam correndo para cima e para baixo, sentindo o meu pânico e a falta de direção da empresa. O tempo todo eu tinha tentado encontrar soluções, mas nunca havia tempo para parar e pensar; o trem-bala nunca parava.

FOI DURANTE AQUELA ÉPOCA TERRÍVEL logo antes da coleção de primavera de 2013 que eu finalmente tive que confrontar outro problema enorme: nosso produto tinha perdido a identidade. Por um lado, o departamento de *design* estava produzindo modelos muito complexos; por outro, para contrabalançar isso, o *merchandising* estava produzindo comerciais banais. Todos estavam trabalhando com afinco e fazendo o que achavam que daria certo, mas na verdade ninguém estava veiculando a grife autêntica, e eu não estava gostando nada daquilo. Minha própria história e a herança da grife, o vestido icônico, o arquivo de cinquenta mil estampas: porque eles não se concentravam nesses patrimônios? O que tínhamos perdido ao longo do caminho era tudo que tínhamos posto na coleção saudosista "DVF 1974", que abandonamos para tratar da superprodução. Percebi muito mais tarde, mas muito tarde mesmo, que aquela coleçãozinha saudosista era, na verdade, a essência da grife.

Lembro-me que aquela época foi o pior período que passamos. Eu ia e vinha, do meu escritório até a área de apresentação dos modelos, durante a preparação do desfile, ficando mais nervosa a cada minuto que passava. Olhando os cabides e mais cabides cheios de roupas que eu sabia que eram inúteis foi torturante. Eu não conseguia dormir. Até chorei. Não podia mais esconder minhas dúvidas. Estava claríssimo que o produto estava errado. Apenas as belas cores me pareciam estar de acordo com a marca, pois Yvan é um gênio quando se trata de cores; mas só isso não era suficiente. Porém, o espetáculo tinha que continuar.

O presente inesperado que acabou salvando o desfile foi a introdução dos óculos com computador: o Google Glass. Dois meses antes, na conferência de Sun Valley, o cofundador do Google, Sergey Brin, tinha ligado para mim do seu esconderijo, atrás de uma árvore. Ele não queria que o vissem, pois estava usando sua nova ultrassecreta tecnologia: óculos capazes de tirar fotos e gravar vídeos, além de mostrar mensagens de correio eletrônico. Havia um minicomputador no rosto dele! Continuávamos a conversar, e quando descobri que ele nunca tinha vindo a um desfile de moda, convidei-o para vir com a sua esposa ao meu, no mês de setembro seguinte. À medida que se aproximava a semana da moda, Sergey me ligou para me fazer uma oferta espetacular: "E se eu apresentasse o Google Glass na passarela?" Quase caí da cadeira. Eu ia lançar o Google Glass? Achei a ideia fantástica. Minhas equipes de *design* e relações públicas, não. "Isso vai desviar a atenção dos compradores das roupas e arruinar o desfile", alegaram. "Espera aí só um minuto", interrompi. "Qual é o principal objetivo de um desfile? Tirar fotos bonitas, certo? Não só vamos apresentar essa tecnologia incrível que nunca se viu, como também vamos fazer um vídeo que nunca foi feito antes, do ponto de vista das modelos na passarela!" Eu também via aquela oportunidade como minha arma secreta para virar a mesa, porque eu não estava achando que aquele desfile ia ser lá muito bom.

O desfilo acabou se transformando num momento histórico, especialmente quando eu subi com Sergey no palco para fazer o desfile da vitória. O desfile foi veiculado por todos os noticiários do mundo e o vídeo, DVF [através do Google Glass] foi assistido por milhões de pessoas no YouTube. O Google Glass foi minha salvação.

Yvan saiu da empresa pouco depois disso. O que tínhamos que fazer para trazer a marca de volta aos trilhos comprometeria sua criatividade. Joel insistiu que eu voltasse a ser diretora de criação, e resgatasse o nosso DNA nos modelos. "Quem seria melhor para resgatar a DVF do que a própria DVF?", argumentou ele. Era mais fácil dizer do que fazer. Levei mais de um ano para recuperar minha autoconfiança, recuperar minha visão, ver as coisas com clareza e pouco a pouco, de um jeito sofrido, fazer com que a empresa voltasse a girar em torno da nossa autêntica grife.

Certa manhã meu amigo François-Marie Banier me ligou de Paris. Ele deve ter sentido que eu estava insegura, e disse algo que foi bastante esclarecedor para mim: "*assume-toi*", uma expressão francesa que quer dizer, "assuma a sua personalidade". Ele estava absolutamente certo. O que ele estava me dizendo era: "Confie no seu próprio talento, aprenda a respeitá-lo." Embora eu sempre diga aos outros: "Atreva-se a ser você mesmo", eu não estava aplicando esse princípio à minha vida. "Faça um desenho disso, para me lembrar", disse eu a ele, rindo. Aquele desenho agora está pendurado na parede ao lado da minha escrivaninha.

Enquanto eu ia me envolvendo bem mais no processo criativo, Joel reorganizava a empresa em divisões, com uma equipe unificada para estabelecer um diálogo entre *design*, *merchandising* e vendas, e criava um cronograma definido de nove meses para o desenvolvimento dos modelos. Contratou um presidente para varejo, um chefe de divisão de acessórios, um diretor de operações, e nosso primeiro diretor de *marketing*, e vários outros profissionais.

Joel também assumiu o compromisso de organizar uma sessão focal com Trey. A meta daquele debate, que durou o dia inteiro, era descobrir três palavras que exemplificassem a DVF. Três palavras para identificar nossa marca, nosso consumidor e nossos modelos. Eu não estava acreditando muito que ia sair alguma coisa dali. Formamos grupos diferentes e separamos palavras e sentenças. O Joel nos trancou numa sala com café e pizza para não perdermos o embalo. No final do dia, constatei, surpresa, que vários grupos diferentes concluíram que devíamos usar as mesmas palavras: descomplicado, sensual e portátil. Todos aplaudiram.

Quando a neblina se dissipa, de repente dá para ver a luz e tudo fica mais fácil. Aquelas três palavras fizeram todos ver tudo com clareza. Se não for descomplicado, se não for sensual, se não der para colocar numa maleta, não é DVF. No dia seguinte, Joel recebeu uma avalanche de sugestões sobre o que devíamos fazer em seguida, como estabelecer uma relação entre essa definição e cada faceta do negócio. As divisões de *design* e *merchandising* voltaram a editar a coleção seguinte com uma nova perspectiva.

O filho de Joel encontrou algumas fotos minhas antigas tiradas pelo *paparazzo* Ron Galella, meio borradas pelo movimento, e Joel declarou que essa devia ser a imagem da DVF: em movimento, capturada num instantâneo. "Ela é glamourosa, está atravessando a rua, seus cabelos esvoaçantes, e ela parece alguém que você quer ser", disse ele. Precisávamos encontrar a modelo certa, que fosse sofisticada e cuja linguagem corporal expressasse segurança: uma moça que de certa forma lembrasse a mulher que eu sempre quis me tornar.

Recorri ao Edward Enninful, o talentoso diretor de moda da revista *W*, que adoro e respeito muito. "Quem você acha que deveria aparecer nos meus anúncios?", perguntei a ele, numa mensagem de correio eletrônico. Ele logo respondeu com fotos minhas quando jovem, que ele havia tirado da Internet, ao lado de fotos de Daria Werbowy.

E ali estava ela; uma jovem canadense de 30 anos, de ascendência ucraniana, extraordinariamente bela, de aparência interessante, pernas longas e olhos azuis bem separados. Embora ela apareça nas capas da *Vogue* no mundo inteiro, Daria não é uma supermodelo comum. Não costuma frequentar festas, gosta de viajar pelo mundo, fazer caminhadas. Ela é a epítome da modernidade.

A primeira campanha da Daria para a DVF foi evocativa e audaciosa. Noite em Nova York. Uma bela moça sozinha, segura, sabendo aonde vai, lançando olhares de soslaio atrás de si. "As imagens são como as fotos dos *paparazzi* da década de 1970", publicou a *Women's Wear Daily*, "com destaque para os icônicos vestidos envelope". Eu sabia que estávamos no caminho certo. Como garantia de que não íamos sair dos trilhos de novo, Paula contratou Stefani Greenfield, a amiga que originalmente havia me apresentado a Paula. Stefani, que vendia Scoop em 2008, e agora tinha sua própria empresa de consultoria, entende a marca perfeitamente. Além disso, ela tem sua própria coleção de produtos da DVF, que é imensa, e fiquei maravilhada por tê-la trabalhando conosco.

ATRAVÉS DE TODAS ESSAS TRANSIÇÕES, muitas inspiradas nos pontos fortes do passado e agilizando-os para o futuro, foi a incrível realidade de que em 2014 o vestido envelope estava fazendo 40 anos! Joel convocou uma reunião para debater ideias para o aniversário dele. Concentrar-se no vestido envelope parecia *dejá vu* para a Paula e para mim. Precisamos ser convencidas, mas as moças do *marketing* e Stefani ficaram todas assanhadas. Várias ideias foram apresentadas: uma exposição, algumas colaborações.

À medida que comecei a pensar cada vez mais no vestido que eu havia criado décadas antes, e que ainda estava à venda, notei que eu nunca lhe dera o devido valor. Às vezes eu até sentia raiva dele quando as pessoas falavam dele como se fosse a única coisa que eu tinha feito na vida. Devagar, mas firmemente, comecei a vê-lo de maneira diferente e a apreciar não só o que ele tinha feito por mim como também o valor do modelo em si. Descomplicado, sensual e portátil, aquele vestidinho era o espírito por excelência da marca! Decidi criar um modelo novo como presente de aniversário ao original que tinha pago todas as minhas contas e se tornado parte da história da moda. Na nossa linha, tínhamos um vestido *fit-and-flare*[15] muito procurado pelas moças, o "Jeannie", batizado com o nome da nossa fantástica chefe de produção. Sem mangas, com um corpete justo de malha elástica, saia rodada. É simples e confortável, sensual e descomplicado, fácil de usar em ocasiões especiais ou no dia-a-dia. Rapidamente virou sucesso de vendas. Quando Victoria Beckham veio almoçar no meu escritório um dia, ela notou o modelo numa moça no elevador, e depois de tocar o tecido elástico e confortável, encomendou um para si ali mesmo.

Se essa saia rodada é tão popular, pensei, poderia ser um vestido envelope. Então fui à sala de amostras e chamei a Emily, a talentosa moça que eu tinha descoberto no Savannah College of Art and Design quando dei um discurso lá na cerimônia de formatura, anos antes. Eu tinha notado o vestido simples de jérsei, porém de corte inteligente, que ela havia criado para usar para a ocasião, e lhe ofereci um estágio. Emily ficou trabalhando conosco desde essa época. Eu lhe disse que nós íamos fazer a *moulage*[16] desse novo vestido juntas. Expliquei que o corpete tinha que dar a sensação de uma blusa de bailarina: jérsei justo para realçar o busto e marcar a cintura. Para a saia rodada, escolhemos um tecido de malha que mantém bem a forma, mas mesmo assim é leve.

Começamos a trabalhar na confecção do vestido e o experimentamos até ele ficar perfeito, exatamente como eu tinha feito com o primeiro vestido envelope na fábrica do subúrbio de Florença quarenta anos antes. Eu quis chamar o vestido de Emily, mas enquanto ele estava sendo criado, não sei por quê, o nome virou "Amelia". Reeditamos o estampado original de pele de cobra,

---

15 Saia justa na cintura e nos quadris, que fica rodada na bainha, inspirada nos anos 1950 e introduzida por Dior. (N.T.)

16 Os estilistas de grife usam o termo "moulage" ou "draping" para essa fase da confecção, significando uma modelagem tridimensional no manequim em vez de fazê-la na mesa, para ter uma melhor ideia do caimento e proporções do modelo. (N.T.)

aquele que tinha dançado pela passarela do salão de baile Cotillion Room[17] do Pierre Hotel, e o usei para o novo vestido envelope "Amelia". A princípio, nosso departamento de vendas nem notou o vestido; ele tinha chegado tão tarde que eles mal o mostraram aos compradores. Apesar da minha insegurança na época, forcei a barra e consegui que nossas lojas de varejo comprassem o modelo. Eu tinha razão, o "Amelia" foi um sucesso, acabou figurando numa foto de página inteira da *Vogue*, e se tornou um *bestseller*! Reviver a magia com o nascimento de um novo vestido, eu me convenci. Comemoraríamos o quadragésimo aniversário do vestido com orgulho. Eu estava totalmente a favor, e empolgadíssima quando todos nos reunimos outra vez para falar sobre o assunto.

Foi mais ou menos nessa época, quando comecei a recuperar minha confiança e animação, que Paula veio me dar a entender que queria sair da empresa. Ela estava cansada, e queria tempo para procurar novos horizontes, e novos desafios. A princípio recusei-me a acreditar nisso; sempre tinha pensado que éramos como siamesas, que ela era minha comparsa. Tínhamos formado a nova empresa juntas. Éramos as Moças da Volta Triunfante. "Não consigo imaginar essa empresa sem você", respondi. À medida que ela continuou nossa separação com o Joel, comecei aos poucos a aceitar a sua demissão.

OS PLANOS DO ANIVERSÁRIO ESTAVAM SE ACELERANDO. Decidimos montar uma mostra, e dessa vez ela ia realmente merecer seu nome: "A Jornada de Um Vestido". Ela exibiria apenas vestidos envelope: vestidos envelope "vintage", dos arquivos, vestidos envelope atuais, e criaríamos alguns vestidos para o aniversário. Imediatamente pensei numa colaboração com Andy Warhol. O que poderia ser mais DVF, mais anos 1970, do que um vestido envelope Warhol?

---

17 Salão usado para bailes como os de debutantes, daí o nome "Cotillion". (N.T.)

A PRIMEIRA GRANDE DECISÃO foi onde montar a mostra. Los Angeles foi a minha escolha... não só adoro essa cidade, onde meus dois filhos moram, mas ela tem a mistura certa de arrojo, estilo e cultura popular. Adoro a luz de Los Angeles, aquela mesma luz que atraiu a indústria de cinema nos anos 30, uma luz que reforça as cores e a ousadia.

Marquei uma reunião com Michael Govan, o dinâmico líder do museu de arte do município de Los Angeles, o County Museum of Art (LACMA), e marido da igualmente dinâmica Katharine Ross, a superestrela das comunicações sobre a moda: arte, moda, e cultura num só casal. No estacionamento do museu, porém, perdi a coragem. "O que vou dizer a ele? Vamos cancelar tudo", disse eu a Grace Cha, minha vice-presidente de comunicações globais, em quem confio muito. "Mas já estamos aqui", disse ela, incrédula. "Vamos entrar." E entramos.

Naturalmente, assim que comecei a falar com Michael minha adrenalina começou a circular no sangue. Revivi o êxito da primeira exposição em Beijing e como eu havia contratado artistas chineses para a mostra. Eu podia sentir que ele estava animado, e sem nada a perder, lhe perguntei: "Como posso realizar isso no seu mundo? Você conhece algum espaço perto do LACMA que eu pudesse usar?" "Talvez", disse ele, sorrindo.

O antigo edifício da May Company fica no campus do LACMA, e estava sendo usado como depósito. Já tinham começado a esvaziar o prédio, porque ele ia ser reformado pelo grande arquiteto Renzo Piano, para se tornar o Museu da Academia de Cinema. "Você devia ir falar com o pessoal da Academia, pedir-lhes para que lhe cedam o espaço", sugeriu Michael. "Acho que esta seria uma hora muito boa para você lhes fazer esse pedido."

Uma antiga e famosa loja de departamentos no campus do LACMA que se tornará museu da Academia de Cinema? Será que eu estava sonhando? Parecia perfeito!

Quando entrei nos corredores revestidos de cartazes da Academia para me encontrar com Dawn Hudson, diretora presidente, e Bill Kramer, diretor de desenvolvimento do futuro museu, eu estava decidida a seduzi-los. Acho que a Dawn também se sentiu assim. Estava com uma blusa da DVF, o que considerei um sinal positivo. Ela sugeriu que fôssemos ver o espaço, e se gostássemos, ela faria o pedido à diretoria.

O depósito enorme e sombrio estava dividido em salas intermináveis repletas de engradados contendo peças de arte. Não era nada bonito de se ver, mas eu sabia que o meu amigo, o decorador de interiores Bill Katz, poderia transformar aquele interior sombrio em uma coisa glamourosa. Resolvi cair dentro.

Porém, o que não sabia era que o museu Warhol em Pittsburg, que eu nunca havia visitado, também estava planejando um aniversário, o seu vigésimo. Quando Eric Shiner, o diretor, ligou para me convidar para participar da festa, ele mencionou que havia montes de fotos minhas nos arquivos deles, e isso atiçou minha curiosidade. Na noite seguinte, esbarrei no meu bom amigo Bob Colacello, que tinha sido editor da revista *Interview* na época do Warhol, e era amigo tão próximo do Andy como era possível ser. As estrelas estavam se alinhando, e decidi organizar uma viagem de sondagem a Pittsburgh com Bill Katz, seu assistente Kol e Bob para que ideias para a mostra começassem a se cristalizar. Só que antes eu queria que o Bob me levasse ao Brooklyn, para visitar alguns jovens artistas locais. Ele planejou o dia com orientação de Vito Schnabel, o filho de Julian Schnabel, que é um curador de arte independente muito bem-sucedido. Enquanto visitávamos a Fundação Bruce High Quality, e o estúdio de Rashid Johnson, expliquei a mostra "Jornada de Um Vestido" e como eu queria incorporar jovens artistas nela. Convidei o Vito para vir a Pittsburgh também. Partimos de manhã bem cedo, para podermos também ir à Casa da Cascata[18], ou Fallingwater, a bela casa de Frank Lloyd Wright integrada na natureza, que eu sempre havia querido conhecer; faríamos

---

18 Também conhecida como Casa Kaufmann ou Fallingwater, é uma residência inteiramente integrada na natureza, concebida para não perturbar o local onde foi construída e integrar-se a ele. (N.T.)

um piquenique no caminho e terminaríamos no museu de Andy Warhol, no centro de Pittsburgh. Fizemos um passeio no museu, maravilhamo-nos com os quadros, assistimos aos filmes e terminamos nos arquivos privativos, onde Eric tinha retirado todas as fotos que Andy tinha tirado de mim com o passar dos anos. Bob e eu nos sentimos como se estivéssemos de volta à Fábrica de Warhol.

Durante algumas semanas, continuei visitando ateliês de artistas com Vito. Encomendei ao Dustin Yellin uma escultura no minuto em que entrei no seu ateliê, em Red Hook, Brooklyn. Ele nunca tinha ouvido falar no vestido envelope, portanto lhe dei um, para a namorada dele. Pelo jeito, em vez disso, ele usou o vestido no ateliê, para buscar inspiração para meu lema original: "Sinta-se como uma mulher, use um vestido!" Acho que funcionou, porque ele criou uma colagem espetacular em 3D do vestido parado no ar, como que no meio de um movimento, sem corpo nenhum dentro. O "vestido" era composto de centenas, provavelmente milhares de minúsculas imagens escaneadas em preto e branco e artigos de jornais cortados no formato da minha primeira estampa de corrente e plastificados sobre múltiplas camadas de vidro dentro de uma vitrina. O vestido flutuava dentro do que, para mim, parecia um aquário, e era a perfeita mistura de arte e do vestido envelope. Encontrar conceitos semelhantes junto a outros artistas, porém, estava ficando muito intelectual e confuso.

"Não complique as coisas", admoestou o Bill. "Essa mostra precisa ser sobre o vestido e sobre você. A arte só pode ser de artistas que a conheceram, pintaram você, trabalharam com você... é sua jornada e a jornada do vestido. Isso é que a exibição tem que mostrar. Use suas estampas ousadas, homenageie-as, cole-as nas paredes, nos pisos! Não seja tímida!" Bill é a pessoa mais visualmente segura que conheço... não admira que Jasper Johns, Anselm Kiefer e Francesco Clemente não pendurem um quadro sem o conselho dele. E ele me convenceu. Eu o beijei.

Em seguida, fomos visitar Stefan Beckman, que projeta os magníficos cenários dos desfiles do Marc Jacobs, e foi aí que a mostra começou a adquirir forma: nós teríamos uma linha do tempo, uma sala de arte, e uma sala grande com um exército de manequins. Eu sempre tinha dito que queria ter um exército de vestidos envelope, como o exército de terracota que eu tinha visto em Xi'an, China; um exército enorme de manequins com vestidos envelope. Nós tínhamos começado a desenvolver essa ideia com um grupo de trinta e seis manequins em Beijing, mas eu queria muito mais do que isso em Los Angeles. Levei Stefan ao fabricante de manequins Ralph Pucci, cujo escultor logo começou a projetar um manequim estudando fotos antigas do meu rosto. Ele criou o manequim com malares salientes e, por pedido meu, narizes grandes. Eu também queria que os manequins tivessem uma pose bem expressiva, e assim foi, inspirado pelo *contrapposto*[19] do Davi de Miguel Ângelo. Fui muitas vezes verificar como os manequins estavam saindo, e quando fiquei satisfeita, vendo que eles pareciam fortes e destemidos, encomendei 225 deles.

Stefan projetou a vitrine onde os manequins ficariam em exposição, que seria dividida em cinco pirâmides com forma de diamante: uma grande no centro e quatro menores, em torno da pirâmide central. No chão, em torno dos diamantes, estariam faixas largas com seis estampas "heroicas" escolhidas nos arquivos que agora chamamos de "seis irmãs": os Gravetos, inspirados pela natureza, os Cubos geométricos, assim como as Correntes, o Leopardo e a Jiboia, e a estampa gráfica com a minha Assinatura. Elas iam ser bastante ampliadas, impressas em vinil, para revestir o piso e as paredes, subindo por elas, transformando o ambiente inteiro numa bandeira. Fiquei animadíssima. Eu sempre tinha querido uma bandeira só nossa!

Agora que o Bill e o Kol estavam projetando as salas, o Stefan estava tratando dos cenários e o Pucci, dos manequins, Franca Dantes, nossa preciosa arquivista, estava selecionando imagens

---

19 Pose natural em arte onde o corpo se apoia numa perna, o que faz com que um dos joelhos se dobre e os quadris e os ombros formem um ângulo agudo entre si. (N.T.)

para a linha do tempo: a carta de incentivo de Diana Vreeland, de 1970, os primeiros anúncios, e fotos memoráveis de mulheres trajando vestidos envelope, todas elas, desde Madonna até Ingrid Betancourt, Michelle Obama, Cybill Shepherd no filme *Motorista de Táxi*, Penélope Cruz em *Abraços Partidos* e Amy Adams em *Escândalo Americano*. Na sala de arte, penduraríamos todas as obras de Warhol, Francesco Clemente, Anh Duong, uma nova obra de Barbara Kruger, fotos de Helmut Newton, Chuck Close, Mario Testino, Horst, Annie Leibovitz e as obras contemporâneas que tínhamos encomendado para a China. Luisella, que tinha sido minha assistente e agora nossa vice-presidente de eventos globais e filantropia, estava trabalhando na logística com Jeffrey Hatfield, nosso produtor que tinha feito Moscou, São Paulo e Beijing. Estávamos quase prontos, só que eu não tinha o elo mais importante: quem ia ser o curador dos vestidos? Quem ia olhar os nossos arquivos imensos, entender tudo aquilo e fazer uma apresentação clara? Eu certamente não ia fazer isso, nem ninguém mais na DVF. Para nós, aqueles vestidos eram só um monte de peças antigas!

Mas a resposta surgiu como que por serendipidade. Em junho de 2013, fui à Inglaterra com minha neta Antonia para o dia de orientação do internato, e para comemorar o octogésimo aniversário de Bob Miller, fundador das lojas Duty Free e também avô de Talita e Tassilo. Quando vou a Londres costumo aproveitar a oportunidade para visitar estilistas, avaliar os talentos disponíveis. Um deles era Michael Herz, diretor de criação da Bally Switzerland.

Nós tínhamos nos conhecido muitos anos antes, quando ele era ainda estudante, e na época tínhamos conversado diante do Victoria & Albert Museum. Dessa vez, tomamos chá e batemos um papo agradável no Claridge's. Ele me confessou que eu sempre aparecia nos seus quadros de inspiração. Adorei a forma bem-humorada dele de ver as coisas e sua descrição das mulheres. Havia poesia em tudo que ele dizia, e fiquei fascinada. Ele me disse que seu contrato ia chegar ao fim em breve e ele ia tirar um tempo de folga. "Seria divertido trabalhar num projeto com você", disse eu, sem ter ideia de que projeto seria esse.

No momento em que aterrissei em Nova York, ao voltar da viagem, liguei para o Michael. "Pode ser que eu tenha um projeto para você", disse, convidando-o para vir a Cloudwalk no fim de semana seguinte. Talvez ele pudesse ser o curador da minha mostra.

Quando Michael entrou no meu arquivo e começou a vestir os vestidos, eu sorri. Deixei-o trabalhar sozinho durante dois dias, para absorver tudo. Sua primeira seleção foi muito interessante. Ele tinha escolhido vestidos que fazia anos que eu não via. Tinha passado horas vendo os velhos álbuns de recortes da imprensa, tirando fotos, tomando notas e fazendo esboços. No final da estadia dele, eu sabia que era ele quem devia ser o curador daquela exposição. "Você tem três meses, três meses para dividir os vestidos em grupos e encontrar um sentido para cada coisa. Quero que os misture, velhos e novos, e mostre como o vestido é eterno e relevante. Você tem permissão de relançar novos estampados, variar as escalas criar novos vestidos... mas precisa ser tudo sem solução de continuidade e sem esforço." Ele trabalhou durante um mês sozinho, depois tiramos dois longos dias para revisar o resultado juntos.

Michael mostrou-me os grupos que ele queria usar. O diamante central grande seria dedicado aos vestidos em preto-e-branco. "Preto-e-branco é perfeito, mas só se o misturar com cores. Preto-e-branco misturado com cores vivas, isso é bem DVF", insisti. Os temas dos outros grupos seriam "Natureza, "Animais", "Geométrico" e "Pop". Nós os reorganizamos muitas vezes e ele me mostrou esboços e os tecidos que queria relançar. Adorei suas escolhas. Ele desapareceu nas salas de amostras e nas fábricas durante semanas. Deixei-o trabalhar como ele queria, achando que sempre teria tempo para corrigir qualquer problema depois.

A inauguração estava marcada para sexta-feira, 10 de janeiro de 2014, dois dias antes da cerimônia de entrega dos Golden Globe Awards. A equipe de Marketing estava em pleno planejamento agora: construção, relações públicas, e também, naturalmente, o planejamento da festa.

Quando fui verificar o progresso no início de dezembro, nós nos reunimos com o planejador das festas, mas fiquei frustrada. Eu me recusava a dar uma festa numa tenda do lado de fora. Queria que a festa fosse em recinto fechado, mas não no local da mostra. Foi aí que percebi que havia um espaço extra adjacente ao salão dos manequins, e decidi converter esses 3.700 pés quadrados[20] no meu próprio Studio 54, com bancos estofados, colunas espelhadas e globos espelhados!

Tudo estava progredindo, não havia como voltar atrás.

Jeff e sua equipe tinham começado a construção depois do feriado de Ação de Graças, e iam trabalhar sem parar durante todo o período de festas de fim de ano. As obras de arte estavam sendo transportadas, os novos vestidos estavam sendo confeccionados, e os antigos estavam sendo reunidos. Franca estava obtendo os direitos de reprodução das fotos para a linha do tempo. Luisella, a maestrina de tudo, queria estar no local. Então levou Lensa, sua adorável filha de quatro anos, que também é minha afilhada, para Los Angeles, para passar as festas de fim de ano lá.

Durante as festas de fim de ano, enquanto eu estava com minha família no iate, fiquei enchendo a paciência do Jeffrey para ele me enviar fotos. Estava morrendo de medo de que colar as estampas nas paredes e pisos ficasse um pouco demais. Peguei um avião de volta no dia 2 de janeiro, e fui direto do avião para o museu. O espaço estava magnífico, e havia muito entusiasmo no ar. As estampas estavam no piso, e o ambiente, embora fosse muito ousado, parecia quase neutro. Adorei tudo. Ainda estávamos debatendo a galeria da linha do tempo: paredes cor de rosa? Paredes brancas? Piso branco? Piso de correntes? Quando Bill apareceu no dia seguinte, tudo ficou claro. Não houve mais

---

20 Aproximadamente 350 m². (N.T.)

dúvida. Paredes cor de rosa. Piso de correntes. Preto e branco e rosa, as cores essenciais da DVF. Ele começou a pendurar as obras de arte, colocou a escultura do Dustin Yellin no meio da sala da galeria da linha do tempo e a foto original que eu havia assinado no cubo branco no saguão de entrada, sob a citação: "A moda é uma energia misteriosa, um momento visual – impossível prever para onde irá". Franca estava separando as fotos que Bill queria incluir na galeria. Michael estava nas salas laterais, com dezenas de estagiários, vestindo o exército de manequins. Olhando a galeria que estava tomando forma, decidi que queria a frase "Sinta-se como uma mulher, use um vestido!", escrita em neon por cima da entrada. Jeffrey tratou de pôr essa ideia em prática. Precisávamos de bancos. Ele também tratou disso. Enquanto eu passava entre os manequins, fiquei assombrada. Não mudei quase nada no trabalho de curatela do Michael, exceto o vestido que estava exatamente no meio, na frente da primeira pirâmide grande. Tive uma revelação: "Precisamos do vestido de estampado de leopardo preto-e-branco original!" Lembrei-me de que, na minha última viagem a Miami, na inauguração da nova loja de Coral Gables, uma mulher tinha entrado na loja usando esse vestido. Eu tinha olhado a etiqueta e confirmado que era original: 1974. Ela ficou super orgulhosa. "Ligue para a Adis, gerente de Miami e peça-lhe para procurar essa moça. Veja se ela concorda em me emprestar o vestido." E ela concordou.

Tudo estava preparado.

* * *

Sexta-feira, 10 de janeiro de 2014

Acordei cedo. Barry estava dormindo ao meu lado, calmo e tranquilizador. Ali estávamos no mesmo quarto onde eu tinha ido parar trinta e nove anos antes. Tanta coisa tinha acontecido e, no entanto, nada havia mudado.

Antes de me levantar, fiquei deitada, sem me mexer, imaginando o dia. Uma coletiva de imprensa estava programada para as nove da manhã, seguida por uma série de entrevistas individuais em idiomas diferentes, que tomariam a maior parte do dia. Eu tinha planejado usar trajes diferentes para não parecer a mesma em todas as fotos. Para a noite, tinha escolhido um vestido longo chamado de vestido envelope "Gueixa," um vestido glamouroso com mangas espetaculares e uma faixa obi forrada de seda verde-limão.

Levantei-me e, enquanto comia uma tigela de sementes de romã, vi meu rosto no espelho. Meus olhos estavam inchados. Não era um bom começo. Apliquei uma máscara e entrei na ducha com vapor. Como sempre, penteei eu mesma os meus cabelos e esperei por Sarah, a maquiadora, embora a última coisa que eu quisesse fosse me maquiar. O toque de Sarah era leve, e eu pouco a pouco comecei a me sentir melhor.

Vesti minhas calças jacquard com estampado de jiboia, minha blusa de estampado de leopardo tipo camuflagem, meu blusão de couro e minhas botinhas e me despedi do Barry com um beijo. Levei as roupas que eu havia escolhido e tudo que ia precisar para sobreviver durante o dia com a imprensa e joguei tudo dentro do carro.

Saí no meu pequeno Mercedes alugado. Enquanto ia percorrendo a Sunset Boulevard, ao dobrar na Fairfax, me olhei no espelho e dei uma piscadela marota para mim mesma. Ao chegar à Wilshire, vi o imenso edifício com enormes faixas onde aparecia o meu rosto pintado por Warhol, em torno do prédio. "Dianette" disse eu comigo mesma em francês, "sua vida inteira está dentro daquela caixa!" E sorri.

Caminhando pela comprida galeria da linha do tempo, com minhas roupas penduradas no braço, me senti como a Diane que adorava entrar na Studio 54 sozinha, sentindo-se uma pioneira num bar do velho oeste, confiante, com o desejo de vencer... a vida de um homem no corpo de uma mulher.

Entrei no escritório dos fundos onde, no caos dos preparativos de última hora, pus um vestido preto e branco, com meias arrastão transparentes, e calcei sandálias de salto alto... Sinta-se como uma mulher, use um vestido!

Dentro do meu sapato, para dar sorte, colei com fita adesiva uma moeda de ouro do meu pai, aquelas que ele tinha conseguido levar para a Suíça, em 1942. Por um instante, fechei os olhos e me senti grata.

Grata a Deus por ter salvo minha mãe,
A minha mãe, por me dar a vida,
Aos meus filhos, por serem quem eles são,
Ao Barry, por sempre ter me apoiado.

Então me senti preparada para enfrentar o dia, pronta para homenagear o meu modelito que havia dado início à minha carreira.

Todos vieram à festa. Como um elenco no final de um filme, todos os atores da minha vida compareceram.

Minha família moderna primeiro: Barry; meus filhos, Alexandre e Tatiana, com seus respectivos esposos; Ali Kay; Russell Steinberg; Francesca Gregorini; Alexandra e seu companheiro, Dax. Minha neta, Antonia, infelizmente, estava no internato, e Leon era pequeno demais para comparecer, mas Tassilo estava presente com Talita e suas amigas, que representavam a nova geração de moças que iam usar vestidos envelope, com seus vestidos DVF/Andy Warhol. Meu irmão, Philippe, sua esposa, Greta e as filhas deles, Sarah e Kelly vieram da Bélgica; Martin Muller veio de San Francisco; Ginevra Elkann, de Roma; Olivier Gelbsmann e Hamilton South de Nova York; Konstantine Kakanias e Nona Summers.

Andy Cohen, o extraordinário apresentador de televisão, e a modelo Coco Rocha receberam todos os convidados no tapete vermelho, e nós transmitimos ao vivo a chegada deles. O governador da Califórnia, Jerry Brown, e sua esposa, Anne, seguidos de meus amigos do mundo da moda Anna Wintour, André Leon Talley e Hamish Bowles. Então vieram meus amigos atores e atrizes, Gwyneth Paltrow; Rachel Welch; Demi Moore; Rooney Mara; Robin Wright e sua filha, Shauna; Toby Maguire e sua esposa, também estilista, Jennifer Meyer; Julie Delpy; Ed Norton; Seth Meyers; Allison Williams; e as irmãs Hilton. A aristocracia de Hollywood se fez representar por David Geffen, Bryan Lourd, Sandy Gallin e muitos mais. Meus amigos americanos Anderson Cooper, o dono de restaurantes finos Bruce Bozzi; Jeff Bezos, da Amazon, e esposa; Steven Kolb, da CFDA; Alyse Nelson, da Vital Voices; Vito Schnabel; Dustin Yellin e Bob Colacello; Linda Bird Francke. Joel Horowitz liderava o contingente da DVF, com Stefani Greenfield e muitos executivos da DVF, bem como Ellen, minha leal assistente, que voltou a trabalhar comigo como chefe de gabinete. Meu primeiro patrão, Albert Koski e a esposa dele, Danièle Thompson, vieram de Paris, assim como Christian Louboutin, François-Marie Banier, Martin d'Orgeval e Johnny Pigozzi.

A mostra foi um sucesso retumbante e durou quatro meses. Quase 100 mil visitantes, dezenas de milhares de postagens na mídia social, resenhas elogiosas em todo o mundo. Até mesmo os mais críticos especialistas em moda a adoraram, e reconheceram a inegável perenidade do vestido e sua infinita versatilidade. Não se tratava mais apenas do passado, mas também do futuro.

A exposição exerceu grande impacto nos negócios e gerou demanda pelos vestidos envelope durante mais uma geração. Porém, apesar de todos os efeitos exercidos nos outros, o efeito mais surpreendente e emocionante é o exercido sobre mim. Ver toda a minha obra exibida naquela mostra me fez sentir muito orgulhosa, e, pela primeira vez na minha vida, totalmente legítima. Essa sensação serviu como impulso para mim, motivando-me a ingressar em uma nova era, o próximo capítulo da minha empresa, que ficará para a posteridade.

Como minha vida, minha obra foi uma maravilhosa aventura. Ela permitiu que eu me tornasse a mulher que eu queria ser, e, ao mesmo tempo, ajudasse outras mulheres a sentir-se dessa mesma forma. Embarquei nessa aventura procurando autoconfiança e espalhando autoconfiança durante minha trajetória.

Não sei se atingi a sabedoria, mas espero que minhas experiências, narradas com toda a honestidade e franqueza que pude encontrar no meu coração e na minha memória, inspirem outras pessoas a assumirem a responsabilidade por suas próprias vidas, serem suas melhores amigas e a irem fundo, sem nada temer.

Sobre a Autora

DIANE VON FURSTENBERG entrou no mundo da moda norte-americano quando retornou da Europa, com uma mala cheia de vestidos desenhados por ela. Em 1974, ela criou o icônico vestido envelope (*wrap dress*, em inglês), que chegou para simbolizar o poder e a independência de uma geração inteira de mulheres. Em 1976, ela já havia vendido mais de um milhão desses vestidos, e foi reportagem de capa da revista *Newsweek*. Depois de um hiato, durante o qual ela permaneceu afastada do mundo da moda, Diane relançou em 1997 o icônico vestido que começou tudo, restabelecendo sua empresa como a grife global de estilo de vida que é hoje em dia. Os produtos da DVF, atualmente, são vendidos em mais de cinquenta e cinco países.

Em 2005, Diane recebeu o Lifetime Achievement Award do Conselho de Estilistas de Moda dos Estados Unidos (CFDA) por seu impacto na moda; e, um ano depois, ela foi eleita presidente da CFDA, cargo que ela ocupa até hoje. Diane é membro do conselho da organização Vital Voices e da Fundação Estátua da Liberdade/Ellis Island, e também da The Shed, um novo centro de inovação artística e cultural em Nova York. Em 2015, ela foi nomeada uma das 100 Pessoas Mais Influentes do Mundo pela revista *Time*.